ノーラ・ロバーツ/著
香山 栞/訳

光の夜に祝福を(上)

The Choice

扶桑社ロマンス
1631

わたしたちの魔法の子、グリフィンに捧《ささ》ぐ

光の夜に祝福を（上）

登場人物

ブリーン・ケリー――作家
キーガン・オブロイン――タラムの族長
マルコ・オルセン――ブリーンの親友
ブライアン・ケリー――ドラゴンの乗り手。マルコの恋人
ハーケン・バーン――キーガンの弟
モレナ――ブリーンの幼馴染み
アシュリン――キーガンの姉
マオン――キーガンの親友。アシュリンの夫
マーグレッド・オケリー――ブリーンの祖母。愛称マーグ
セドリック――マーグのパートナー
タリン・オブロイン――キーガンの母。評議員
フィノーラ・マクギル――モレナの祖母
オドラン――暗黒神
シャナ――評議員の娘
イズールト――闇の魔女

第一部　喪失

悲しみを言葉にしなければ、内に秘めた嘆きが重く沈む心に語りかけ、胸を切り裂く。

——ウィリアム・シェイクスピア

大地は傷つき、自然が生みだしたあらゆるものが悲痛な声をあげた。これで何もかも失われたと。

——ジョン・ミルトン

プロローグ

人間の多くはこれまでずっと自分たちの世界が唯一無二だと信じてきた。なかには、広大な宇宙に存在する別の世界を信じて受け入れ、異世界に優越感を抱く者もいた。無論、彼らは間違っている。人間界は唯一無二でもなければ、異世界より優れているわけでもない。それがありのままの事実だ。

多元宇宙には、平和を賛美する一方で戦争を煽動《せんどう》する世界もある。だが、他国の支配や領土、資源や富に対する飽くなき欲求に駆られ、崇拝する神の名のもとに戦争をあおる行為が過ちと見なされることはまれで、皮肉とも受け取られない。

それがありのままの事実だ。

なかには戦争を神格化し、流血や獰猛《どうもう》さをもって尊ぶ世界もある。

金色《こんじき》の砂漠に大都市が広がる世界や、濃紺の深い海の底にきらめく宮殿がそびえる世界、闇に一瞬光る火花のようにはかない命を生きる過酷な世界も。

高い山頂を目指す登山者も海で泳ぐ者も、大都会で暮らす住民も、森のなかで焚《た》き火《び》を囲んで身を寄せあう人々も、煽動者もトラブルメーカーも、みなひとつのゴールを共有している。

なるべき自分になるという目的を。

太古の昔、そんな世界のひとつで人間と超自然的生物《フェイ》と神々が共存していた。そこには湖や森があり、町ができ、宮殿が築かれた。山脈は高くそびえ、深い海が広がっていた。時空を超えた時のなか、太陽や月の光を浴びて魔法は輝きを増した。

やがて起こるべくして戦いが勃発し、強欲がはびこりだした。敗者の熱い血を味わっても、権力への渇望が決しておさまらない者が現れた。そして、権力欲に取り憑《つ》かれて人間やフェイの血をむさぼった暗黒神が、その世界から追放された。

だが、それで終わりではなかった。

時代が移り変わるにつれ、人間と神々とフェイの調和が取れた世界にも避けがたい疑念や不安が忍びこんできた。手段を選ばず全力で推《お》し進められた発展により、魔法と人間の絆《きずな》に亀裂が入った。かつて人間が神々に抱いていた畏敬の念は、より多くを求める渇望に取って代わった。

ついに、魔法と距離を置くか魔法を維持するか、古《いにしえ》の神々と縁を切るか今までどおり崇拝するかを選ぶときが来た。選択の結果、フェイは人間界との関係を絶った。フェイに疑念や不安を抱き、火あぶりにしたり、森の奥まで追いつめたり、断頭台に送ったりする人間たちとの関係を。

そうして異世界タラム(ワイズ)が誕生した。

先見の明がある賢者たちがさまざまな世界につながる入口を作ったおかげで、タラムの法のもと、住民の誰もがそこにとどまるか別の世界に行くかを選択できた。緑豊かな丘陵や高くそびえる山脈、鬱蒼《うっそう》と茂る森や海を有するタラムで魔法はさらに発展し、選び選ばれし導き手のもと、平和が保たれた。

だが、それで終わりではなかった。

暗黒神が己の邪悪な世界で策略を練り、悪魔や呪われた者たちの軍勢を集めていたのだ。時間をかけて生贄《いけにえ》の血を得たことで充分な力を蓄えた暗黒神は、ポータルを使ってタラムに侵入した。そこで族長《ティーシャック》に選ばれし若い魔女に求愛し、愛と偽りで彼女をとりこにした。やがて彼女が息子を出産すると、暗黒神は夜ごと魔法をかけて彼女を深く眠らせ、ひそかに赤子の力を吸い取った。

だが、母親の愛情が持つ強力な魔法の力によって、彼女は強制的な眠りから覚め、ただちに軍勢を率いて暗黒神を追い払い、ポータルを封鎖した。それがすむと、自分はタラムの民を率いるティーシャックにふさわしくないとその座を退き、フィリニ湖――真実の湖――に聖剣を戻して、湖底から剣を引きあげた者にリーダーを象徴する杖《つえ》を渡した。

ふたたび平和を取り戻したのどかなタラムで、緑の丘や深い森に抱かれながら、彼女の息子はすくすくと成長した。そしてある日、湖から聖剣を引きあげ、ティーシャックとなった。母親は誇りと悲しみを胸にそれを見守った。

彼の指揮下で、タラムの平和は保たれ、正義は聡明《そうめい》さと憐《あわ》れみの念をもってなされ、作物が育ち、魔法もさらに力を増した。

やがて運命に導かれるように、彼は人間界の女性と出会い、恋に落ちた。お互い合意の上でポータルを通ってタラムに彼女を連れ帰り、愛と喜びに包まれながらひとり娘をもうけた。

娘はまばゆい光を放つ魔法を内に秘め、三歳まで愛情だけを注がれて育った。

だが暗黒神の渇望は衰えず、怒りは増す一方だった。再度、生贄の血と黒魔術を用い、光から闇へ寝返った魔女の助けも借りて、暗黒神は力を蓄えた。

そして、孫娘を誘拐し、ガラスの檻《おり》に閉じこめてポータルのそばの川底に沈めた。少女の父親や祖母、タラムのすべての戦士が自らの羽根やドラゴンで救出に向かうなか、愛しか知らなかった幼子は生まれて初めて恐怖を味わった。

その凄《すさ》まじい恐怖が、暗黒神にも劣らぬ激しい怒りへと変わった。そうして少女の力は開花し、同じ血が流れる祖父である暗黒神を打ち負かした。

少女が檻を破壊すると同時に、フェイたちは暗黒神とその軍勢に反撃を開始した。

邪悪な神はふたたび追放され、彼の漆黒城は廃墟《はいきょ》と化した。

それを機に、人間界出身の少女の母親は不安に囚《とら》われるようになり、不安が偏見に変わり、愛が陰りだした。彼女は娘を連れて人間界に戻ると言い張り、娘から魔法やタラムやそこの住民の記憶を消し去るよう要求した。

妻子を愛する父親は妻の願いを叶《かな》え、ふたりを連れて人間界に移り住んだ。その一方、愛するタラムや己の責務のために、できる限り頻繁に帰郷した。

娘への愛情が薄れることはなかったものの、人間とフェイの夫婦愛は続かなかった。両方の世界で暮らそうとしたことで、父親は心に深い傷を負った。

そんななか、またしても暗黒神がタラムやそれ以外の世界を脅かし始めた。今回もティーシャックの指揮のもと、フェイはタラムを守り通した。だが、暗黒神は追いだされる前に、黒魔術と邪悪な剣によって実の息子を殺害した。

人々は彼の死を悼み、同時に新たなティーシャックを選んだ。

湖底から聖剣を引きあげて杖を手にしたのは、実の父親と父親のように慕っていたティーシャックを失い、喪に服していた青年だった。

その若者が大人になり、首都《キャピタル》で裁きの座につき、谷間の農場で弟や姉を手伝い、タラムの空をドラゴンで飛行し、迫り来る戦いに備えて訓練に励むあいだ、暗黒神の孫娘は人間界で暮らしていた。

不安と怒りに取り憑かれた母親から、控えめにして出しゃばらず、胸を張らず、いつでもうつむき、何も求めず、あきらめるよう娘は教えられていた。喜びとはほぼ無縁の静かな生活を送り、魔法のことは何も知らなかった。人生を明るく彩るのは、血のつながりはなくともきょうだい同然の親友と、心の母と呼ぶべき男性だけだった。

ときおり別の世界の夢を見たが、その大半は暗くかすんでいた。そして、父親に捨てられたと思いこむ彼女の胸には、悲しみが渦巻いていた。

そんなある日、人生の新たな扉が開いた。厳しいしつけのせいで、今までずっとリスクを冒さず、出しゃばらず、何も求めずに来た彼女は、ひとつの決断をくだす。父親を探すため、海を渡りアイルランドへ行くことにしたのだ。それは自分探しの旅でもあった。旅の道中で、彼女はアイルランドに、緑の草木に、霧に、丘陵に恋をした。

入江のほとりのコテージで自分探しをするかたわら、彼女は異世界の夢の意味を探っていた。やがて、森の奥深くで巨大な岩から生えているように見える大木を発見した。彼女は太くて長い枝によじ登った。

次の瞬間、馴染《なじ》み深い世界から出て、生まれ故郷の世界へと飛びこんでいた。

そこで彼女の魔法が目覚め、記憶もよみがえった。彼女を愛し、ずっと会いたがっていた祖母や、幼馴染みの妖精《フェアリー》、湖から聖剣を引きあげて今や大人になったティーシャックのおかげで。

彼女は父が亡くなったと知らされてその死を悼み、祖母が払った犠牲を知り、祖母を愛するようになった。己の力も発見し、喜びを覚えた。不安はあったものの、タラムに居場所を見つけた彼女は、血縁者でもある暗黒神の脅威に備え、魔法や剣術や格闘の訓練に励んだ。

そんな生活が数週間、数カ月と続き、彼女は父親同様、ふたつの世界で生きていた。アイルランドのコテージでは人生の夢を追い求め、タラムでは魔力に磨きをかけて戦闘訓練を積んだ。

いつしかタラムへの使命を背負った男性を愛するようになり、手首に入れたタトゥーが意味する勇気を身につけた。羽根を持つフェアリーや、エルフの敏捷《びんしょう》さ、獣人《ウェア》の変身といったフェイのすばらしい能力にも魅了された。

タラムに敵が現れ、すべてを脅かすと、彼女は拳と剣と魔法で戦った。邪悪極まりない黒魔術にも光で立ち向かい、光の破壊をもくろむ者たちを消し去った。

そうして、宿命どおり、なるべき自分になった。

だが、それで終わりではなかった。

1

のちに〝闇のポータルの戦い〟と呼ばれるようになった戦闘のあと、ブリーンはキャピタルに三週間とどまった。最初の数日は負傷者の手当てや、鮮血や灰が飛び散る戦場から遺体を回収する作業に追われ、つらい思いをさんざん味わった。

兄のフェリンを亡くして号泣する幼馴染みのモレナを抱きしめ、自分自身も胸が張り裂けそうになりながら、彼の両親や身重の妻、兄家族、祖父母を精一杯慰めた。

長い年月を経て、ブリーンはフェリンと再会し、彼のことを思いだしたばかりだった。それなのに、フェリンは彼女の祖父が放った軍勢からタラムを守るために命を落としてしまったのだ。

遺族と並んで葬儀に参列したブリーンはモレナの左手を握り、右手はハーケンが握った。

親友の悲痛な思いが高潮のように胸に押し寄せるなか、フェリンの遺灰はほかの多くの戦死者とともに海を渡り、彼らを愛する人々が持つ骨壺《こつつぼ》におさまった。

ブリーンはハーケンと一緒に谷へ戻るというモレナをきつく抱きしめた。彼らの悲しみを胸に、フィノーラとシーマスが手をつないで羽根を広げ、モレナたちに続くのを見送った。

評議会や偵察で多忙なキーガンに代わって、悲嘆に暮れる遺族を弔問するうちに、悲しみで胸が押しつぶされ、涙に溺れそうになった。

戦いから一週間後、彼女は〈フェイ・コテージ〉へ戻るようマルコに切りだした。

きちんと手入れをされたやぎひげの下で、彼の顎がこわばった。「ぼくはきみのそばにいる」

それは予想どおりの返事だった。城下の橋の上にたたずみ、アイリッシュ・ウォーター・スパニエルの愛犬ボロックスが泳いで水しぶきをあげるのを眺めながら、ブリーンはマルコと腕を組んだ——彼は一番の親友で、これまでもこれからも常に彼女の味方だ。マルコはブリーンとともに異世界へ飛びこんだことで、身をもってそれを証明した。

「わたしなら大丈夫」

「そんなわけない。きみはあまりにも多くを抱えて、疲れ果てているじゃないか、ブリーン」

「それはみんな同じじよ、マルコ。あなただって——」

「たしかにぼくも手伝った」マルコは今は人々が剣術や格闘や弓術の訓練に励む平原を見渡し、そこに鮮血が飛び散り、遺体が散乱していたのを思いだした。

あの光景は決して忘れないだろう。

「ぼくも手伝ったよ。でもきみは誰よりも多くを担い、それをここで受けとめている」彼が胸を叩《たた》く。

「オドランがあんなことをしたのは、わたしを手に入れるためだけど、それはわたしのせいじゃない」マルコが口を開く前に、さらに続けた。「わたしのせいでも、お父さんやお母さんや、おばあちゃんのせいでもない。すべてオドランの責任よ。でも、だからといって、オドランがわたしやわたしの力を欲するあまり、たくさんの犠牲者が出た事実は変わらない。だから、みんなの悲しみを受けとめてほんの少しでもやわらげることができるなら、そうしなければならないの」

マルコはブリーンの腕をほどき、両手で抱き寄せた。「だからこそ、ぼくはここにとどまるんだ」

「だからこそ、あなたにはコテージへ戻ってほしいの」手をあげてマルコの頬を撫《な》で、心配そうなあたたかいブラウンの目をじっと見つめた。「わたしも帰りたいけど、まだここを離れるわけにはいかない。でもそうなると、モレナやフィノーラやシーマスのそばにいられないわ。わたしにとっては家族も同然なのに、支えになってあげられないのよ、マルコ」

「きみはちゃんと支えになっているよ。それに、きみがここにいるのはフェリンのお母さんやお父さん、彼の奥さんやお兄さんのためだと、みんな理解しているはずだ」

「ええ、それがここにとどまっている最大の理由よ。だからあなたは戻って、モレナやほかのみんなの支えになってあげて、マルコ。わたしのために。谷のために。わたしたちはあまりにも多くのものを失ったわ。あなたはブライアンと一緒に帰ってちょうだい」

「ブライアンは明日、夜明けとともに旅立つ。ドラゴンで西部へ向かうそうだ。ぼくはもう二度とドラゴンに乗って飛ぶのはごめんだよ」

彼の言葉に、ブリーンは思わず微笑《ほほえ》んだ。「心を落ち着かせる魔法薬を作ってあげてもいいわよ」

「それよりもいいアイデアがあるぞ！」彼は大きなブラウンの目をぐるりとまわした。

「ドラゴンに乗る前にハイになるんだ。やめておいたほうがいいかな？」

「馬に乗ればいいんじゃない？　キーガンがブライアンや部隊の一部を西部に派遣するなら、馬で移動する人もいるはずよ。あなたは乗馬が好きでしょう。腹立たしいことに、わたしより上手だし。あなたがコテージに戻ってくれれば心配の種がなくなるわ、マルコ。神に誓って、それが真実よ」

「顔をよく見せてくれ」彼はブリーンの顔を両手で包み、瞳をじっとのぞきこむと、ため息をもらした。「まったくもう、それが本音か。きみを残していきたくない」

「わかっているわ、無理なお願いをしているのはわかってる。だけど、わたしにはキーガンと獰猛な愛犬がついているから」

ボロックスが橋に飛びのり、うれしそうに全身を振った。目を輝かせながら水しぶきを飛ばす。だが、ブリーンは愛犬が戦闘の場に飛びこんで鼻を血まみれにしていたことも、無邪気な目に戦士の光を宿したときのことも忘れていなかった。

「それに、なんとこのわたしがけっこう強い魔女だってことも判明したし」

「〝けっこう強い〟なんてもんじゃないよ。じゃあ、ぼくは帰るが、必ず連絡すると約束してくれ。毎日だよ、ブリーン——さもないと約束を破ったと見なすからね。ハヤブサの使いでもなんでもいいから、連絡をよこすように」

「昨日、ニニア・コルコナンのお店に行って、あなたに水晶玉代わりの鏡を買ってきたの」

「なんだって？」

「あなたとの連絡手段よ、とってもすてきな鏡なんだから。Ｚｏｏｍみたいなものだと思って。あとで使い方を教えてあげる」ブリーンはカールした赤毛に両手をさし入れた。「正直、気が楽になったわ。それに、このほうが合理的よ。もしサリーやデリックがわたしたちに連絡しようとしてできなかったら、きっと心配するはずだし」

案の定、ふたりにとって心の母とも言うべきサリーの名前は、マルコを説得するのに効果てきめんだった。

「たしかに」マルコはポケットに両手を突っこんだ。「ぼくもそのことは気になっていたんだ」

「コテージに戻ってフィラデルフィアとビデオ通話をしたら、その不安を解消できるわ。それで――」彼のおなかを人さし指でつつく。「さっさと仕事に戻ってちょうだい、わたしのために」

ブリーンが身をかがめてボロックスを両手で撫でて乾かすと、紫色の毛がふんわりとカールした。

「きみのほうはどうなんだ？　原稿はほとんど進んでいないんだろう」

「少しだけ書いたわ」愛犬のひげをそっと引っ張ってから立ちあがる。「今はどうしても楽しい話が書けそうになくて、ボロックスの冒険の新作にはまだ手がつけられないの。でも大人向け小説の推敲《すいこう》は進めているわ。戦闘シーンに詳しくなったから」

「ああ、ブリーン」

彼女はマルコにもたれた。いつだって彼は支えてくれる。

「大丈夫よ、マルコ。もうその話はすんだでしょう。わたしたちは戦って、邪悪な敵を倒した」彼を振り返ったブリーンのグレーの瞳は険しく、肩はこわばっていた。「いざとなれば、わたしはまた同じことをするわ。これが決着するまで何度でも」

やがて肩の力を抜き、彼の両手をつかんだ。「さあ、荷造りを手伝うわね。そのあとで魔法の鏡の使い方を教えてあげる」


ブリーンは親友を見送るべく、夜明けの霧のなかにたたずんでいた。あの生粋の都会人のマルコが、生まれながらのカウボーイのように鞍《くら》にまたがっている。陽気な牝《ひん》馬《ば》が飛び跳ねると、彼は笑い声をあげ、戦士たちとともに西部に向けて速歩《トロット》で駆けだした。

曙光《しょこう》を浴びて宝石のようにきらめく三頭のドラゴンが、乗り手とともに十一月の灰色の空へと飛び去った。それに羽根を持つふたりのフェアリーが続く。

ブリーンの祖父である暗黒神オドランは、必ずやまた血みどろの戦いを仕掛けてくるだろう。

だけど、これでマルコは安全だ。平和を切望するタラムで、執拗《しつよう》に襲撃してくる神の脅威にさらされている住民と同じ程度には。

それに、この世の誰よりもすばらしいマルコが、愛する人とともにいられるのだ。とりあえず今、ブリーンが願えるのはそれぐらいだろう。

「マルコなら大丈夫だよ」彼女のかたわらで、西部へ派遣した部隊が霧のなかへ消えるのを見送っていたキーガンが言った。「帰るよう彼を説得したのは正しい判断だ」

「ええ。それにマルコなら、谷に慰めをもたらしてくれるはず。それも大事なことだわ」

「ああ、大事だ。きみも人々に慰めをもたらしてくれる。ぼくがきみにここにいてほしいと願う理由は……いくつかある。きみには向こうでの務めがあり、帰ったほうがきみ自身の心も慰められるとわかっているが」

「まだ慰めは受け入れられそうにないわ」ブリーンはキーガンをじっと見つめた。いつしか愛し、求め、癪《しゃく》にさわるほど必要とするようになった、魔法使いであり戦士である彼を。屈強な体軀《たいく》、戦士の細い三つ編みと乱れた濃い茶色の髪。ダークグリーンの目には疲労と怒りが見て取れる。

「あなたもそうみたいね」

「ああ、まだまったく受け入れられない」

「そのうえ、オドランをふたたび締めだしたから、今ここで戦う相手はひとりもいない」

キーガンは冷ややかな目で彼女を見据えた。「戦いを求めるのは死を望むも同然だ。それはわれわれのやり方じゃない」

「わたしはそんなこと言っていないわ、キーガン。あなたが戦いに備えて訓練しているのは、タラムやほかの世界が保護や防御を必要としているからでしょう。あなたは手厳しい方法で、わたしにそれを教えてくれた。おかげで、訓練中に何度尻餅をつかされたことか」

彼は肩をすくめ、訓練場に目を向けた。「最近はきみに尻餅をつかせるのが容易でなくなった」

「あなたが手加減するからでしょう。認めるのは癪だけど、あなたはいつだってそう。それではわたしは一流の剣士に――女剣士になれないし、弓矢を持ったロビン・フッドにもなれないわ」

「たしかにあれはいい話だ、ロビン・フッドの物語は。それに、きみがロビン・フッドになれないのも確かだ」

「こういうときにはいっさい手加減しないわよね」

キーガンはかすかに微笑み、彼女の巻き毛を人さし指に巻きつけた。「真実が明白なのに、なぜ嘘《うそ》をつく必要がある？　とはいえ、きみはだいぶ上達したよ」

「それじゃ、たいした褒め言葉にならないわ」

「きみは以前より上達している。きみの魔法は……桁外れだ。それは今もこれからも、きみにとって最大の武器だよ。あと、これだ」ブリーンの手を持ちあげて手首を返し、タトゥーに指を這《は》わせた。

「〝ミスノフ〟――勇気。きみの勇気は魔法に勝るとも劣らない」

「いつも勇気があるわけじゃないわ」

「いや、充分ある。きみはマルコを帰し、彼がきみ自身じゃなくほかの人々の支えになれるようにした。それは勇気がなければできないことだ。マルコに同行することだってできたのに、ぼくの求めに応じてここにとどまった」

「いくつかの理由でね」

「ああ、いくつかの理由で」

訓練場に子供たちが群がってきた。羽根がある者や俊足のエルフ、眠そうにあくびをしている子もいる。

タラムでは教育に重きを置いているが、今日は休日なのだとブリーンは気づいた。下を見おろすと、ボロックスが懇願するように見あげている。

「行っておいで」

愛犬はうれしそうに吠《ほ》えて駆けだした。

「きみは尋ねないんだな、いくつかの理由がなんなのかを」

「わたしがここにいたほうが、あなたと一緒にいたほうが、安全だと思っているんでしょう。シャナは二度わたしの暗殺を試み、今やあの男のものになった。オドランのものに」

「すべてのポータルは警備されている。シャナが侵入することも、きみに危害を加えることも不可能だ」

「シャナはわたしを殺せないわ」

彼は目を細めた。「予知夢を見たのか？」

ブリーンはかぶりを振った。「いいえ。でも、彼女にそんな満足感を味わわせるつもりはないもの。それと、イズールトにもこれまで二度狙われたけど、彼女の目的は殺害じゃないわ――マルコ曰《いわ》く、シャナと違ってイズールトはそこまで狂っていないから。彼女はわたしを無防備な状態にしてオドランに送り届けようとしている。もしあなたがいなかったら、イズールトは一度目で成功していたでしょうね。二度目の現場はあそこだった」

振り返って指さす。「あのときは自分で応戦した。でも、イズールトを完全に阻止するのではなく、感情や怒り、傷つけて罰したい衝動に駆られてしまった。もう二度とあんな過ちは犯さないわ」

「きみは獰猛になったな、わが女神《モ・バンジア》」

獰猛？　ブリーンはそれに関して半信半疑だった。獰猛ではなく、勇敢だ。勇敢になったのだ。

「わたしは長年、自分のことをありふれた人間だと思ってきたわ――普通以下の人間だと。だけど今は自分が何者で、どんな力を持っているか理解している。おかげで、それを使うことができるわ。あなたはわたしを案じるあまり、なすべきことに集中できずにいるのよね。もう心配するのはやめてちょうだい」

　キーガンもブリーン同様に、訓練の列に並ぶ子供たちを眺めた。まだ若いな。そう思ったとたん、胸に誇りと後悔がよぎった。剣の柄に手をかけ、あの年ごろの自分が同じように訓練していたことを思いだした。

「ぼくがきみにここにいてほしいと願うのは、単にきみの身を案じたからだと思っているのか？」

「それもあるでしょうけど、わたしがここにいれば役に立つことをあなたも承知しているはずよ」

「ああ、そのとおりだ。きみは負傷者の手当てを手伝い、慰めをもたらしている――弔問先の遺族にも。きみはみんなの悲しみを背負いすぎだ。それが見て取れるよ」

「まあ、ありがとう。きれいになる魔法《グラマー・マジック》を使ったほうがよさそうね」

「きみはきれいだよ」

　あたかも事実であるかのような彼の何気ない言葉に、ブリーンの胸はこっけいなくらい高鳴った。

「たとえ疲れていても、顔面蒼白でも、悲しみが一目瞭然でも」

「あなたもよ。たしかにあなたはティーシャックで、これはあなたの責務だけど、それだけじゃない。あなた自身も悲しみにさいなまれているわ、キーガン」

「消さないでくれ」キーガンはブリーンが彼の胸に触れる前に、その手をつかんだ。「ひとかけらも。ぼくには悲しみが必要なんだ、怒りや冷たい血が必要なように。きみが死者の弔いも手伝っているのは知っている。そんなことはさせたくなかった」

「彼らはわたしの民でもあるわ。わたしはアメリカ人だけど、タラム人でもあるのよ。きっとタラム人の血のほうが濃いんじゃないかしら」

「だとしても、きみにはさせたくなかった。きみはマルコを帰したが、ぼくは同様の気遣いができない、今ここでは。キャピタルはきみにとって、アイルランドや谷のような故郷じゃないのに。最近ではセックスするか寝るときくらいしか、きみと過ごせない――しかも、残念ながらセックスより睡眠のほうが多いくらいだ。あの戦闘以来、ふたりきりでこんなに話したのも初めてじゃないか」

「あなたはティーシャックで、評議会や審判に出席しなければならないもの。すべての負傷者や遺族にも声をかけているんですってね。みんなが教えてくれたわ。修理や訓練、それ以外にもわたしが思いつかないいろんな責務があるんでしょう。そんなふうにやるべきことや考えるべきことが山ほどあるあなたと一緒に過ごしたいと、わたしが願うと思う?」

キーガンは真剣なまなざしで彼女を見つめた。やがて、ふいに目をそらし、訓練場や村に視線を向けた。

「いや、きみはそんなことは願わない。たぶん、だからこそ一緒に過ごしたいんだ。いまだにきみのことは謎だよ、ブリーン・シボーン。きみに対するこの思いも謎だ。それが癪にさわることもある」

彼の言葉にブリーンはまた微笑んだ。「それはありありと見て取れるわ」

「きみ自身が口にしたさまざまな理由で、ここにいてほしい。そのすべての理由に加え、ぼくのためにもどうかここにいてくれ。こんなことを言うのは不本意ではあるが……これがぼくにできる精一杯の説明だ」

キーガンがわざわざ説明を試みたことに、ブリーンは感動した。

「あなたは説明するのが上手になったわね。決して一流の話し手にはならないでしょうけど、練習を積めばそれなりの腕前になるはずよ」

彼の口角がぴくりと持ちあがる。「ひどいな、一本取られたよ」

「そうでしょう。わたしは必要とされるのが好きなの」ブリーンは彼が片側に垂らした戦士の細い三つ編みをなぞった。「ずっと必要とされてこなかったから。もちろんマルコは必要だって言ってくれた、サリーとデリックも。でも彼らは例外よ。だから、今は睡眠とセックス、それにスケジュールに組みこめるものがあれば、それだけで充分」

「もう時間切れだ。忌々しい評議会に出なければ」

「気にしないで。わたしもこれから訓練場へ行って、忌々しい弓術を学ぶことになっているの」

「以前ほど下手じゃなくなったと聞いたよ」

「うるさいわね。さあ、世界のリーダーの務めを果たしていらっしゃい」

キーガンはブリーンの両肘の下に手を当て、爪先立ちにさせた。そして霧が薄れ、日の光が降り注ぐまでキスをした。

「常にボロックスと一緒にいてくれ、いいね？　村や遺族を訪問するときは誰か――キアラでもブリジッドでも誰でもいいから、連れていくように」

「心配するのはもうやめてちょうだい」

「きみが言うとおりにしてくれたら、それほど心配せずにすむ」

「わかった。だから、あまり心配しないで。わたしは弓を取りに行って、もうちょっとましな腕前になるように練習をがんばるわ。まあ、あなたの評議会よりは楽しめると思う」

「それは間違いないな。愛犬のそばから離れるなよ」キーガンはそう繰り返し、半旗が掲げられた城へと引き返した。

ブリーンは、来る日も来る日も訓練や修理の手伝い——修理には魔法が必要なものもあればそうでないものもあった——に明け暮れる一方、できるだけフェリンの家族とも一緒に過ごした。

三歳までの記憶が徐々によみがえるにつれ、フェリンの家族は自分の家族でもあると気づいた。空高くブリーンを放りあげて歓声をあげさせたフリンの大きな手、シネイドの手作りアイシングクッキー、モレナと走りまわった草原、いつも冒険の計画を練っていたシーマスとフェリン。

フェリンの家族と過ごすときは、生家である農場の母屋にいるようにくつろげた。だが、ブリーンが胸に封じこめていた悲しみを解き放ったのは、戦士で評議会のメンバーでもあるフェリンの父親のフリンだった。

その日、ブリーンは新鮮な空気と静寂を欲していた。早朝の二時間を執筆に費やし——夕方にもさらに二時間書き進められるよう願いつつ——ボロックスを散歩に連れだした。

何もすることのないいつかの間のひととき。散歩のあとは、評議会メンバーであるワイズのローワンと数人の若い魔女とともに、魔法薬や魔除《まよ》けを作る予定だ。みんなで戦闘によって減ってしまった在庫を補充している。

魔法はただ呪文を唱えればいいわけではなく、努力や技能や訓練や意志が必要とされる。

戦闘でだめになった作物を補給するため、ブリーンは畑仕事も手伝うつもりだった。シネイドやノーリーンにも手を貸してほしいと頼もう、ふたりが一時間だけでも屋外に出て、日の光を浴びられるように。

そのあとは大嫌いな日課の屋外訓練だ。剣術と接近戦の訓練は拷問そのもので、きっとあざだらけになるだろう。

キャピタルでは次から次へとやることがあり、毎日が驚くほどめまぐるしい。城はこのうえなく魅力的で、広大な海原には胸が躍ったが、ブリーンはアイルランドのすてきなコテージや、タラム西部の農場やそこにいる友人や祖母が恋しかった。それに、正直に言うと、何カ月も前にフィラデルフィアを発《た》って以来続けてきた自己満足できる日課も恋しい。

だが、ブリーンは今ここで必要とされている。連日さまざまな務めを果たす彼女の姿が、あまりにも多くを失ったキャピタルの住民に希望を与えているのだ。

ブリーンは橋の下を流れる川でボロックスを遊ばせながら、愛犬との絆を通してボロックスの感情を読み取った。ボロックスははしゃぎながらも、入江や、アシュリンの息子たちと駆けまわったり、子供たちの世話をするアイリッシュ・ウルフハウンドのマブと遊んだりするのを恋しがっていた。

急いで川からあがったボロックスが全身を震わせると、ブリーンは両手で撫でて乾かしてやった。身が引きしまるような十一月の風に乗って、海や掘り返された土のにおいがする。丘陵や草原には、冬野菜をよみがえらせようと畑仕事にいそしむ人々の姿があった。

先日、ブリーンがワイズたちとともに血で濡《ぬ》れた焦土の再生に尽力した結果、今やオレンジ色のカボチャやバターイエロー・スクワッシュ、グリーンのケールやキャベツが育っていた。

花やハーブも元気を取り戻した。ブリーンは、屋根を葺《ふ》き替えたばかりのコテージ、玄関の前庭で遊ぶ子供たち、屋台や店を見てまわる村人、煙突から立ちのぼる煙を眺めた。

生命と光は揺るぎない。闇に負けず、なんとしても花を咲かせ、光り輝く。キャンドルのように火を吹き消されることなく、いつまでも燃え続ける。

ブリーンもその一端を担い、炎を燃やし続けるためになんでもする覚悟だった。

ボロックスが弾むような足取りで先を歩き、垂れさがる柳の下をくぐった。ブリーンがあとに続くと、フリンが石のベンチに座ってボロックスの頭を膝にのせていた。

見るまでもなく彼の悲しみを感じ取り、ブリーンの心は重くなった。

それでもフリンはブリーンに微笑みかけ、ボロックスの頭のてっぺんの毛をそっと撫でた。「この子は喜びを与えてくれる」

「本当にそのとおりです」

「きっとすぐに歌や物語が作られて、一躍有名になるに違いない。ここからだと多くが一望できるだろう。村や、活気あふれる営み、草原や丘、山影も。耳を澄ませば、背後の海の波音も聞こえる。わたしが生まれる前に、きみのおばあさんがここにこのベンチを設置したんだ。きみのお父さんと何度もここに座っては物思いにふけり、静寂に浸ったものさ。そして、あそこには」

彼が指さしたので、ブリーンは歩み寄った。

「あのコテージには、わたしが若いころ恋い焦がれた女性が住んでいた。もちろん、シネイドがわたしの心に決して破れない鍵をかける前の話だよ。だが、当時その女性に恋心を抱いていたのは事実だし、思い出自体は無害で甘美なものだ」

「今どこにいるんですか、その女性は？」

「農夫と結婚して、子供を三人、いや四人もうけたはずだ。普段は内陸部で暮らしているが、物々交換や商売をしにキャピタルへやってくる。きみもちょっと座らないか。わたしはもう少し外の空気を吸いたい気分なんだ」

ブリーンはためらったが、フリンが今、外の空気と同じくらい話し相手を必要としているのを本能的に悟った。隣に腰をおろし、フリンの手が彼女の手に重ねられると、彼の気持ちが伝わってきて、その直感が正しかったことがわかった。

「きみのお父さんと谷で過ごした少年時代、わたしはキャピタルやここの活気に憧れていた。イーアンや父親と違って、農夫には向いていなかったんだ。父親のように大工仕事をするほど賢くもなかった。もちろん音楽は好きだったよ。それに、イーアンとはかたい絆で結ばれていた。だから、ここやポータルの向こう側のパブでみんなと演奏するのは楽しかった。だが、イーアン、キャヴァン、ブライアン――わたしにとって彼らは昔から兄弟同然だった。だが、わたしは戦士にもなりたかった、それは真実だ。谷でシネイドとともに子供たちを育てた日々は、まさに宝物で、楽しく平和だったよ。しばらくのあいだは」

フリンがブリーンのほうを向いた。「きみのお母さんのおかげで、イーアンは幸せだった。きみはそのことを知るべきだ」

「ええ」しばらくのあいだは幸せだったのだろうと、ブリーンは思った。

「だがイーアンの鼓動であり、魂を照らす光だったのはきみだよ、赤毛の子ウサギちゃん。オドランにきみをさらわれたとき……気の小さい男なら逆上し、狂気や不安に囚われただろう。だが、イーアンはそんな小者ではなかったから、心の扉に鍵をかけ、頭脳と魔力と力を使った。ほんの赤ん坊だったきみがそうしたように」

「あなたのお母さまがわたしを連れ帰り、シネイドが歌いながらあやしてくれました。今ではははっきりと思いだせます。途方もない恐怖を味わったあと、みなさんのおかげでふたたび安心できたことを。久しぶりにタラムへ戻ったとき、祖母が炎のなかに映してくれました。その晩、父や、祖母がどう戦ったかを。そしてあなたは……立派な羽根をのばし、剣を手に、わたしや父やタラムのために戦ってくれました」

「あれは残虐で恐ろしい晩だった。だが、わたしは戦士になることを切望していたし、きみやイーアンやタラムのためなら命を捧げる覚悟だった。それがわたしのくだした決断だ。だが、こうして自分は生き残り、あの晩キャヴァンを失った」

「ええ」

「兄弟も同然の親友だった。続いてブライアンが倒れ、イーアンも亡くなった。彼らや兄の死によって、当然ながらわたしは心の一部を失った。だが、戦士として夫として父親として——そして祖父として——これまで生きてきた。親しい人々の死に傷ついても、彼らのいない人生を生きる術《すべ》をなんとか見つけた。そうやって立ちあがり、生き続けることで、故人を讃《たた》えている」

「そうですね」フリンが遠くを見やったので、ブリーンもあたりを見渡した。彼女の瞳と同じグレーのウサギが草原を駆け抜け、キャベツを食べようと畑に向かっている。

「わたしはこれまで身近な人を失ったことがありません。父には捨てられたと思っていました」

「イーアンは決してそんなことはしない。絶対に」

「ええ、今なら違うとわかります。あなたが立ちあがって生き続けることで、亡くなった愛する人々を讃えていることも」

「わたしは評議会に参加し、聡明で誠実であろうと努めている。敵が攻撃してくれば戦う。今やわたしは、妻や、亡き息子の妻、もうひとりの息子や娘、両親をこの腕に抱えている。わたしのように心の一部を失った家族のためにも、この腕は強靭《きょうじん》でなければならない。しかしわたしの息子は、生まれ落ちた瞬間にこの両手で受けとめたわが子は、亡くなってしまった。これから生まれてくる孫が、実の父親を知る機会は永遠に失われた。亡き息子の妻が夫に抱きしめられることはもう二度とない。わたしの妻が息子の声を聞き、息子の顔を目にすることも決してない。そのすべてが失われた今、わたしはどうやって生きていけばいいのかわからない」

ブリーンは言葉を失い、黙ってフリンの体に腕をまわした。どんな魔力をもってしても、彼の悲しみを消し去ることはできない。だが、心を開き、圧倒されるほどの悲しみを受け入れ、せめてもと気持ちを分かちあった。

「あなたは戦士です」ついに口を開いた。「夫であり、父親であり、祖父でもあります。だから、あなたは立ちあがるはずです。愛する人々の死によって失われた心の一部は、彼らの光で満たされるでしょう。あなたのなかにはフェリンの光があります、これからもずっと」

涙があふれそうになったが、ブリーンはこらえた。

「あなたのなかにフェリンの光を感じます。わたしの父の光も」わずかに身を引いてフリンの胸に手を当てると、目を合わせ、自分が感じているものを彼に注ぎこんだ。

「亡くなってもかすむことのない、まばゆい光です」

フリンはブリーンの肩に手をのせ、ため息をもらした。「きっとイーアンは心からきみを誇りに思うだろう」

「わたしのなかにも父の光があります」

フリンは顔をあげ、ブリーンの髪を撫でた。「きみのなかに彼の面影が見える、それが慰めになるよ。わたしにとってはきみ自身が慰めだ」彼女の額にキスをした。

「どんな力が働いて、今ここできみと過ごせたのかわからないが、そのことに感謝するよ。赤毛の子ウサギちゃん」もう一度キスをしたあと、彼女をその場に残してフリンは立ち去った。

ひとりになると、ブリーンは分かちあった悲しみの重さに押しつぶされ、震えそうになった。

ここではだめよ。誰かに見られるかもしれない。彼女は柳の下から抜けだし、ドラゴンを呼んだ。

ああ、無性に新鮮な空気が吸いたい。ここから遠ざかって解放されたい。

ロンラフが地面におり立つと、ドラゴンの金色がかった赤い背中に乗った。「ちょっと待ってて」ボロックスがよじ登ろうとする前に制した。「ちょっとだけ待っていてちょうだい」

ブリーンはすぐさまロンラフを飛び立たせた。空高く急上昇したせいで風にあおられ、髪やマントが波打った。ぐんぐん舞いあがって湿った雲を突き抜けると、風が肌に突き刺さった。タラムが子供のおもちゃのようにはるか眼下に広がったところで、彼女は叫んだ。

悲しみとともに厳重に封じこめていた怒りを一気に吐きだす。そのとたん空気が震え、雷がとどろき、稲妻が光った。だが、彼女は気にもとめなかった。

これは自分の、自分だけの叫びだ。戦場に飛び散った血の一滴一滴、人々が流した涙、すべての犠牲者に対する叫び。闇と光を合わせ持つ怒りがぶつかりあうと、空が渦巻いて震動し、雲がすすり泣くように雨を降らせた。ブリーンは両腕を突きあげて拳を握りしめ、嵐を召喚した。

「ろくでなし！」彼女は叫んだ。「あらゆる神に誓うわ、お父さんやフェリンやみんなのためにも、あなたの息の根をとめてやると」

ロンラフを下降させ、あの流血の日以来、行かなければならないのにその気力がわかなかった場所へドラゴンを導いた。

ロンラフが森におり立ったとき、木々は突風にあおられ、大雨が降っていた。ブリーンはドラゴンから飛びおり、蛇の木の前に立った。彼女の血によって開かれ、タラムに地獄をもたらしたこのポータルは、今はブリーンと祖母とタリンによって閉鎖されている。

ブリーンはどんどん力をかき集め、嵐に向かって顔をあげ、魔力と嵐を融合させた。その場にたたずむ姿は、内も外も炎のように赤く光っていた。

「よく聞きなさい、暗黒神オドラン。わたしの言葉に耳を傾け、震えあがるといいわ。わたしはブリーン・シボーン・オケリー、フェイと人間と神々の血を引く娘。わたしは光と闇、希望と絶望、平和と破壊。鍵であり、架け橋であり、答えよ。わたしは己のすべてをかけて、あなたの息の根をとめる。あなたの血潮は血管のなかで煮えたぎり、肌は焼け焦げ、全世界があなたの恐怖と苦痛の絶叫を耳にする。オドラン、かつてあなたは神々から追放されたけれど、今度は地獄にすら行けないようわたしが燃やしつくして灰にしてやるわ。そして、あなたは無となる。それがわたしの誓いで、宿命よ」

両手を突きあげたとたん、光が渦巻き、瞳が嵐のように黒ずんで険しくなった。

「ブリーン。そこから離れろ」

ぱっと振り向いた拍子に、彼女から魔力が放たれた。キーガンは両手をあげて防御し、かろうじて倒れずにすんだ。

「そこから離れろ。きみの怒りで、ポータルをうっかり開く危険を冒す気か？」

「ポータルは開かないわ。でも、オドランにはわたしの声が聞こえるはずよ」

「言いたいことがあるのはわかるが、今すぐ離れろ」キーガンはポータルの前で途方もない魔力をあふれさせる彼女に近づいた。

キーガンがブリーンの腕をつかんだとたん、骨が震えるほどの電流が走ったが、それでもなんとか彼女をその場から引き離した。

びしょ濡れのボロックスがくうんと鳴くなか、ブリーンは魔力と怒りに燃える目でキーガンをにらんだ。

「わたしをとめられると思っているの？」

「ああ、そうしなければならない場合は」彼がポータルとブリーンのあいだに立ちはだかると、彼女の癇癪《かんしゃく》がいくらかおさまり困惑に変わった。「もう手放せ」

「えっ、何を？」

「きみが召喚した嵐だよ。さあ、手放せ」

「ああ、なんてこと」手のひらを顔に押しつけ、ブリーンは身を震わせた。「ごめんなさい。ごめんなさい」震えながら地面にしゃがみこむ。「本当にごめんなさい」

暴風がおさまり、雨もあがった。大気を震わせていた魔力もかき消えた。

「こんな場所にひとりで来るなんて」彼が口を開いたとたん、ブリーンは身を丸めてすすり泣いた。

怒りを発散した彼女には、もう涙しか残っていなかった。

キーガンが腰をかがめると、ボロックスがブリーンに駆け寄って身をすり寄せ、小さく鳴いた。

「もう大丈夫だ」キーガンはブリーンの髪や背中や肩を撫で、その体をあたためて乾かした。そのまま抱きしめて言葉を探したが、〝もう大丈夫〟としか言えなかった。

「ごめんなさい」

「きみはすでに謝った。だから、これはすんだことだ。きみが望むなら、気がすむまで泣くといい」

「さっきフリンとベンチに座って、彼が……。もう気持ちをおさえられなかったの。もう心に鍵をかけていられなかった。どうしても……」

「神々にわめき散らしたかったのか」

ブリーンが顔をあげると、彼は首を傾《かし》げた。「おそらくきみの声は極西部まで届いただろう」

「ああ、なんてばかなことを」彼女は両手に顔を埋《うず》めた。「あんなことをすべきじゃなかった――きっとみんなを怯《おび》えさせて――」

「怯えさせた？　ブリーン、ぼくたちはタラム人だ。仲間のひとりが魔力を解き放ったくらいで、怯えて膝が震えたりしない。それに、きみの魔法には喜びをかきたてる力がある。まあ、嵐はちょっとやりすぎだが。きっと飛ばされた洗濯物を追いかけている人がいるはずだ」

「ごめ――」

「もう謝るな。謝罪の言葉は聞き飽きた。それより、ここにはひとりで来ないと、きみは約束したはずだよな」

「こんなことをするつもりじゃなかったの」ふたたびすすり泣き、かぶりを振った。「計画していたわけじゃないわ。一瞬の気の迷いよ」

「少なくとも一時間は続いたぞ。きみを見つけるのに少々手間取った。こいつがいなかったらもっとかかっただろう」キーガンはボロックスを思いきり撫でてやった。「土砂降りになる前にきみを探しに行こうとしていたら、ボロックスが呼びに来たんだ。きみはすべてのエネルギーを放出し、大量の涙を流し、もうへとへとだろう。出発するのは午後じゃなくて明日の朝でもかまわないぞ」

「出発？どこへ？」

「谷だ」キーガンは立ちあがり、彼女に手をさしのべた。

「だめよ、キーガン」ブリーンは勢いよく立ちあがった。「わたしはどうしても心を清めたかった、というか発散したかったの。それに――」ポータルを振り返る。「オドランに知らしめたかった。だけどちょっと取り乱したからって、わたしを谷に送り返すなんてあなたにはできないはずよ」

「ちょっと取り乱した？　ぼくはついさっき生まれて初めて空飛ぶ羊を目撃したぞ」

「ああ、どうしよう」

「たしかに、ぼくはきみを谷に送り返すつもりだ――ぼくはティーシャックで、それが可能だからな。だが、ぼくはここ以外の場所でも必要とされている。それに、キャピタルには必要なだけとどまった。とりあえずは。だから、ぼくは谷へ戻る。きみにも一緒に来てほしい。ぼくだけじゃなく、きみもそうする必要があるはずだ」

「ええ、いいわ」ブリーンはキーガンに歩み寄って、その肩に頭をゆだねた。「たしかに、わたしにも必要だわ。もう出発できる？」

「ああ。お互い汚れを洗い流して、きみがみんなに別れを告げ、向こうに持っていく荷物をまとめたら。それと、マルコが食事を用意できるように、魔法の鏡で事前に連絡してもかまわない。今夜、彼のミートボールが食べられたら最高だ」

「オーケー」ブリーンは息を吐きだした。

「泣きはらした顔を隠すために、きれいに見える魔法をかけるわ」

「だめだ」キーガンは彼女の手をつかんだ。「みんな、きみの悲痛な声を耳にした。だからその顔を見せるんだ。みんなにきみの姿を見せろ。ぼくに言わせれば、オドランは天国に祈ろうが地獄に祈ろうが、ぼくが目にした女性が相手では勝ち目がないだろうな。さっきのきみは、一千本のキャンドルのように煌々《こうこう》と燃えていた。あいつにはまったく勝ち目がないよ」

「じゃあ、行きましょう。時間を無駄にしているわよ」

2

ブリーンはみんなに別れを告げ、モレナとキーガンの母親から託されたそれぞれの娘宛の手紙をバッグにしまった。ボロックスとともにロンラフの広い背中に乗りながら、不安のあまり矢も楯《たて》もたまらず東部のキャピタルまで飛んだときのことを思いだした。

これから故郷に戻るブリーンは、以前の彼女とはまったく違う。

ロンラフの翼の下に広がる世界は、すっかり馴染みのものとなっていた。緑の丘や肥沃な谷、鬱蒼と茂る森のにおいや、雄大な山の頂。村やコテージや洞窟やそれぞれの住民も。

雲の下では、馬の乗り手が疾走し、マントをまとった女性がバスケットを抱えている。王の風格を漂わせながら林の縁にたたずむ牡鹿《おじか》や、川岸で釣り糸を垂れる女性、そのかたわらの毛布のなかで産着にくるまれた赤ん坊が見える。

きっとトロールは山脈の深い洞窟で採掘に励み、子供たちは教室で授業に退屈しながら冒険を夢見ているだろう。冬野菜の成長を確かめて鋤を研ぐ農夫、幼子を寝かしつける母親。戦士たちは丘や谷や山や小川やそこで暮らすすべての住民を守るため、あらゆる技を磨こうと訓練に明け暮れている。

ブリーンは今やこの世界の一部となった。魔力を備え、タラム人の血を引き、知識はあっても、今まではそうでなかった。だが、タラムのために戦い、敵を殺し、自ら血を流したことにより一部となったのだ。

キーガンに目を向けると、彼は片時も警戒を怠らず、ぴんと神経を張りつめていた。せっかちなわりに無限の忍耐力を備え、手厳しい半面、本質的には優しさに満ちあふれている。まさに矛盾の塊そのものだ。

でも、それがキーガンに合っている。己の世界のもっとも重要な目的のために戦い、敵を殺し、血を流しているのだから。

平和という目的のために。

風音に声がかき消されないよう、ブリーンはロンラフをクロガに少し近づけた。

「次はどうするの？」

彼はこちらを一瞥《いちべつ》しただけで、また大地や大気や彼方《かなた》の海に目を走らせた。

「魔法や戦闘の訓練をしろ、以前のように」

「そうじゃなくて、今の話よ」

「ああ、今も明日も明後日も訓練だ。時間はあるが、無駄にはできない。オドランはわれわれ以上の痛手を被った。まあ、ぼくたちのように悲しむことはないが。われわれを殺すために送りこんだ悪魔も呪われた者たちも、オドランにとっては無意味な存在だ。だが、やつは軍勢を失った」

「つまり、また軍勢をかき集めないといけないわけね。それには数週間か、数カ月か、ひょっとすると何年もかかるかもしれない」

「いや、何年もはかからないだろう。今回は」

「わたしがここにいるから？」

「オドランはあと一歩できみやきみのすべてを手に入れられると思っている。きみは鍵で、架け橋で、人間とフェイと神々の娘で、オドランが心底欲するすべてだ。あと一歩で自分が望むすべてを手に入れ、全世界に復讐《ふくしゅう》できると考えているはずだ」

キーガンがふたたびブリーンに目を向けた。「だが、やつは間違っている。むしろ以前よりゴールから遠ざかっている」

「どうして？」

「きみを敵にまわしているからさ。さて、谷とコテージ、どっちがいい？　南部へ向かう前に、きみが行きたい場所まで送るよ」

「これから南部に行くの?」

「キャピタルで必要とされているあいだ、棚上げしていた責務がある。南部の修理や教会堂の破壊、慰霊碑の建設は、今までマオンが担ってきた。ぼくは南部のことを忘れていないと人々に示さなければならない」

「だったら、わたしも南部に行きたいわ」

「きみはもう何週間も家に帰っていない」

「あなただってそうでしょう。たしかに、わたしはティーシャックじゃないわ」彼が口を開く前に続ける。「でも、みんなにわたしの悲しみを見せろって言ったじゃない。それはキャピタルの住民のためだけなの?」

キーガンはしばし押し黙り、彼女をじっと見つめた。やがて、一回うなずくと南に進路を変えた。

「きっとあたたかい陽気はいい気分転換になる」彼が軽い口調で言う。

「そうね。でも、わたしは寒くても平気よ。気温がさがって変化する木を見るのが好きなの。松の木は緑が濃くなるし、オークや栗《くり》やカエデの木は色鮮やかに紅葉する。日のさし方が変化して、夜が長くなり、鹿も冬毛に変わる。ここで秋を迎え、あっという間にめぐってきた冬も過ごすことになるとは思わなかったわ。アイルランドにやってきたときも、初めてタラムに足を踏み入れたときも」

彼女は人を乗せた二頭のドラゴンが北部に向けて飛ぶのを指さした。

「あれは仲間だよ。巡回しているんだ」

「わたしたちの仲間ね。そういえば、オドランの軍勢にはドラゴンがいなかったわね」

「一部のフェイと違って、ドラゴンは悪に寝返ったり、オドランの奴隷になったりしない。とても純粋なんだ」

「オドランがドラゴンの乗り手を寝返らせたら？」

「たとえ乗り手のためでも、ドラゴンは寝返らない。万が一、乗り手がオドランの配下になっても、ドラゴンは悲嘆に暮れ、失意のまま命を落とす確率が高い。もし乗り手が無理やり奴隷にされたら、ドラゴンは彼らの帰りを待つだろう」

キーガンはクロガで飛行しながら、そのなめらかな鱗《うろこ》を撫でた。「もし可能なら、オドランは決して手に入らないドラゴンをみな殺しにするだろう。ほら」彼が指さした。「南部と海だ」

まだかなり距離があったが、果てしない真っ青な海とそれを縁取る金色のビーチがブリーンの目に映った。

羽根を持つフェアリーや草原の羊、太陽に向かってなだらかに起伏する緑の丘、ビーチの先に広がる深い森。

ビーチや不規則に広がる村を見おろす丘には、チョークのように真っ白で大きな支石墓《ドルメン》が鎮座していた。

「あれが慰霊碑？」

キーガンはその上空を旋回し、全方向からじっくりと眺めた。

そして、思いだした。

「ここはパイアスに授与された教会堂が長年あった場所だ。数多くの信者が――いや、そう呼ぶのは適切じゃないな。あの連中が拷問や迫害や殺害に加担したのは信仰のせいじゃない。ここは彼らが善行にのみその身を捧げると誓い、条約を交わしたことで与えられた場所だった。トリックたちはその授与や寛容な対応を利用して、周囲を裏切った。そんな連中に慈悲はいっさい与えない。今や邪悪な組織の拠点だった教会堂はなくなり、その跡地は浄化された。今ここにあるドルメンは、人々を守るために命を捧げた犠牲者を祀《まつ》るものだ」

「きれいね」それに、悲しい。石に悲しみがこめられているようだ。「何もかも美しいわ。海もビーチも村も。サウィン祭の篝火《かがりび》で目にした光景は、猛々《たけだけ》しく勇猛だった。あなたが、マオンやセドリックやほかのみんなが、ここで戦うのを見たわ。今は、元の美しさを取り戻している」

「タラムは存続し続ける。そうでなければならない」

キーガンはクロガを丘に導いて降下し、ブリーンたちがそれにならうのを待って、彼女に手をさしのべた。ブリーンはその手をつかみ、胃がひっくり返りそうになりながら地面に飛びおりた。

「ドラゴンたちが休憩場所を見つけられるよう飛び立たせてやろう。必要なときは、飛んでくるから」

「この子もね。さあ、行っておいで」ブリーンはその場で飛び跳ねていたボロックスに声をかけた。

すると、愛犬は丘を突っ切ってビーチも駆け抜け、一気に海へと飛びこんだ。若い人魚《マー》が笑って海面から飛びだし、ボロックスとたわむれながらまた潜った。

「ボロックスは楽しみを見つける天才だわ」ブリーンはドルメンのほうを向いた。「力強くて、強力なシンボルね。敬意に満ちあふれている」背の高い石柱の一本に触れた。「それに、日ざしを浴びてあたたかいわ」

そこへキーガンの右腕であり義兄でもあるマオンが飛来し、ふたりは後ろにさがった。マオンは大地におり立つと羽根をたたんだ。「ようこそ、なんていいタイミングだ。ちょうど今朝、笠石《かさいし》をのせたところだよ」

「すばらしい出来だな」キーガンがマオンに言った。「修理のほうは?」

「まもなく終わる。ところで、おまえがニラを引き抜いたせいで、マローとローリーが悪口を言っていたぞ」マオンはにやにやしながらマホガニー色のひげを撫でた。

「具体的な内容を口にするのはやめておこう。だが、ふたりはすばらしい仕事ぶりで、修理は順調に進んでいる。おまえも見ればわかるよ。村はふたたび活気を取り戻し、休暇を過ごしに来た人は、あの犬と同じくらい楽しんでいる」

ブリーンがしたように、マオンも石柱に触れた。「そうやって楽しめるのは誰のおかげか、これが思いださせてくれるだろう」

「ここにはもうトリックやパイアスの痕跡はいっさいないわ。ふたたび大地は肥沃になって青々とし、勇敢な人々や無実の人々を忘れることなく讃えるためのドルメンも設置された。ドルメンは永遠にそびえ続ける、フェイが存続し続けるように」

内なる魔法がわきあがり、ブリーンは二本の石柱のあいだに移動して笠石の下に立った。

「人々がこの丘を眺め、緑の草原を歩くとき、その心を占めるのは悲しみだけではない。きっと……」

彼女は口ごもり、片手をあげて、かぶりを振った。

「だめだ、心を開くんだ」キーガンが要求した。「何が見える？」

「最初に感じたのは、白くまばゆい強烈な力。それがこの石や足元の大地に息づいている。空気や、肌に降り注ぐ日ざしのぬくもりも感じる。夜の帳《とばり》がおりると、ふたつの月が夜空にのぼり、勇敢な人々や無実の人々、犠牲者を讃える荘厳なドルメンを照らしだす。これこそが真の信仰であり名誉よ。向こうの三本の木は希望あふれる春に花を咲かせ、その花は風に吹かれて大地を覆う。夏には恩恵の象徴である実をつけ、季節が秋に移り変わると、鮮やかに紅葉する。落葉樹が風に舞い、ふたたび季節がめぐり、花が咲く」

彼女は足を踏みだし、ドルメンの下から出た。「ガラスのように透き通った水を湛《たた》えた小さな人工池、その水を飲めば誰もが心の平安を得られる。そして巨大な石の上に灯《とも》る永遠の炎、その炎には強さと目的が宿っている。ここを見あげた人やこの草原を歩く人はみな、四元素が魔法によって結びついていることを知る。罪なき勇敢な人々を讃えに来た者はみな、命や愛や光が復活するのと同じく、死は単なる終わりではないことを悟り、また新たな希望を抱く」

ブリーンはぶるっと身震いするなり、両手を髪に埋めた。「ああ……長かった。ごめんなさい、わたし――」

キーガンが制するように無言で片手をあげたので、ブリーンは口ごもった。「そのとおりにしよう。マオン、フェアリーが木や果樹を植え、石工が人工池を作り、魔法使いが池を水で満たすよう段取りをつけるぞ。エルフには銅の大釜を持ってきてもらおう。それが終わったら、おまえは妻子のもとへ帰れ。おまえが戻る前にぼくが谷に立ち寄ったら、アシュリンに股間を蹴りあげられそうだ。そんな事態は極力避けたい」

「喜んでおおせにしたがうよ。向こうでもまたすぐに会えるか？」

「そうだな、遅くても明日の朝には」

マオンはブリーンのほうを向き、頰にキスをした。「きみが何をするのかわからないが、それを見るのが楽しみだよ」

彼が飛び去ると、ブリーンは両手を握りしめた。「キーガン、もしわたしが余計なことをしたなら――」

「ぼくがそんなことを言ったか？　きみの言葉は正しい。だから、それを実現しよう」

「でもこれはあなたが望み、目にしたものなんでしょう」

キーガンは真っ白なドルメンをじっと見つめた。たしかに目にしたのはこれで、これだけだった。

「ぼくは悲しみや怒りを通してこれを見た。ここに築くというぼくの判断は正しかった。だからこそドルメンはそびえている。だが、これだけでは不充分だ。その点できみは正しい。希望がなければ、これからも生き続け、戦い続け、ここを守ろうとする力は悲しみによって失われてしまう。だからフェアリーに木を運んでもらい、人工池を作り、そしてきみとぼくで永遠の炎を灯すんだ」

「そんなことは一度もしたことがないし――やり方がわからないわ」

「いや、わかるはずだ、今はわからなくても。きみの幻視《ヴィジョン》じゃないか。たとえ闇に包まれていても、光はある。その光を手放さないようにしよう」

少年が日ざしに照らされてまぶしく輝く大釜を持ってくると、キーガンはそれを空高く浮きあがらせ、笠石の中央にのせた。

「よくやった」キーガンは少年に告げた。「いい釜を選んだな」

「マオンから大きい釜って言われたから」少年がにっこりする。「ここで見ていてもいいですか、ティーシャック?」

「もちろんだ」キーガンはあたりに目をやり、眼下を見おろした。「いや、その前にみんなにも見に来るよう急いで知らせてくれ。ティーシャックとフェイの娘が慰霊碑に永遠の炎を灯すのを見届けるようにと」

少年は歓声をあげ、すぐさま走り去った。

「勘弁してちょうだい。衆人環視の的になるなんて」

「ブリーン・シボーン」キーガンはいらだちをにじませた。「きみはつまらないことでやきもきしている。ここにはみんなに自分の姿を見せに来たんだろう。その選択は正しい。だから、彼らに見せるんだ。この儀式を目にした人々は、決して忘れない。

彼らはまだ生まれていない子供たちにもこの話をするだろう。そしてここに集まったすべての人々は、ぼくたちが、ティーシャックとフェイの娘が、罪なき勇敢な犠牲者全員に敬意を表したことを覚えているはずだ。ぼくたちが彼らと同様に闇に立ち向かい、光をもたらしたことを」

「あなたはこの手のことに長《た》けているわね。ときどき、どれほど優秀か忘れてしまうけど。あなたは有能なティーシャックよ」

「分別があるだけさ」

「いいえ、それは指導力よ」ボロックスが何かを察したように丘を駆け戻ってくると、ブリーンは微笑んだ。「あと、もしわたしが失敗したら、あなたのせいにするから」

眼下に人々が集まってきた。店やコテージから出てくる人もいれば、作業の手をとめて見あげている人もいる。ビーチを散歩したり、波間で水しぶきをあげたりしていたカップルや家族も、今はこちらを眺めている。マーたちは果てしなく広がる海に浮かぶか、するりと岩場にのぼっていた。

幼子を肩車する男性や、赤子を片腕に抱いてあやす女性たち。彼らがこう言っているのが聞こえてきそうだ。

ほら、よく見て、覚えておくんだよ、と。

「ぼくの手を取って」キーガンが命じた。「きみは無駄に緊張している、イーアン・

オケリーの娘。さあ、感情をわきあがらせろ。そして言葉にするんだ。己の内にある言葉を口にしろ」

たしかに、ブリーンの心には言葉があふれていた。キーガンの脈打つ力を感じ、彼もまた彼女の力を感じ取った。ひとつに融合した力が二倍にふくらみ、言葉が口をついて出た。

「わたしたちは古の力を召喚し、生死を讃える。火花が散って炎となり、赤々と燃えあがって、人々を奮い立たせる。わたしたちはここに祀られた人々への感謝を決して忘れない」

「ここに灯る光は」キーガンがあとを継ぐ。「昼夜を問わず明るく燃え続ける。このドルメンは永遠に空高くそびえている。いかなる洪水も強風も、犠牲者を讃える炎をかき消すことはない」

一陣の風のように体内を魔力が吹き抜け、ブリーンはキーガンにならって空いているほうの手を大釜に向かってのばして力を解き放った。

「火を灯し」ふたりは声をそろえた。「永遠に明るく燃えよ」すると金色の力強い火が灯り、煙のない火柱が立った。その荘厳な美しさにブリーンの目がうるんだ。

「誰もが目にできるよう永遠に輝け」同時に告げる。「そうあらしめよ」

眼下のビーチやコテージの前庭や店先から歓声があがった。

「泣いたらだめだ」キーガンがブリーンの手をぎゅっと握りしめた。「悲しみではなく敬意を示そう。今は強さを示すときだ。涙はいらない。さあ、みんなのほうを向いて、きみの姿を見せるんだ」

ブリーンはどうにか涙をこらえ、彼の指示にしたがった。

キーガンが聖剣《コーサントイア》を掲げ、鋭利な鋼が背後の炎のように輝くと、眼下の群衆がどよめいた。

「罪なき勇敢な人々に」彼が叫んだ。「タラムと、そのすべての住民に!」

「このあとはどうすればいいのかわからないわ」

「それは儀式が終わったからだ」彼は剣を鞘《さや》に戻した。「ロンラフを呼べ。さあ、家に帰るぞ」

ブリーンとキーガンがドラゴンに乗ってビーチの上空を横切り、遠ざかるあいだも、群衆の歓声は続いていた。彼女は自分が生みだした炎を振り返った。

ええ、決して忘れない。

まずブリーンはマーグのもとへ向かった。まだ肌寒かったけれど、コテージのブルーのドアは彼女のために開け放たれていた。ボロックスはうれしそうに吠えながら、なかに駆けこんだ。

ブリーンがあとに続くと、マーグはキッチンでもう犬におやつをあげていた。暖炉の火がぱちぱちと音をたて、火にかけられたケトルから湯気が立ちのぼり、焼き菓子のにおいが漂っている。

あらゆる感情が一気にこみあげ、からまりあった。〝わが家〟という言葉が頭に浮かび、ブリーンはマーグの腕のなかに飛びこんだ。

「おかえり」マーグは孫娘をきつく抱きしめた。

「会いたかった。おばあちゃんに会えて本当にうれしいわ」

「わたしもよ。でも、ほかにも話があるんでしょう」マーグは体を離し、ブリーンの顔を探るように見つめた。「さあ、話してちょうだい。こっちに来て、座って。お茶とジンジャービスケットを用意するから、話を聞かせてちょうだい」

「ここに来るまで気づいていなかったの、本当の意味では。あまりにもいろんなことがありすぎて。あの日の――激闘や流血、フェリンや、ほかのみんなのこと。すっかりかすんで見えるときもあれば、一瞬一瞬がクリスタルガラスのように鮮明に思いだせるときもある。戦いのあともいろいろあったわ。みんなどうやって乗り越えるんだろうって思ったものよ。でも、みんな前を向いている。また一からやり直さないといけないと知っていても」

「さあ、座って、ちょっとあなたを甘やかさせてちょうだい」マーグは両手でティーポットをあたためた。「わたしも息子を、イーアンを亡くしたとき、どうすれば前を向くことができるのかわからなかった。あなたは向こう側の世界にいて、わたしのことなんて覚えていなかったし、イーアンが実の父親に殺されたことも知らなかった。それなのに、どうやって生き続ければいい？　どうやって歩いたり話したり食べたり寝たりできるのかわからなかった。それでも、わたしは生き続けた」

ブリーンが腰をおろして見守るなか、マーグはジンジャークッキーを皿にのせた。祖母は赤毛を結いあげ、グリーンのセーターにパンツとブーツという格好で、さっきまで庭にいたことがうかがえた。

「おばあちゃんは本当に強い人ね」

「そんなことないわ。当時のわたしは心も魂もひび割れ、頭もそうなる寸前だった。それで、髪をばっさり切ったの」過去を振り返り、マーグはつぶやいた。「ベリーショートに。ある晩、ふらっと家を出て、森や入江やいたるところをあてもなくさまよった。セドリックはいざというときに備えて猫に変身してあとをついてきたけど、わたしがそれに気づいているとは思わなかったそうよ。わたしたちはイーアンのことを一度も口にしなかった。彼も悲しみに暮れていたの。セドリックにとってもイーアンは息子も同然だったから。当時、わたしはセドリックと悲しみを分かちあおうとしなかったし、できなかった。分かちあえば、イーアンの両親であるわたしたちの悲しみがやわらぐのに、それを認めなかった。自分勝手に、ひとりで悲しみに浸ったの」

「あのときはそれが必要だった。自分勝手にふるまい、さまようことが。どうしても必要だったの」マーグはティーポットとカップをテーブルに運んできた。「セドリックは忍耐強く待っていてくれた。わたしが彼を頼り、彼がわたしを頼ることができるようになるまで。やがて、わたしはそうするようになった。セドリックと一緒に散歩や食事をして、眠りにつく。そうやってわたしたちは生きてきたの」

「おばあちゃん」

「おばあちゃんとセドリックにお互いがいてよかったわ」

「セドリックはわたしの人生で最愛の人よ。それは今世だけのことじゃないわ。さあ、あなたの話を聞かせて」

　お茶とクッキーを口に運びながら、ブリーンは人々を慰め、焦土をよみがえらせたことや、フリンと話し、その後、嵐を召喚してしまったことを語った。

「わたしは……準備不足だったの。このすべてに対処できる能力を備えていなかった。今振り返ると、これまでの人生は危険とは無縁で、単純だった。だからといって幸せだったわけじゃないわ、本当の意味では。でも、朝起きて出勤し、帰宅したら採点して授業計画を立てるだけでよかった。マルコやサリーやデリックがいたし、壁の花でいることもできた、実際そうしていたわ。目立ちたくなかったから」

「でも、ここでは危険から守られていないし、物事もそんなに単純じゃない。みんながあなたに目をとめ、注目する。あなたは今、幸せなの、わたしの宝物《モ・ストー》？」

　ブリーンはまぶたに指先を押しつけ、両手をおろした。「ええ、たとえあんなことが起きて、今後も起こる可能性があっても、かつてないほど幸せよ。今のわたしは多くのものに恵まれているわ」ブリーンはマーグの手に手をのばした。「今はおばあちゃんがいる。それに、内なる魔法がたくさんの喜びをもたらしてくれるわ。でも、今朝キャピタルでしたことは――」ふいに気づいた。「あれは無謀な行為だった。魔法に身をゆだねて、コントロールしないなんて」

「それがどうしても必要だったのよ」マーグはさっきの言葉を繰り返した。「誰かけがをした？」

「いいえ。でも――」

「ちょっと待って」祖母が人さし指を立てた。「あなたはわたしを信頼している？」

「心から信頼しているわ、あらゆる面で」

「だったら、この件に関しても信用してちょうだい。あなたの力やあなた自身が、闇や他者を脅かす者以外に危害を加えることはないし、そんなことはあり得ない。孫娘であるあなたのことだからわかるの。あなたはわたしの息子の子供だもの」

「わたしはあの人の血も引いているわ、オドランの血も」

「ええ、イーアンもそうだった。オドランはあなたを誤解して、その血のつながりを利用できると思いこんでいる。だけどそのつながりこそが、彼の息の根をとめるのよ、モ・ストー。あなたが不安を抱えているのは、人に危害を加えそうだから？」

「いいえ、今朝までは心配していなかった。審判でトリックに対処したときのように、ただ圧倒されたの。自分の魔法の熱や力に」

「ちょっぴり怖くなったのね」

「ええ」

「怯えて当然よ。魔力は自由奔放で、魔法使いはその力にのみこまれるわ。でも手綱を引きしめすぎると、魔力が弱まって薄れてしまう。だからわたしたちは訓練を積み、最終的には自分なりの方法を見つけなければならないの」

ブリーンの心をきりきりと締めつけていた結び目がゆるんだ。

「これがおばあちゃんに会いたかった理由のひとつよ。おばあちゃんは心を落ち着かせてくれるの。それに、この谷も。谷に戻っただけで、心がやわらいだわ。キャピタルはきれいで活気に満ちあふれているけど……」

「故郷じゃないものね」

「ええ。今回は南部も目にしたわ、生き生きとして穏やかで、美しかった。でも……あっ、うっかり忘れるところだった。慰霊碑のことよ」

「わたしも二日前にセドリックと南部へ行ったわ。キーガンからハヤブサの使いが届いて、南部へ行くように頼まれたの。彼はまだキャピタルを離れられないから、代わりにドルメンの設置を手伝ってほしいと。あの美しくて荒削りのドルメンは、わたしたちが失ったものと打ち負かしたものをありありと思いださせてくれるわ」

「ええ」ブリーンは頭を押さえた。「わたしは失敗したかもしれない。やっぱり美しくて荒削りのままにしておくべきだったんだわ」

「どういうこと？」

「わたしたちが――キーガンとわたしがドルメンの前に立ったとき、なんとなく……違和感を覚えて、ほかのものが見えたの」

「何が見えたの？」

「わたしには……。見せてもいい？　炎のなかで？」

ブリーンは立ちあがって暖炉に歩み寄ると、両手を突きだし、マーグがやってくるのを待った。

「これが見えたの」

まず、春の景色が映った。ピンクの花や白い花をつけた木、ドルメンのそばで水面《みなも》に石柱や光を映す小さな人工池、立ちのぼる金色の炎。やがて、花が散って大地を覆い、木になった実が大きく成長して熟した。赤や金色に紅葉した葉が落ち、裸になった枝は季節が移り変わるのを待った。

そのあいだも、金色の炎は終始燃え続けた。

マーグが手で口を覆い、目をうるませた。

「これがあなたの見たものなの？」

「ええ、はっきり目にしたわ。南部をあとにする前、キーガンとその炎を生みだして――」

マーグは黙って孫娘のほうを振り返り、抱きしめた。「これは力だけじゃなく愛や憐れみがもたらしたヴィジョンよ。あなたのなかに父親がいる証拠だわ。きっとイーアンも同じ光景を見たのよ。そうに違いないわ」

「本当にそう思う？」

「ええ。そしてありがたいことに、キーガンはそれを理解するだけの聡明さを備えていた。彼は賢明にも邪悪な教会堂を破壊し、その跡地に力強いドルメンを設置した。さらに、あなたの言葉に耳を傾け、ドルメンに炎を追加した。あなたは途方もない一日を過ごしたのね」

「一週間くらい経《た》ったような気がするわ」

「歓迎の木まで送りましょう、そこからコテージに向かえばいいわ」

「まだモレナやフィノーラやシーマスの顔を見ていないわ」

「明日でも遅くないわよ。今夜はゆっくり過ごして」マーグはフックにつるされたふたり分のマントを取ってきた。「しっかり睡眠をとって、明日の午前中は執筆を進めなさい。わたしたちは事足りているから」そう言ってマントをまとった。

ブリーンは歓迎の木に続く小さな階段をのぼり、マーグを振り返って手を振りながら、こみあげる思いを否定できなかった。かすれゆく夕日のなか、背後の農場の母屋の煙突から煙が立ちのぼっている。

ここが、この空気や景色が、好きでたまらないけれど、向こう側の世界で待っているものに早くたどり着きたかった。

曲がった太い枝にのぼり、なめらかな岩を越え、アイルランドに足を踏み入れた。ボロックスはまた飛び跳ね、尻尾をメトロノームのように振っている。どんよりした空から冷たい小雨が降っていてもおかまいなしだ。

ブリーンも気にせずに小雨を見あげ、歩き続けた。湿った大地やびしょ濡れの松の木のにおいがする。普段ならボロックスは小川に寄り道して水しぶきをあげ、行ったり来たりするのだが、今日は小道を一目散に走っていた。

「家に帰る気満々ね」ボロックスが彼女を見あげた拍子に、頭のてっぺんの毛が揺れた。「それとも、わたしがそうだから？　まあ、いずれにしても、もうすぐ着くわ」

吐息をもらし、息を吸いこんだ。「あなたにもこのにおいがわかる？　泥炭の煙や入江や湿った草のにおいがするわ」

林を通り抜けたとたん、泥炭の煙や入江や湿った草、ブリーンのハーブや花が見えた。コテージの茅葺《かやぶ》き屋根や頑丈な石垣、すてきなパティオや明かりが灯った窓も。まるで初めて目にしたときのように、胸がいっぱいになった。何もかもブリーンの望みどおりだ。

ボロックスは入江に向かって疾走するのではなく、ドアに直行して吠えた。

ブリーンがたどり着く前に、マルコが――美しく細かい三つ編みを後ろでまとめ、ふきんを肩にかけたマルコが――ドアを開けた。そのとたん、音楽が鳴り響いた。

ボロックスが後ろ脚で立って飛び跳ねるのを見て、マルコは噴きだした。「ダンスがうまいじゃないか。さあ、雨に濡れないようになかで踊りなよ。おかえり、ブリーン！」

「マルコ」できることなら一気に飛びたかったが、駆け寄って彼の腕のなかに飛びこんだ。

雨のなか、マルコはブリーンを抱きしめたままくるくるまわり、音をたててキスをした。

「ちょっと前にキーガンがきみの荷物を送ってきたよ。きみの恋人の大好物だから、今ミートボールをトマトソースで煮込んでいるところだ」

「厳密には、わたしの恋人じゃないわ」

「何を言っているんだ」彼はまたキスをした。「ぼくはずっときみのことを見守ってきたんだぞ。もうすぐブライアンも来るし、彼とキーガンが到着したらご馳走《ちそう》を食べよう。だけど今は、きみを独り占めだ」

マルコはブリーンからマントをはぎ取ってフックにかけると、彼女を抱きしめてふたたびターンした。「ぼくはここが大好きだ。好きにならなきゃおかしいよ。でも、きみがいるといないとではまったく違う」

「わたしもこのコテージが恋しかったわ。あなたや、みんなや、何もかもが」

「きみが明日、まともな人間が起きる前に目を覚まして仕事に取りかかれるよう、ノートパソコンは準備しておいたよ。ちなみに、きみのブログは好調だ。何もかもあとで話そう。まずはこのすばらしい犬のおなかを満たして、ぼくたちはワイン片手に腰を落ち着けるとしよう」

「ええ、ぜひそうしましょう」

ブリーンはマルコに抱きついた。わが家。ここがわが家だ。

わが家と思える世界がふたつもあるなんて不思議だけれど、これはありがたい贈り物だ。

3

夜明け前に目覚めたとき、ブリーンはひとりだった。静寂のなかで、しばらくそのまま横たわり、ぱちぱちと音をたてる暖炉の火に照らされながら、夜と昼の狭間《はざま》の心地よさを堪能した。

ゆうべはキーガンが隣で眠り、ボロックスは自分のベッドで丸くなった。その前にマルコやブライアンと食事をともにし、戦闘や来たるべき戦いへの準備とは無関係な会話をのんびりと楽しんだ。

四人は音楽や親しい者同士の語らいや、笑い声を分かちあった。

その後、暖炉の明かりのなか、ブリーンとキーガンは互いを求めて抱きあい、眠りに落ちた。

これはいわば幕間《まくあい》で、こうだったらいいのにというブリーンの願いでもあった。

だがその願いを叶えるには、戦闘に備え、敵と戦い、勝利するしかない。

ブリーンは起きあがると、トレーニングウェアに着替えた。まずは体を動かし、次に机の前に座って仕事に集中しよう。そしてタラムへ戻り、魔法の訓練をして、モレナたちに会い、迫りくる戦いに備えてキーガンと訓練をする。

けれど、何よりも先に、コーヒーが飲みたい。

階下に向かう途中、男性の話し声が聞こえ、ベーコンのにおいがした。焦げたベーコンのにおいだ。

キッチンにはキーガンとブライアンがいて、ボロックスがボウルに入った餌を夢中で食べていた。コンロには熱々のフライパンがのっている。

「何か問題でも？」彼女はコーヒーメーカーに直行した。

「このコンロは……」キーガンがコンロをにらみつけた。「複雑すぎる」

「ぼくたちも朝食当番を引き受けようと思ってね」長身でたくましいブライアンのブルーの目が光った。「まずキーガンが挑戦してみたんだが、思ったより簡単じゃないとわかった」

ブリーンはマグカップを取りだすと、熱々のフライパンのなかで焼きすぎて茶色くなったスクランブルエッグを顎で指した。

「そうみたいね。ひと言アドバイスさせてもらうと、残念な代物じゃなく食べられる料理を作るには、日々練習を重ねることよ」

「ははは」キーガンはトーストにベーコンと卵を積みあげた。「別に問題ないよ」そう言い張って、トーストを口にする。

「じゃあ、朝食を楽しんでちょうだい」

彼女が玄関のドアを開けると、ボロックスが外に飛びだした。愛犬が入江へと疾走するなか、彼女は肌寒い朝の空気と薄暗い夜明けの光のなかへ踏みだした。

グレーの入江の上で薄いベールのような霧が渦を巻き、湿った緑の芝生へと細い指をのばしている。あたりには、ローズマリーやナデシコ、バニラを彷彿《ほうふつ》させるヘリオトロープのにおいが漂う。

真っ赤な丸い実をつけたモチノキ。冬の訪れを告げるひんやりとした空気のなか、夏の太陽を思わせる色で挑発的に咲き誇る薔薇《ばら》。

コーヒーを飲みながら、ブリーンはボロックスが水しぶきをあげ、それが霧を引き裂き、朝日が雲間から広がっていくのを眺めた。

かつて、朝はあわただしさの象徴だった。コーヒーをテイクアウトし、職場へ向かうバスを待つ――やりたくもないし、続けていける自信もない仕事をするために。

フィラデルフィアでのささやかな住まいや、あの街の色彩や雰囲気はとても気に入っていた。けれど、それ以外は？　すべてグレーの影でしかなかった。なかでも、自分自身が一番濃いグレーだった。

でも、今はこの暮らしを手に入れた。かつては夢見ることさえ叶わないと思っていたものを。愛する仕事と人生の目的を。

たとえ圧倒されるほど恐ろしい目的でも、それはブリーン自身のものだ。

少なくとも今は。そんなことを考えていると、キーガンがコテージから出てきて隣に立った。

「わたしが階段をおりていたとき、あなたがブライアンと話していたのは焦げたベーコンのことじゃなかったわよね」

「あれは焦げていない、すごくかりかりなだけだ」

「ああ、そうね。とにかく、ゆうべはオドランや戦闘以外の話ができてうれしかったわ。でも、あなたはブライアンのような戦士と計画を練って、任務について話しあわないといけないんでしょう」

「もうその話はすんだ。きみが午前中に小説を書くあいだ、ぼくは農場でハーケンを少し手伝ってから別の用事を片づける。今の時期は日が沈むのが早いから、訓練場には一時間前に来てくれ」

「わかったわ」

ブライアンが出てきたので、キーガンは振り向いた。

「いい一日を、ブリーン」

「あなたもね、ブライアン」

「日没の一時間前だぞ」キーガンが念を押す。「遅れるな」

芝生を横切って林へ向かいかけたキーガンが、ふと足をとめ、引き返してきた。

彼の激しい側面が垣間見えたように感じた次の瞬間、ブリーンは片腕で抱き寄せられ、唇を奪われていた。

「遅れるんじゃないぞ」彼はふたたびそう告げて立ち去った。

ブリーンはコーヒーをのぞきこんで微笑むと、朝焼けに染まりゆく景色を眺めた。

日課のエクササイズルーティンで汗を流すのは、このうえなく心地よかった。以前よりはっきりしてきたような気がする三頭筋をしげしげと眺め、悦に入った。剣や弓の腕前は名人レベルには達していないかもしれないが、たゆまぬ訓練は容姿に恩恵をもたらしている。

このあとさっとシャワーを浴びられたら、天国そのものだ。

ブリーンは着替えてコーラで頭をはっきりさせると、書斎に腰を落ち着けた。ノートパソコンを立ちあげて息を吸い、ベッドでくつろぐボロックスを振り返った。

「あなたの番よ」

あの戦闘以来、ボロックスの次回作はほとんど手つかずだった。理由は単純に、書く気になれなかったからだ。

けれどこうして自宅のコテージに戻ってきたせいか、ボロックスがベッドに寝そべるなか、すんなり書き始めることができた。しかも、書くのが楽しかった。

はっとわれに返ったときには、すっかり時間を忘れていた。ボロックスはもうベッドで丸まっておらず、何やらすばらしいにおいが漂ってきた。

部屋を出ると、マルコが仕事机代わりに使っているテーブルに彼のノートパソコンが置いてあった。マルコはコンロの前で――ちっとも複雑すぎると思っていない様子で――大きな鍋に白ワインを注いでいた。

「このすばらしいにおいは何？」

「やあ、ブリーン！　すっかり集中していたね。ボロックスはさっきまた外に出ていったよ。きみは何か食べたのか？　ぼくが九時におりてきたとき、きみは完全に執筆モードだった。どうやらずっと書き続けていたようだけど」

「ええ。かなり進んだわ。前にも話したけど、キャピタルでは大人向けの小説ばかり書いていて、ボロックスの冒険の次回作には手がつけられなかったの」

ブリーンは冷蔵庫に直行して、コーラをまた一本取りだした――これは個人的なご褒美だ。

「でも、今日は書けたの！　ああ、すごく楽しかったわ！」その場でくるりとターンした。「まるでスイッチを押すだけでよかったみたいに、文章が次から次へと浮かんできて。きっとスイッチが入ったのね」

「それはよかった。でも、まだ食事を口にしていないってことだね。じゃあ、サンドイッチを作ってあげるよ」

「サンドイッチなら自分で作れるわ。それより、どうしてその鍋の中身を食べさせてもらえないの？　何が入っているの？　今のわたしの気分と同じにおいがするわ、最高のにおいが」

「これはだめだ、もっと煮込まないといけない。これからタラムに行くんだろう？」

「ええ、もちろん行くわ。でも——今、何時？」コンロの上の時計を見て、彼女はぽかんと口を開けた。「ああ、どうしよう、三十分前にパソコンを閉じるべきだったわ。もう行かないと！」

「じゃあ、タラムに行こう。きみはすべきことをしてくれ。サンドイッチはぼくが作るから、道すがら食べればいいよ」

「すべきことをしたら、何を食べさせてもらえるの？」

「今朝はフランス料理の気分なんだ」マルコはパンをスライスした。「だから、フランス人になりきって、バゲットを用意し、チキンのココット焼きを作っている」

「チキンのココット焼きって？」ブリーンが蓋を持ちあげると、鍋のなかにはおいしそうな焼き色がついた丸々とした鶏肉《とりにく》と、ジャガイモ、ニンジン、セロリ、タマネギが入っていた。

その香りは——オーガズムを連想させた。

「ねえ、これって——合法なの？」

「フランスではそうだよ。先週レシピを見つけて、きみが帰ってきた日に作るつもりだったんだ。でも昨日はキーガンのリクエストがあったから、今夜にしたよ」

「あなたはすばらしいわ、マルコ」

「まあね」彼は全粒粉パンにハムとスモークゴーダチーズをはさんだサンドイッチを彼女に手渡した。

ふたりはブーツとジャケットを身につけ、ブリーンはスカーフを巻いて、コテージをあとにした。

ボロックスが駆け寄ってきてふたりのまわりを一周すると、林へと走った。

細かい三つ編みにした頭に野球帽を斜めにかぶったマルコが、携帯電話を取りだした。「これが使えないタラムへ行く前に、ブログ用の写真を撮ろうと思って持ってきたんだ。タラムで携帯電話を使えるようにする方法はまったくないのかい？」

「タラムは魔法を選んだのよ、マルコ」

「ああ、知っているよ。それでもさ」

彼は立ちどまってコテージや入江の写真を撮ったあと、林の手前でお座りをして首を傾げるボロックスも写真におさめた。

「今週末はクリスマスツリーを調達してくるよ」

「クリスマス」

「ああ、もうすぐだからね。ライトやオーナメントも調達して、すてきなツリーにしよう」

「ぜひそうしましょう。包装紙やリボン——プレゼントも用意しないと！　そうそう、クリスマスの結婚式の準備も手伝わないとね」

「ゆうべはきみたちの帰宅祝いのディナーだったから言わなかったけど、モレナは少し心変わりをしたんだ。結婚式を春か、ひょっとすると夏まで延期したがっている」

「えっ、どうして？　そうか」マルコの返事を聞くまでもなかった。「フェリンね。お兄さんが亡くなって、モレナはとてもつらい思いをしているでしょうね。戦いのあと、もっと一緒に過ごせたらよかったわ。でも、彼女には谷に戻って、フィノーラやシーマスと過ごす必要があったから」

「フィノーラから、モレナと話してほしいと頼まれたよ——結婚式の話をしてほしいって」彼はまた足をとめ、林のなかでさらに写真を撮った。「フィノーラも説得を試みたものの、のらりくらりとかわされたらしい。ぼくも同様だった。だから、きみも試してみてくれないか」

「ええ、わかったわ。だけどモレナがまだとてもそんな気になれなくて、時間が必要だというなら、ハーケンは理解してくれるはずよ。彼ほど理解がある人はいないから。とにかく、モレナと会って感触を確かめてみましょう」

歓迎の木にたどり着いたところで、マルコは携帯電話をしまった。「ぼくは席を外すよ。時には女性だけで語りあいたいこともあるだろうから」

ふたりは人間界から異世界へと移動した。

タラムでは太陽がまぶしい光を放ち、世界を覆う空は真っ青だった。石垣の背後の牧草地は緑と金色に輝き、毛皮をまとった羊たちは新参者には目もくれず草を食《は》んでいる。

頑丈な馬が引く荷車にハーケンとモレナが乗っているのが見えた。

「沼沢地から泥炭を運んできたんだわ。切りだして乾燥させたものを冬に備えて貯蔵庫に保管するのね」

「フィノーラの話だと、モレナはほぼ毎日、午前中は自宅で家事をして、午後はここでハーケンと農作業をしているそうだ。ときどきあの鷹《たか》と出かけているみたいだけど、ほとんど……」

「働きっぱなしなのね」ブリーンはうなずいた。「おばあちゃんの家に直行する予定だったけど、まずはモレナと話すことにするわ」

「じゃあ、ぼくからマーグにそう伝えておくよ。そうすれば、きみは少しゆっくりできるだろう」

「ええ、ありがとう」

ふたりは小さな牧草地を横切り、石垣を乗り越えた。

「おばあちゃんにはあとで行くと伝えて——その、行けたら行くと。まずはモレナが本当はどうしたいのか確かめたいわ」

「了解」

道路に出て、マルコが遠ざかると、ブリーンは農場に向かった。ちらっとこちらを見たボロックスは、彼女がうなずくと同時に荷車に向かって駆けだし、挨拶するように吠えた。

その声に三羽の鳥が青い矢のごとく飛び去った。

モレナがブリーンに気づいて手を振る。ハーケンはそんな彼女にキスをして押しやった。荷車をおりたモレナは、うれしそうなボロックスを撫でてから、足早にブリーンのもとにやってきた。

「ハーケンからあなたが戻ったと聞いて、会いに来てくれるのを待ちわびていたわ」

ブリーンはモレナに抱きしめられた瞬間、彼女の喜びや安堵《あんど》や悲しみを感じ取った。

「こっちに戻ってこられて本当にうれしい。キャピタルは、まあ、キャピタルで、だけど谷は——」

「やっぱり谷よね」モレナが言葉を継いだ。「あなたのおかげで、わたしは泥炭を積む作業から解放されたわ。なかに入って、お茶でもどう？」

「午前中はほぼ座りっぱなしで仕事をしていたから、あなたさえよければ散歩したいわ」

「ええ、いいわよ」モレナは身をかがめて、またボロックスを撫でた。「それに、きっとこの子は入江に飛びこみたいわよね」

「思ったよりあたたかいわね」そろって歩きだしながら、ブリーンは言った。

「今日は日ざしが強いけど、ハーケンの話だと、明日は冷たい風が吹くそうよ」モレナはブロンドの三つ編みを後ろに払った。「わたしに泥炭を運ばせたくて、そう言ったのかもしれないけど」

「アーミッシュはどこ？」

「狩りに出かけたわ」モレナは野球帽のつばをあげ、彼女の鷹がよく旋回している頭上の空を眺めた。「今日は小説を書いていたのね」

「ボロックスの次回作よ。ひと仕事終えたところでマルコから言われたんだけど、今週末はクリスマスツリーと飾りを調達しに行くんですって。わたしにとっては、アイルランドやここで過ごす初めてのクリスマスよ。忙しくなるわ」ブリーンは何気ない口調で言った。「アシュリンの出産予定日が一月じゃなくユール祭のころだと言っていたから、クリスマスまでに生まれているかもしれないわね。そのあとは、あなたとハーケンの結婚式ね」

「結婚式は春か、もしくは夏まで延期しようと思っているの」

「えっ？」

「あなたも言ったとおり、ユール祭があるし、赤ちゃんも生まれるし、その時期はみんな忙しいでしょう。もともと春に式を挙げたいと思っていたの、だから……。こんなときに祝福してほしいなんて家族に頼めないわ、ブリーン。こんなときにそんなことは望めない。ハーケンは待っても平気よ」

「ハーケンは待つのが得意だものね。それに、あなたを幸せにすることだけを望んでいる。愛しているから。彼は決して自分の考えを押しつけたりしない。でも、わたしはするわ」

「やめて、そんなことしないで」

「ただ話を聞いてもらいたいだけよ、そのあとあなたがどうしようと味方になるわ。あなたは一番の幼馴染みだから、あなたの望むことをわたしは支持する。わたしはこれまでずっとあなたのことを忘れていた。でも、もうすべての記憶を取り戻した。フエリンのことも、あなたの家族のこともずっと忘れていた。だけど、何もかも思いだしたわ。みんなに再会したのを機に、記憶が一気によみがえったの。あなたの家族は、わたしの家族でもあった。今もあなたたちはわたしの家族よ」

道路を外れてビーチに足を向けると、ボロックスは水辺へと駆けていった。

「あなたが戦いのあともキャピタルにとどまってくれて、本当に感謝しているの。あなたが毎日一緒に過ごしてくれたと、お母さんから聞いたわ。本当はここにいてほしかったけど、それでもあなたがキャピタルにとどまってくれてよかったと思ってる」

「わたしたちはみんな、それぞれが必要とされる場所にいたのよ」

モレナはまぶたを閉じて、吹き抜ける風を顔に浴びた。「兄は、フェリンは、わたしたちのなかで一番いい人だった。わたしは家族のひとりひとりを愛しているけど、今振り返ると、フェリンが一番好きだったわ。優しくて、おもしろくて、誠実で。たしかに、いたずら好きだったけど、決して誰かを傷つけたりしなかった。奥さんを心から愛していて、父親になるのを心待ちにしていた。それなのに、もうこの世にいないなんて。兄がタラムのために、わたしたちやみんなのために、命を捧げたんだってことはわかっている。それは誇りに思うわ、誓って本当よ」

「ええ。でも、だからといって悲しみが軽くなるわけじゃないわよね」

「いつかはそうなると思う？　悲しみが薄れる日が来ると思う？」

ブリーンはモレナの手をつかみ、水辺に向かった。「父がいなくなったとき、わたしをそれほど愛していないから出ていったんだと思ったわ。そのせいで心が深く傷ついた。でもタラムに来て、父がどんなふうに、どうして亡くなったのかを知り、また心に深い傷を負った。たとえ亡くなった理由がわかっても、傷ついた。こうして月日が流れても胸は痛むわ。だけど、真実を知ったばかりのころとは違う。それに、父のことや、父と過ごした日々を思いだすと喜びを感じるの。あなたもフェリンに対してそうなると思うわ。きっと時間や喜びが、悲しみの多くを癒《いや》してくれる」

「これまで友人や隣人の葬儀に参列したことはあったけど、こんなに身近な人の葬儀はなかった。ハーケンと新たな生活を始めたり、家族に結婚式に出席してダンスを踊り、幸せを分かちあってほしいと頼んだりするのは、身勝手じゃないかしら」

「あなたが間違っているのはそこよ。その理由を説明する前に、もう一度言わせて。あなたが何を望み、何を求めても、わたしはあなたの味方よ。でも、あなたの家族と一緒に過ごしたから、彼らにとって、あなたとハーケンが新たな生活を始めることがどれほど重要かわかるの。あなたのお母さんも、予定どおり式が行われることを心から願っているとわたしに言っていたわ」

「どこの母親だってそう言うわよ、でも――」

「それにノーリーンやあなたのお兄さんも、そう言っていた。新たな生活が――あなたの新たな生活が始まるのを目にすれば、みんなの悲しみが幾分軽くなるわ。でも、誰よりあなたのお父さんが、娘が結婚して幸せになる姿を見たいと切望している。あなたが本当に望むなら、春でも夏でも、一年後でもかまわない。もしくは冬至だっていい。ただ、あなたの結婚式は光をもたらしてくれる。モレナ、みんなにはその光が必要なのよ」

モレナはこみあげる涙で目をうるませ、探るようにブリーンの顔を見た。「本当にそう思う？」

「本心でなければこんなことは言わないわ。まだ心の準備ができないというなら、延期すればいい。でも、家族のために延期しないで。そうしなければならないとか、そうすべきだなんて考えないでちょうだい」

「おばあちゃんから言われたの。毎日、魔法の鏡でお母さんと結婚式やお花やドレスの話をしているって……。わたしが式を延期しようとしていることは、お母さんには伝えていないし、それを告げるのはわたしでなければならないって。結婚式の話で悲しみを紛らしているお母さんから、それを取りあげるつもりはないと、おばあちゃんは言っているわ。だから、わたしから切りださないといけないの」

「でも、まだ話していないんでしょう」

モレナはため息をつき、涙がこぼれ落ちる前にぬぐった。

「ええ、まだよ。お母さんに話さないとって自分に言い聞かせてはいるけど。毎日、今日こそはって思いながら、まだ打ち明けていないわ。お母さんが結婚式の準備についてあれこれ話し続けるから」

「それがシネイドの悲しみを軽くしてくれているのよ」

モレナはまたため息をつき、ブリーンの肩に頭を預けた。「延期したくない。これ以上待ちたくないから、春じゃなくて冬至にしたの」

「だったら、延期なんてしないで。フェリンは光に包まれているわ。あなたもそう信じているでしょう」

「ええ、信じてる」

「だったら、あなたの結婚式当日もフェリンは光に包まれているはずよ。わたしは長年自分の望みを叶えようとせず、叶える自信もなく、夢に手をのばそうとしなかった。でもモレナ、あなたは違う。あなたはもう望むものを手に入れている。結婚式ではただ、それをこのまま手放さずに尊重し、愛することを誓えばいい」

「あなたはまさにわたしが必要としていた人よ」モレナはブリーンのほうを向き、ふたたび抱きしめた。「わたしが今ここで必要としていた人だわ」

「だったら、延期するのはやめたってハーケンに伝えてあげなさい」

「そうする。そのあとおばあちゃんの家に行って、お母さんも一緒に結婚式の準備について話しあうわ。しまいには頭痛がしそうだけど」

「じゃあ、話がすんだらコテージへ来て。ワインを飲みながら、わたしやマルコとおしゃべりしましょう」

「必ず行くわ。ありがとう」モレナはブリーンをぎゅっと抱きしめた。「あなたのおかげで心の重荷がなくなった。あとでワインを飲みに行くわね」

モレナが駆けだすと、頭上で鷹の鳴き声がした。

ブリーンが見守るなか、鷹は上空を旋回し、モレナの腕におり立った。

ボロックスを連れてマーグのコテージに向かうと、祖母は前庭で枯れた薔薇を摘み取っていた。

「さあ、なかに入って、セドリックにおやつをねだっていらっしゃい」マーグはボロックスに声をかけ、犬が指示にしたがうと、ブリーンのほうを向いて園芸用の帽子のつばを押しあげた。「セドリックとマルコは、まるで全世界のあらゆる謎を解き明かすかのように真剣にアップルパイを焼いているわ」

「だから、おばあちゃんは庭に逃げてきたのね」

「そのとおりよ。わたしたちは工房に行って、一時間ほどこもりましょうか」

「ええ、そうできたらうれしいわ。わたしはちょっと遅刻しちゃったけど」

「モレナのほうはどうだった?」

「結婚式は予定どおり行われるわ」

「それはすばらしい知らせね」マーグはブリーンの手をぎゅっと握ると、小川に向かい、小さな橋を渡った。「モレナはあなたと話して心を軽くする必要があったのよ。やきもきしていたフィノーラにもそう伝えたわ。今こそ幸せと希望に向けて一歩踏みだすときなの。わたしたちは犠牲者ひとりひとりの死を悼み、彼らを讃えた。でも、わたしたちが幸せや希望に目を向けなければ、彼らの犠牲が無駄になってしまう」

「希望は力を育み、モレナとハーケンが交わす誓いは、みんなの誓いでもある。わたしたちは前を向いて歩きだすという」

「初めてここへ戻ってきた日以来、あなたはずいぶん成長したわね、モ・ストー」

ブリーンは花に囲まれた林のなかの工房に目を向けた。

「もっと魔法を教えて、おばあちゃん」

「あなたは多くの面で、もうわたしを越えたわ」

「だけど全部じゃないし、充分でもないわ。だから、もっと教えて」

マーグがうなずいて片手をあげると、工房の扉が開いた。「わかったわ」

ふたりは工房で一時間、さらに林のなかで一時間近く過ごした。

「あなたは空気で、空気はあなたよ。空気はあなたを包み、あなたは空気を掌握する。空気が風や、呼吸、命をもたらす」

マーグが心臓の上で両手を交差すると、ブリーンは地面から十数センチ浮いたまま、まぶたを閉じ、空気をつかむように両手をお椀《わん》型にした。「大地があなたを解放し、あなたの帰還を待つ。空気が地面のようにあなたを支えてくれると信じなさい」

ブリーンが感じたのは――無重力ではなかった。自分の体や肌を感じ、鼓動が聞こえた。心が静まり、上下左右を取り巻く空気に招き入れられたような気がした。両手や心だけでなく、全身で空気をつかんだ。

「信じられない！」

マルコの叫び声が聞こえ、集中力が途切れた。ブリーンはどすんと落下し、両腕を突きだしてバランスを取った。

「ごめん。ぼくのせいだよな？　悪かった」呆然《ぼうぜん》と立ちつくしたまま、布でくるんだパイを胸に抱き寄せたマルコの隣で、セドリックが微笑んでいる。

「ブリーン、きみはドクター・ストレンジ（アメコミのヒーロー）みたいに宙に浮いていたよ」

「空中浮揚よ。物体を宙に浮かべられるなら、自分自身を浮かせることだってできるはずでしょう」ブリーンはマーグを振り返った。「今は途中で集中力とコントロールを失ってしまったけれど」

「あなたはよくやったわ、なかなかの出来よ」

「どんな感じなんだい？」マルコが尋ねた。「あんなふうに宙に浮かぶのは」

「何かの一部になったような気がしたわ。いいえ、万物の一部ね。今は極上のテキーラを二、三杯飲んだような気分よ。それはアップルパイね。いいにおいがするもの。

でも、それだけじゃない。味も感じられそうだわ。五感が研ぎ澄まされているの。あなたの目に猫が映っているわ」ブリーンはセドリックに言った。「どうしてこれまで見えなかったのかしら？　あなたの目のなかの猫が」

「われわれは一心同体だからね」

「さあ、手放しなさい。大地があなたを解放したように空気を手放しなさい。初めてにしては充分よ」

ブリーンはマーグに向かってうなずき、ふたたびまぶたを閉じると、両手を広げて空気を手放した。

「テキーラを一杯飲もうかしら」

「そのあと散歩をすれば頭がすっきりするわ。さあ、キーガンが待っているわよ」

「そうね、キーガンとの訓練で味わう羞恥心が、わたしを大地に戻してくれるわ。ありがとう、おばあちゃん。セドリック、もっと一緒に過ごしたかった」

「またの機会にしよう。わたしたちはみな今日という日を有効に過ごした」セドリックはブリーンのキスを頬に受け、彼女の肩越しにマーグと目を合わせた。

「じゃあ、また明日」

ブリーンとマルコが犬に先導されながら遠ざかると、セドリックはマーグに歩み寄って肩を抱いた。「ブリーンに魔法を分け与えたようだね」

「いいえ、あの子自身が魔法なのよ。本当はちょっとばかり空中浮揚を体験させて手助けするつもりだったのに、あの子はわたしの助けなど必要としていなかった。あの子に必要だったのは、わたしの導きか、もしくは足かせね。ブリーンはすべてが終わる前に自らを導いていた。そんなあの子を何も、誰もつなぎとめることはできない」

「だが、ブリーンには今もきみが必要だ。さあ、家に帰ろう。若者たちのせいで、お互いへとへとだ。暖炉のそばに腰を落ち着けてウイスキーを飲もう」

今度はマーグがセドリックの体に腕をまわした。「ええ、まさにわたしたちに必要なものね」

農場へ向かう道中、マルコはブリーンを質問攻めにした。どうやったのか、どんな気分だったのか、またできるのかと。

ブリーンはかまわなかった。もう宙に浮いてはいないものの、新たな魔力の余韻に浸っていたからだ。

「おばあちゃんがそばにいなければ、試したくないわ。自分自身でどのくらいコントロールできるかわからないから」

「つまり、宙に浮かんでそのままどこかに行きかねないってことか？」

「そう言われると、その可能性もあるわね。とにかく、もっと練習したいわ。いろんなことを。まあ、あれは例外だけど」農場のそばの訓練場に標的を設置しているキーガンに目をとめた。

「弓術は上達しているじゃないか。ぼくは全然だけど」

「そうね。あなたはわたし以上に下手よね。あっ、アシュリンと子供たちだわ」

「妊婦のアシュリンのおなかは、ぽっこりなんてものじゃないな。まるで山みたいだ」

「それは指摘しないほうが賢明よ」

「ぼくをそんなまぬけだと思っているのか?」

ボロックスが先に駆けていき、石垣を飛び越え、大きなウルフハウンドのまわりを飛びまわってから、幼い男の子たちとじゃれあった。

うれしそうな声が響き渡るなか、アシュリンが山のように突きでたおなかを押さえながらゆっくりと近づいてきた。

「ようこそ《フォルチャ》!　本当にようこそ《ミラ・フォルチャ》!」彼女はふたりを抱きしめた。

ブリーンはアシュリンの青白い顔に目をとめた。疲労のせいだろう。だが、血色が悪くても彼女は光り輝いている。それは内面の光によるものだ。

「元気そうね」

「今のわたしは牛二頭分のサイズよ、まるで一頭がもう一頭を丸呑《まるの》みしたみたい。しかも、丸呑みされたほうは絶えずおなかを蹴破ろうとしているわ」

「あなたは光り輝いている」マルコの言葉にアシュリンはぱっと笑顔になった。

「もうすぐこの子を子宮じゃなくこの腕に抱えられると思うと、幸せな気分になるの。あなたもわたしの弟を幸せにしたわよ、ブリーン」

ブリーンが弓の稽古の準備をするキーガンに目を向けると、アシュリンはかぶりを振った。「こっちの弟じゃないわ。ハーケンのほうよ。モレナがあなたと話して戻ってきてから、ハーケンは仕事中ずっと鼻歌を歌っているわ。つまり、結婚式と出産が立て続けに行われるのね。どちらも、この農場で」

「結婚式はここで挙げるの？」

「モレナはさんざん迷った挙げ句、そうすることにしたの。彼女のおばあさんのコテージは紛れもなく美しいけれど、こちらのほうが部屋数があるでしょう。それに、これからはここがふたりの家となり、一緒に暮らすから。だから、ここで式を挙げることになったの」

「あら、鼻歌を歌う新郎のお出ましよ」

ハーケンが納屋から現れるよりも前に、ブリーンは彼の声を耳にしていた。かつて夢で聞いた歌声だ。彼はタラム語で歌っていたが、訳してもらうまでもなく幸せな歌詞だとわかった。

ハーケンは一同に目をとめると、こちらに進路を変えた。彼とキーガンがそっくりな半面、まったく似ていないことに、ブリーンは改めて気づいた。

ふたりとももつれた濃い茶色の髪だが、ハーケンは戦士の三つ編みにはせず農夫の帽子をかぶっている。兄弟そろって筋肉質でたくましく、体は引きしまっているが、ハーケンは腰に剣をさげておらず、ポケットに作業用手袋を突っこんでいる。

ふたりとも彫りが深くハンサムだけれど、キーガンがよく無精ひげを生やしているのに対し、ハーケンはいつもきれいにひげをそっていた。

ブリーンは一目散にやってきたハーケンからあたたかいキスを受け、驚きの笑い声をあげた。

「これでモレナがとっても幸運な女性だって証言できるわ」

「ああ、そのとおりだよ。そして、ぼくは女きょうだいを愛してる。ここにいる姉はもちろん、義理の姉妹のモーラとノーリーンも。そして、モレナにとって姉妹同然のきみも。だが、ブリーン・シボーン・オケリー、今日はきみが一番のお気に入りだ」

ハーケンが向きを変え、ブリーンを片腕に抱くと、キーガンが近づいてきた。「今日はブリーンがぼくの一番のお気に入りだ、兄さん《モ・ジャハジ》。だから手加減してやってくれ。さもないとぼくが黙っていないぞ」

「その危険は冒すしかないな」

「わたしは息子たちの小競り合いをとめるので手一杯だから、あなたたちおじさんがばかなまねをする前に子供を連れて家に入るわ。泥炭をありがとう、ハーケン。マオンが今、コテージの裏に積みあげているわ。わたしはこれからあのならず者たちに食事をさせるけど、あなたが望むなら、あなたとモレナの分の料理を取っておくわよ」

「ありがとう。でも、ぼくたちは大丈夫だよ」

「さあ、家に入って、腰をおろしてくれ」キーガンがアシュリンに命じた。「姉さんは品評会で入賞したハーケンの牛並みに図体《ずうたい》が大きいんだから」

キーガンは姉におなかを殴られたが、にやりと笑っただけだった。

「時間があるときにまた会いに来てね」アシュリンはブリーンにそう告げると、マルコに向かって優しく微笑んだ。「もちろん、あなたも。ボロックスはいつでも大歓迎だから、ちょっと預かって息子たちと遊ばせるわ。でも、あなたはお断りよ」キーガンのおなかをぐりぐりと突く。

息子たちを呼び寄せると、アシュリンはその場を離れた。

歩み去る姉に向かってキーガンが叫んだ。「もし男が出産する羽目になったら、きっと出生率はさがるだろう」

アシュリンは噴きだし、笑顔で弟を振り返った。

「うまく挽回《ばんかい》したな」マルコが言った。

「まあね、これで姉さんは腰をおろすはずだ。さあ、きみの弓を持ってきてくれ。マルコの訓練はハーケンが行う」

「ハーケン、きみとモレナもコテージに来て一緒にディナーを食べないか？　アップルパイもあるんだ」

キーガンは肩越しにマルコをじろりと見た。「それは賄賂だぞ、兄弟」

「わたしもその手を思いつけばよかったわ」ブリーンは弓を手に取った。

4

あたたかいスリッパを履くように、ブリーンはすんなり日課を再開した。この平和が長くは続かないとわかっているが、とりあえず今は夢に取り憑かれることも、そこらじゅうに脅威がひそんでいることもない。

いずれまた敵がやってくる。また戦うことになる。だから今は、日課や楽しい出来事を心から堪能することにした。

親友のウエディングドレス選びの手伝い以上に楽しいことなんてある？

「手元にあるのは三着よ」モレナが口を開いた。「お母さんが送ってきて、とても断れなかったの。実を言うと、お母さんはわたしがクローゼットのなかから適当な服を選んで着るんじゃないかと疑っているのよ。もちろん、わたしだってウエディングドレスが重要だとわかっているから、そんなことはしないわ。それに、結婚式みたいな日にはすてきに見られたいし」

「あなたはシネイドのひとり娘なのよ」ブリーンが指摘した。「彼女がドレスを一ダース送ってこなかったほうが驚きだわ」

「お母さんに一任したら、そうなっていたでしょうね。それか、一着だけだったかも。わたしがドレスにわずらわされたくないのをお母さんはお見通しだから」

「はい、どうぞ」マルコがモレナにシャンパングラスをさしだす。「まずは一着着てみてくれ。手伝いは必要かな？」

「いいえ、大丈夫。あなたたちには全部まとめて見てもらいたいの。そして、率直な意見を聞かせて」モレナはシャンパンをひと口飲んで息を吸い、またひと口飲んだ。

「よし、じゃあ、始めましょう」

　モレナは試着すべきウエディングドレスが置いてある一階の寝室へ向かった。「本当にキーガンとブライアンはすぐに戻ってこないんでしょうね？」

「キーガンは戻るとしても、真夜中近くだと言っていたわ」ブリーンは大声で答えた。

「だから、わたしたちだけよ」

「わくわくするな」マルコがブリーンにシャンパングラスを手渡した。

「最高よね」

　ブリーンはふと自問した。はたして自分にもそんな日が来るのだろうか。わたしが結婚することになったら、母はどうするだろう？　そもそも式には来るの？　わたしは母に出席してほしいと思うのかしら？

どの問いにも答えられなかった。

「さあ、これが一着目よ。今から本音だけ聞かせて」

モレナが姿を現すと、ブリーンは吐息をもらした。

新雪を彷彿させる純白のドレスは、ロングスカートがふんわりと幾重にも重なり、ぴったりした胴着《ボディス》は日ざしを浴びてダイヤモンドのように輝いていた。

「信じられない。なんてきれいなの」

「一回ターンしてくれ、モレナ」マルコが人さし指をまわした。

深いV字のカットで背中があらわになり、スカートは薄い雲のように浮かんでいる。

「きみのお母さんはウエディングドレスのエキスパートだね。で、そのドレスを着た感想は?」マルコが尋ねた。

「きれいになったと感じなければまぬけよね。たしかに、きれいだわ。でも別人みたいな気分なの」

ブリーンはマルコをちらりと見て、ふたりそろってうなずいた。

「それは谷よりもキャピタルにふさわしいドレスだわ。ゴージャスだし、それを着たあなたもきれいだけど」

「そのドレスは光り輝いている。でも、それをまとったきみは輝いていない。つまり、きみのものじゃないとドレス自身が言っているんだよ」

「じゃあ、ノーと言っても恩知らずのまぬけだと思われない、ブリーン？」

「もちろんよ。正直こんなに美しいウエディングドレスは見たことがないけど……あなたのウエディングドレスじゃないわ」

「ああ、よかった。こんなドレスを着たら、きっとハーケンはわたしだって気づかないもの」

「じゃあ、二番目のドレスを見てみよう」マルコはモレナを手ぶりで促し、彼女が足早に姿を消すと、ブリーンに向かってシャンパングラスを掲げた。彼女はふたりのグラスを触れあわせた。

「全部似合わなかったらどうする？」ブリーンは小声で尋ねた。

「大急ぎで似合うドレスを探すまでさ」

「結婚式まで二週間しかないのよ」

「いいかい、タラムはフェアリーや魔法使いなんかが大勢いる世界だ。きっとモレナにぴったりのドレスが見つかるよ。きみがハロウィンのコスチュームを見つけたようにね」

「でも、あれはただの幻覚の術でしょう。今回は本物じゃないと」

「きみのドレスだってそうだよ。きみは花嫁介添人《ブライズメイド》を務めるんだから」

「モレナのウエディングドレスが決まるまで、自分のドレスのことなんか考えられないわ」

「さあ、お次はこれよ」

モレナがクリーム色のやわらかなビロードに身を包んで登場した。シンプルな直線のラインが王族のような雰囲気を漂わせている。

ブリーンはまたも吐息をもらした。「まるで女王様みたい。フェアリーの女王ね。ベルトやドレスの裾がきらきらして、オフショルダーのデザインもすてきだわ」

「エレガンスそのものだな」マルコも同意した。

「でも？」

「これも違う」ふたりは声をそろえた。

「ああ、もう」モレナはグラスに近づき、シャンパンを注《つ》ぎ足した。「誓いの言葉を交わして、楽しいパーティーを開くだけでいいなら最高なのに。あっ、本音がもれちゃった。じゃあ、最後のドレスよ」

彼女はふたたび姿を消した。

「三着目もだめだった場合の計画が必要だわ」ブリーンは部屋のなかを行ったり来たりし始めた。「おばあちゃんに相談して腕のいい仕立屋を見つけましょう。モレナが本当はどんなドレスを着たいのか、ちゃんときいたことがなかったから、それも確認しないと。大急ぎで進めなければいけないけど、わたしたちならできるわよね、マルコ」

「アイルランドでもしょっちゅう結婚式が行われてるんだろう？　ブライダルショップを何軒かまわってみよう」

「いい考えね。名案だわ。日帰りでゴールウェーに行くのはどう？　あそこならきっと――」

「これがお母さんから届いた最後のドレスよ」

ブリーンは振り向いたとたん息をのみ、手で口を覆った。

「あっ」それしか声が出なかった。「ああ」

淡い紫色に銀色がまざったシルクのドレスは足首丈で、雲のようにふんわりとモレナを包んでいた。

マルコは目元を拳でこすってから、モレナにターンするよう指で示した。

モレナがターンすると、スカートがふわりとふくらんで、すとんと落ちた。むきだしの背中で銀色のストラップが交差し、ウエストで蝶《ちょう》結びにした長いリボンが足元まで垂れている。

「日帰り旅行はキャンセルだね」マルコがモレナに満面の笑みを向けた。「それがきみのドレスだ」

「完璧よ」ブリーンは涙をぬぐった。「非の打ちどころがないくらい完璧だわ。まるであなたの羽根みたい。まさにあなたのドレスよ。あなたそのものだわ。完璧」

「本当に？　実は、このドレスが一番好きなの。最初のドレスほどゴージャスじゃないし、二着目みたいにエレガントじゃないとわかっていたから、そう言いたくなかったんだけど。でも、このドレスを身につけたら花嫁の気分になったわ。自分らしいと感じられた。モレナ・マクギルが花嫁になるんだと思えた」

「それがあなたのウエディングドレスだからよ」ブリーンは吐息をもらし、新たにこみあげた涙をぬぐった。

「ブーツも同じ色がいい」マルコが指示した。「ちょっときらきらしたもので」

「ええ、わかったわ！　ねえ、わたしきれいよね？　マルコ、お願いだからヘアアレンジはあなたがやってちょうだい。どうか引き受けると言って。髪は細かい三つ編みにして、花冠だけのせたいの。どうかやると言ってちょうだい」

「きみは——ぼくにヘアアレンジをまかせたいのか？　結婚式当日に？　ちょっと座らせてくれ」マルコはよろめいた。「もっとシャンパンを飲みたいけど、まずは座ったほうがよさそうだ」

「つまり、引き受けてくれるの？」

「ええ、マルコは引き受けるわ」ブリーンが保証した。「さあ、もっとシャンパンを飲みましょう！」

「何かこぼさないうちに、ドレスを脱がないと。そうしたら、あなたたちふたりと酔っぱらうまで飲むわよ」

十二月の木枯らしが吹き始めると、木々は小刻みに震え、入江の水面が波打った。薄い霜がブーツに踏まれて音をたて、凍結した路面に蹄《ひづめ》の音が響いた。〈フェイ・コテージ〉はクリスマス一色に染まっていた。ブライアンがマルコのために高地から運んできた木にはライトが光り輝き、たくさんのオーナメントが飾りつけられた。ブリーンはアシュリンとの物々交換で手に入れた色鮮やかな手編みの靴下を四つ、炉棚につるした。

キーガンからクリスマスの靴下は子供向けだと指摘されたけれど、クリスマスは誰もが子供に返るものだときっぱり反論した。

コテージは松の木や、マルコが次々に作るオーブン料理のにおいに包まれた。タラムのクリスマスもほぼ同じだった。輝くライトも、飾りつけられたツリーも、プレゼントを期待してつるされた靴下も。だが、それに加え、フェアリーの伝統として小さな銀色のベルが枝や柱につるされ、エルフが自然の恵みとしてナッツやベリーを用意した。

悲しみの時を経て、人々のなかに喜びが広がった。ブリーンはそのあいだも執筆に訓練に魔法の修行を続けた。そしてプレゼントを買ったり、物々交換で手に入れたり、マーグの工房で作ったりした。

そんななか、ふたたび予知夢を見て、ブリーンは闇に光が襲撃されたときのように激しく動揺した。

イズールトが自分の作業場にいるのが見えた。ダークレッドの髪は白髪まじりで、動きが緩慢でぎこちない。夢のなかでも、ブリーンの満足感は高まった。

自分が彼女をあんなふうにしたのだ。

眠っているのに、ブリーンは黒魔術によるちくちくとした痛みを感じた。双頭の眠り蛇がしゅーしゅーと音をたてるなか、魔女は毒を絞り、ナメクジのようにねっとりとしたその灰色の液体をボウルに垂らした。

絞り終えると、イズールトは二匹の震えるネズミがいるバスケットに蛇を入れた。蛇は何度も悲鳴をあげるネズミに襲いかかったのち、丸呑みした。

「ゆっくり休んで、マイ・ダーリン」

イズールトは百本以上のキャンドルが灯る部屋を横切り、積み重ねられた檻に近づいた。そこには若い鹿やウサギ、山羊《やぎ》、羊だけでなく子供までいて、ブリーンはおののいた。人間の子供だ。イズールトはまだ三歳前後とおぼしき男の子を檻から出した。

少年は叫ぶことも抗《あらが》うこともなく、うつろな目でじっと見つめるだけだ。魔法をかけられているせいだとわかり、ブリーンは胸が張り裂けそうになった。イズールトが魔術用ナイフを手にした瞬間、ブリーンの鼓動がとまった。

イズールトは少年の手のひらにナイフを突き立てた。深く斬りつけられたその幼い手にはいくつもの傷跡が残っていた。ボウルに血が滴り落ちる。さらに彼女は子供をかがませ、その涙もボウルに落とした。

まるでハーブの瓶を棚に戻すように、イズールトは少年を檻に戻した。

魔女は次に鳥を選ぶと、切り裂いて心臓を取りだし、ボウルに入れた。

続けて、ほかの材料もかき集めた。有毒植物のベラドンナ、黒水晶、トリカブト、剃刀《かみそり》のように鋭く小さな三本の歯。

両腕を持ちあげた拍子に、イズールトが痛みにあえいだ。身を折り曲げ、蒼白な顔ではっと息をのむ。

だが、ふたたび身を起こしたとき、目の色が漆黒に変わっていた。

「おまえには代償をたっぷり払わせてやる、混血女め」

イズールトは無表情になり、ふたたび両腕を掲げた。

「闇と呪われし者の神々よ、耳を傾けたまえ！　オドランの僕《しもべ》であるわたしに、神々の若さを与えたまえ。神々の力で、この身を凶悪な黒に染めたまえ。この魔法薬はあの女にのませるために作りしもの。今夜作った魔法薬で、暗黒神の息子の娘を倒す。

人間の子供の血と涙、荒野のスズメの心臓、あの娘に嚙《か》みつく幼い魔犬の牙、娘の光を曇らせる黒水晶。あの娘の呼吸をとめ、死の淵《ふち》へと追いやる薬草。双頭の蛇から絞り取った毒が眠りへといざなうと同時に、この呪文が凄まじい痛みをもたらす。今や炎が燃え、煙が立ちのぼっている。泡立ち、沸騰し、渦巻きながら。これにより、すべての光は滅ぶ。これがあの娘にとどめを刺す」

煙が充満するにつれ、イズールトの白髪が目立たなくなり、激しい顔の痛みが力に変わった。

「オドランの栄光のため、オドランの名のもとに、この呪文は完成する。暗黒神の息子の忌々しい娘。あの娘の死によって、われわれは勝利する。そうあらしめよ」

煙が薄れると、イズールトは息を切らしながら作業机に手をついた。だが、その目は狂気に輝いていた。

「なんてひどいにおいなの！」

その声に、イズールトがぱっと振り向いて手をあげた。「さがって、煙に近づかないで」

戸口にたたずんだシャナは金色のドレスをまとい、髪がつやつやと輝いていた。銀色がかったブロンドの巻き毛を垂らし、耳には大きなルビーのイヤリングが光っている。

「わたしはどこへでも行きたい場所へ行くわ、イズールト。わたしに対する口の利き方をわきまえなさい。さもないと、またオドランに罰せられるわよ。あなたは弱虫で、役立たずなんだから」

シャナは笑みを浮かべて、巻き毛をもてあそんだ。「わたしが頼めば、オドランはあなたを拷問するわ。あなたは彼を失望させたんだもの。わたしと違って」

シャナがまた一歩近づいたので、イズールトは空気を操って押し戻した。シャナは癇癪を爆発させ、蛇のようにしゅーっと声をあげた。

「よくもわたしを押したわね」

「あなたのおなかにいる赤ん坊を守るためよ、オドランの赤ん坊を。この煙は毒で、あなたには害がなくても、おなかの子供に悪影響を及ぼす恐れがある。その子はブリーン・オケリーと血のつながりがあるのだから」今度はイズールトが微笑んだ。「もしあなたがおなかの子を危険にさらせば、オドランの不興を買うでしょうね」

シャナは肩をすくめたものの、あとずさった。「その気になれば、いつだってまた妊娠できるわ。わたしはあなたと違って、子供を産めないわけじゃないから」

「おばかさんね。わたしはオドランの子供を三人出産し、彼はその三人から力を吸い取った。あなたのおなかの子にも同じことをするはずよ。子供たちの力や血のおかげで、オドランはポータルを通り抜け、マーグレッドとのあいだに子供をもうけ、またポータルから侵入して孫娘をさらうことができた。わたしは何年も、封鎖されたポータルをオドランのために開いてきたのよ」

「そして何年も、オドランを失望させ続けた」シャナはいくつもの指輪がきらめく片方の手をひらひらと振った。「わたしは失望させないし、オドランがタラムを灰にしたあとも、彼のかたわらで君臨するわ。とはいえ、それはさておき、あなたに頼みがあるの。オドランの息子が大きくなるあいだ、わたしは太ってよたよたしたくないから、そう見えないように魔法をかけてちょうだい」

「幻覚の術だけよ。それ以上やると、おなかの子供にさしさわりがあるかもしれないから」

「だったら、それをやって！」シャナは声を荒らげた。「さっさとすませて」

「では、明日行うわ。明日また来てちょうだい」

「あなたのほうが来なさい。わたしはオドランの伴侶よ。あなたはただの魔女じゃない」

「おおせのままに」

シャナが立ち去ったとたん、イズールトの感じのいい微笑みはかき消えた。「オドランのためなら、あなたの代わりなんていくらでも見つけるわ、恩知らずな小娘。赤ん坊が初めて息を吸った瞬間、あなたは息を引き取るのよ」

ふたたび室内に煙が充満したところで、ブリーンは目覚めた。

暖炉の炎に照らされたベッドの上で、かたわらのキーガンが上体を起こし、ボロックスはベッドに前足をのせて、彼女を見つめていた。

「話してくれ」

「ちょっと待って」

「きみはうなされていなかった。もしうなされていたら、ぼくはきみを起こすか、加わろうとしていたはずだ。夢を見たんだろう」

「ええ、でも、もう少し待って。この手の夢がどんなに邪悪で恐ろしいか忘れることなんてできないと思っていたけど、しばらく忘れていたみたい」

「ほら」彼が手をさしだしたとたん、その手には水のグラスが握られていた。「水を飲め、あせらなくていい」

「ありがとう」ブリーンは身を起こして水を飲んだ。体を震わせると、キーガンが暖炉に向かって手を振り、炎を燃えあがらせた。

「イズールトがいたの、あれはきっと彼女の作業場ね。イズールトはまだ完全に回復していなかった。わたし――それを見ていい気分になったわ。一年前は、誰かが――それがどんな人でも――苦しんでいるのを見ていい気分になんかならなかったはずなのに、そう感じたの」

「一年前のきみは、イズールトみたいな魔女を知らなかったから」

「たしかにそうね」その事実がかすかな罪悪感を消し去った。「イズールトはオドランよりたちが悪いわ。光のもとに生まれて訓練を受けたのに、あえて闇を選んで受け入れたんだから。彼女は魔法薬を作っていたわ――わたしにのませる毒薬を」

「きみだけを狙った毒薬か？」

「ええ」彼女はさらに水を飲んだ。「ええ、わたし専用の毒薬よ。一年前はわたしの殺害計画を企てる人なんかいなかった――まあ、わたしが知る限りだけど」

「イズールトが使った材料を全部見たのか？」

「ええ。あの恐ろしい蛇の毒を使っていた」

「眠りの蛇か？」

「ええ。それに、ああ、キーガン、イズールトはいくつも檻を持っているの。赤ん坊と言ってもいいくらいの若い動物がいたわ。それに、子供も。人間の子よ」ブリーンは話しながら静かに泣き始めた。「まだ二、三歳くらいで、表情がなかった。イズールトはその子の手を斬りつけたの。前にも同じことをしたのが傷跡から見て取れたわ。蛇の毒に、男の子の血と涙を加えていた。さらに、若いスズメを切り裂いて心臓を取りだしたの」

手の甲で涙をぬぐい、ブリーンは残りの材料も説明した。

「イズールトはどんな呪文を唱えたんだ？　きみは耳にしたか？」

「すべて聞こえたわ。まるで舞台の芝居を観《み》ているみたいだった、それも最前列で」

キーガンはベッドから出ると、メモ帳とペンを取ってきた。

「一言一句すべて書きだしてくれ、記憶しているとおりに」

「どうして？　あれは黒魔術よ、わたしたちは決して――」

「勘違いするな。魔法を防ぐ呪文を作るためだ。イズールトが何をしたかわかったんだから、対抗措置を取らないと」

「ああ、解毒剤のようなものね」

「いや、解毒剤はあとだ。まずは――」じれったそうに、彼は言葉を探した。「免疫だ。つまり、毒薬に対抗するワクチンを生みだすんだ」

「オーケー、名案だわ。それに、安心する」ブリーンは書き始めた。「イズールトはわたしに目をとめることも、気づくこともなかった。それはわかったわ。おそらく、まだ完全に回復していないからでしょうね。呪文を唱えるうちに彼女はどんどん強くなったけど、すぐに力が薄れたの。苦痛にあえいで逆上し、憎悪の念に取り憑かれていた。もうオドランのためだけじゃない。わたしに復讐がしたいのよ」

「きみはそんなイズールトを落胆させるだろう」

ブリーンはちらりとキーガンを見あげ、まじまじと凝視してから微笑んだ。「それがわたしの計画よ。それに、落胆させるのはわたしだけじゃないの、彼女が……」口ごもり、彼のほうを向いた。「イズールトが毒薬を作り終えたとたん、シャナが現れて。キーガン、シャナはオドランの子を身ごもっていたわ」

「残念だ」

「驚かないのね。どうして？」

「オドランがイズールトに命じてシャナを連れてこさせたのは、彼女に床磨きをさせたりシチューを作らせたりするためだと思っていたのか？」

「いいえ。でも、オドランがシャナを受け入れたのは、彼女の知識を利用するためだと思っていたわ。彼女は元評議員の娘で、あなたとも寝ていたし。シャナはいろんなことを知っていた――そして、今も知っている」

「ああ、もちろん、それもオドランの狙いだ。そのうえ、シャナは若く美人で、出産できるくらい成熟している。行く行くは自分のために半神半人を産ませるつもりだったのだろう」

「あなたはその理由がわかっているのね。言うまでもないことだけど、オドランが自分の子供を犠牲にしたのは――殺したのは――力を吸い取るためよ。イズールトは彼の子を三人出産した。それも知っていたのね」

「イズールトが何人産んだのかは知らなかったが、彼女がそうやってオドランに自分が役に立つことを証明していると考えるのが論理的だろう」もう充分寝たとばかりに、キーガンは起きあがってズボンをはいた。「きみのお父さんや代々のティーシャックがしていたように、ぼくもときどきオドランの世界にスパイを送りこんでいる」

彼は髪をかきあげ、シャツに手をのばした。「きみはなぜぼくたちが無実の四人たちを救おうとしないのかと思っているんだろう？」

「みんなまだ幼いのよ、キーガン。何か方法があるはずだわ。オドランがあの動物や幼子から力を吸い取り、彼らの血でポータルの封印を弱めているだけじゃなく、彼らがまだ赤ん坊だってことを考えると」

「きみの父親は、彼らを救出しようとして三人の戦士を失った。ふたりの負傷者が滝をくぐり抜けて三人の幼子を連れ帰ったが、タラムに到着して一時間足らずでみな亡くなった。オドランは子供が生まれるとしるしをつける。そのせいで、ポータルを通り抜けた子供たちは生きのびられないんだ。彼らは向こうの世界でオドランの手にかかって命を落とすか、タラムに来てもオドランのしるしのせいで死ぬことになる。だが、イーアンは独自の方法を試みた。子供を連れ戻す前に呪縛を解くことにしたんだ。子守として派遣された魔女が呪いを解き始めたとたん、赤ん坊は彼女の腕のなかで息絶えた。彼女は今、ローワンとともに評議会メンバーに名を連ねているが、今もそのときのことや悲しみを口にできずにいる」

それを聞いてブリーンは心身ともに具合が悪くなったが、なんとか起きあがった。

「オドランはわたしの父に関して過ちを犯した。不要だと思って、しるしをつけなかったのよ。よき夫であり、よき父親であるふりを長く続ければ続けるほど、おばあちゃんとのあいだにふたり目が生まれる可能性が高くなると思ったんでしょうね——また別の子から力を吸い取れると」

「きみはもうすっかり見抜いているな。やつが同じ過ちを繰り返すはずがない」

「なぜオドランはわたしをさらったときにしるしをつけなかったの?」

キーガンが彼女の額を人さし指で小突いた。「頭を使え。きみは彼の子供じゃないだろう」

「なるほど。血のつながりだけじゃ、この手の幼児殺しの理由にはならないのね。それであなたは彼らを救えずに苦悩しているってわけ」

「われわれはオドランの死によって呪縛が解かれ、しるしが消えるんじゃないかと思っている。だが、それを確かめるまで正解かどうかはわからない」

「あの人は、シャナは気にもとめていなかったわ」ブリーンはヘアゴムを手に取り、髪を後ろでまとめた。「イズールトは進んで赤ん坊を手放したけれど、なんらかの感情を抱いていた。つまり、その代償を払った。ためらわずに払ったものの、心に傷を負った。でも、シャナは違う」

鏡のなかで、ブリーンはキーガンと目を合わせた。「妊娠によって地位を得たことを、シャナは楽しんでいる。子供はその手段でしかなかった。彼女はこう言っていたわ、その気になれば、いつだってまた妊娠できると。シャナは自分の見た目しか気にしていなかった。太って見えないように幻覚の術をかけろと、イズールトに命じたくらいよ」

「シャナとオドランはまさに同じ穴のむじなだな」

「シャナはローレンを殺したことを自慢していたわ。この話をしたのは、以前彼女とつきあっていたあなたをやりこめるためじゃないわよ」

キーガンはかぶりを振り、ブリーンの肩にそっと手をのせた。

「ぼくはシャナを気に入っていた。セックスがその大部分を占めていたことは否定しないが、彼女を――シャナがぼくに見せていた彼女を――気に入っていた。シャナの欠点は目にしていたし、よく知っていると思っていた。だが、ぼくは間違っていた。それは欠点なんて単純なものではなく、彼女の骨の髄まで浸食していたんだ。気づいて当然だったことを見破れなかったのを後悔しているよ」

「セックスや美貌は視界を曇らせるし、当然だったとは思わない。魅力や美貌で覆い隠されていたものが、あるとき堰《せき》を切ったようにあふれだし、あなたが好きだった面を消し去ったのよ。もしシャナがあなたに結婚してもいいと思わせていたら――」

彼が苦笑いをもらす。「決してそんなことにはならなかったと断言できる。彼女のことは気に入っていたけど、それだけだ」

重要なことなので、ブリーンはキーガンとまっすぐ向きあった。

「シャナは、そうじゃないと信じていた。もし彼女がもっと力を蓄えて悪用していたら、到底あなたに勝ち目はなかったわ、キーガン」

キーガンは考えこみながら、剣を身につけた。「きみの言うとおりだ。つまり、女性は往々にして忌々しいほど謎だと証明されたわけだな」彼女に近づき、顔を包みこんでキスをした。「お互い、今日は早いスタートになったな。朝食を作ってくれるかい？　ぼくは料理がてんで苦手なんだ」

「男性は忌々しいほど単純ね」

「ああ、たしかに。食べ物とセックスと酒さえあれば、ぼくたちは充分幸せさ」

「それが真実ならどんなにいいか。でも日課を始める前に、スクランブルエッグを作ってあげる」

「ありがとう」キーガンは彼女が呪文を書き留めた紙をつかみ、ポケットに押しこんだ。「もしきみがマルコみたいにブルーベリー入りのパンケーキをなんとか作ってくれたら、もっと感謝するんだが」

そろって寝室を出ると、ブリーンは彼を見あげた。「あなたはお互いの運を試そうとしているわよ。わたしのパンケーキを食べたら、きっとあなたは感謝なんかしないわ。ゴムみたいな生地が好きなら話は別だけど」

「じゃあ、卵料理を頼むよ」

ブリーンはあとからおりてきたブライアンの分もスクランブルエッグを作り、どうにか焦がさずにベーコンを焼いてから、コーヒーを手に外へ出て、かすみゆく星空の下でボロックスが入江で遊ぶのを眺めた。

夢の内容に動揺する一方、今回のことが励みになった。敵に悟られることなく一部始終を目の当たりにし、重要な情報を得られた。また同じことができるはずだ。次回はあらかじめ準備をして、目を凝らし、耳を澄まし、情報をつかもう。

イズールトを通して。今は彼女が敵の弱点だ。

わたしに毒を盛るですって？　毒を盛って無抵抗なわたしを痛めつけ、オドランの足元にさしだす？　幼子の血を使って？

軟弱な裏切り者に、しっぺ返しを食らうのは誰か、見せてやるわ。

夜空が白々としてくるにつれ、ヒバリが鳴きだした。ブリーンの息が白く曇り、足元の霜がつぶれた。玄関ドアに手をのばした矢先、キーガンとブライアンが出てきた。

「もう朝食を食べ終えたの？」

「ごちそうさま」

「本当はぼくが作る番だっただろう」ブライアンが言った。「だからいつもの二倍お礼を言わせてくれ」

「モレナの家族が今日、キャピタルから到着する。母さんとミンガも一緒らしい」

「みんなに会えるのはうれしいわ」

キーガンは日の出を眺めながらうなずいた。「そうだな。ワクチンが完成するまで、今日はボロックスやマルコのそばを離れないでくれ」

「わかったわ。タラムに行ったら、おばあちゃんにも夢のことを話すわ」

「ぼくは今からマーグのところへ行く。だめだ」ブリーンが頼む前に、キーガンがさえぎった。「きみはすでに必要な情報を提供してくれた。マーグはぼくの母の手も借りたいかもしれないな。だから、やるべきことをやってからタラムに来てくれ」

彼は身をかがめてブリーンにキスをした。「訓練には遅刻するなよ」

ふたりが林に向けて歩きだすと、ボロックスが四方に水を飛び散らせながら見送りに来た。

「今日はしっかり彼女を守ってくれ」キーガンはボロックスをさっと撫でて乾かした。

「ぼくが残ってもいいですよ」林に足を踏み入れながら、ブライアンが言った。「それとも誰か派遣しますか？」

「そんなことをすれば、ブリーンを怒らせるだけだ。彼女はまぬけじゃないし、用心するはずだ。だが、母にハヤブサの使いを送り、ドラゴンの乗り手とともに至急来てもらえるよう頼む。できるだけ早急に、毒薬に対処するに越したことはない」

「ポータルは誰であろうと、なんであろうと突破できません」

しかし、キーガンはかぶりを振った。「ほかの世界には別のポータルがある。イズールトがポータルの侵入方法を模索し、刺客を送りこむつもりなら、どうにかするはずだ。時間はかかるかもしれないが、いずれ実現させるだろう」

「でも、ブリーンはイズールトが弱っていると言っていたんでしょう」

「ああ、しかし呪文によって一時的に力を得ている。ぼくがイズールトなら、持てる力を使って窓をこじ開けるだろう。仮のポータルの設置にはかなりの魔力を要するが、無防備なほかの世界で、その手に賭ける。そして、さまざまな世界を自由に行き来できる刺客に毒薬を託すだろう」

「だとしても、どんな暗殺者であろうと、われわれの警備を突破しなければなりません」

「こちら側の世界で毒を盛ろうと試みる可能性もある。マーグがコテージ周辺に強力な保護の魔法をかけているものの、刺客はそれでも狙ってくるかもしれない。じゃあ、タラムではどうか。刺客にはウェアがうってつけだ。梟《ふくろう》は夜の闇に紛れて忍びこみ、犬は北部で雪の下に穴を掘る。ぼくならそうする、いや、そういう手を試すだろう」

歓迎の木にたどり着くと、キーガンは枝に飛びのった。

「あるいは、刺客はすでにタラム内にいて、イズールトは毒薬を届ける手段さえ見つければいいだけかもしれない」

「われわれのなかに紛れて暮らしている刺客に」

キーガンとともに、ブライアンはタラムへと飛びこんだ。

「タラムにひそむ刺客はひとりだけじゃないはずだ」キーガンは淡い曙光を浴びながら、目覚めていく緑や金色に染まる谷を見渡した。「そしてすべてが片づく前に、そいつらを後悔させてやろう」

5

キーガンがまずハーケンのところへ行くと、弟は作業着姿ですでにキッチンでお茶を飲んでいた。ハーケンの入賞した牛を数キロ先まで投げられそうなくらい濃そうなお茶を。

「朝の乳搾りになんとか間に合ったね」

「いや、すまない。これからマーグと話さなければならないんだ。でもその件で、まずおまえと会っておきたかった」

「トラブルがあったのか」

「策略だ。ブリーンが夢を見た、イズールトが毒薬を作って呪文をかける夢を。ブリーンの話によれば、まだ魔女は戦闘で負った傷が完治していないらしい」

「死んでいればよかったのに」ハーケンはまたお茶を飲んだ。

「ぼくたちの父親の名誉にかけて、その日はいずれ訪れる。これはブリーンのメモだ。イズールトが使った材料や、口にした呪文が書き留めてある」

キーガンが手渡すと、ハーケンはお茶を置き、メモに目を通した。

ハーケンの顔がこわばり、目が青い氷のように冷たくなる。

「おとぎ話の悪い魔女そのものだな、好き好んで子供を虐待するなんて」

「ああ、典型的な悪い魔女だ。きっとイズールトか、彼女みたいな魔女が、おとぎ話の元になっているんだろうな」

「イズールトが生みだす黒魔術は、このうえなく邪悪だ」

「それはぼくもわかっているよ、ハーケン」

「兄さんには黒魔術に対する盾《シールド》が必要だ。タラムに侵入してくる敵や、潜伏している敵に対して。アシュリンも――」

「根拠のない不安だとはわかっているが」キーガンが割りこんだ。「姉さんのそばにそんな邪悪なものを寄せつけたくない。もう出産間近だからな」

「根拠があろうとなかろうと、不安を覚えるのは当然だよ。今頭に浮かんだのは、魔法薬と保護の呪文だ。内も外も守る魔法薬と、両方に力を与える呪文。彼女は――ブリーンはイズールトより強い。だから、イズールトはこれほど邪悪な呪文を作って攻撃しようとしているんだ」

「殺すためではなく、もっと恐ろしい目に遭わせるために。ブリーンを生ける屍《しかばね》にして途方もない苦痛を与え、オドランが彼女の力を吸いつくせるように。苦痛を与えるのは、イズールト自身の復讐のためだ」

「イズールトは毒を盛ろうと画策しているんだな」

「ああ、それも近いうちに。ぼくはそう見ている。喜びの場ほど襲撃に適したタイミングはない。冬至やユール祭、結婚式や出産時ほど」

キーガンはメモを弟から受け取った。「シャナはオドランの子を身ごもっている」

ハーケンの顔に浮かんでいた激しい怒りがかき消えた。「それは遺憾だな。ただしシャナには同情しないし、そんな気にもなれない。彼女は兄さんに魔法をかけ、友人に危害を加えた。ブリーンの命も奪おうとしたし、幼い少年を殺す寸前だった。そして彼女を愛する男を殺した。そのいずれも、決断をくだしたのはシャナ自身だ」

「そのとおりだ。シャナはいずれ恐ろしい代償を払うことになる。とりあえず、ぼくたちはできる限りのことをしよう。母さんにはドラゴンで来るようハヤブサの使いを送り、シールドを張りめぐらす手伝いをしてもらうつもりだ」

「それはぼくがやるよ。アーミッシュが近くにいるから。モレナはまだ眠っているけど、ぼくがアーミッシュを呼んでメッセージを運んでもらう」

「よし。じゃあ、ぼくはマーグと話してくる。用事がすみしだい戻るよ」

キーガンが出ていくと、ハーケンは腰をおろしてメッセージを書いた。ハーブティーを手に取って鷹を呼んでから、朝の搾乳作業に取りかかった。

キーガンはマーグと一時間ほど話しあったのちクロガを呼び、マーグがワクチンのために必要とする材料を物々交換でトロールから調達すべく、飛び立った。

彼が戻ってきたときには、母はすでにマーグのキッチンテーブルに座り、ふたりして詳細を詰めていた。

「ずいぶん早かったね」

「ええ」タリンは顔をあげ、息子から挨拶のキスを受けた。「正直、ドラゴンで飛ぶスリルを忘れかけていたわ。マーグから頼まれたものは手に入ったの？」

「ああ、トロールは何も受け取らなかった」

タリンは驚きの笑い声をあげ、椅子の背にもたれた。「あのトロールが取引を拒んだの？」

「ああ。サルは物々交換の品を受け取ろうとしなかった。フェイの娘の身を守るために必要なら、何もいらないと」

「ブリーンは強い感銘を与えたようね」マーグが微笑んだ。「それで、サルの調子はどうだった？」

「本人曰く、いたって良好で、見た感じも元気そうだった。彼女はすでに……」キーガンはおなかの前で両手を浮かせた。「ブリーンに時間があるときに会いに来てほしいそうだ」

「ブリーンは喜んで行くわ」マーグが答えた。「それと、今回の件で、わたしたちにはあの子が必要よ」

「ブリーンのために何をすればいい？」

「さらなる力を与えるの」タリンが請けあった。「さらなる光を。ハーケンや、あなたも必要よ。あとふたりはあなたが選んでちょうだい。ただし、アシュリン以外で」

「アシュリンは絶対にだめよ。これがすんだら、多くの魂が囚われている廃墟に七人のワイズで集まりましょう。そろそろあの魂を解放して、光か闇へ送るべきだわ」

「母さんにはこんな形で帰郷してほしくなかった」

「でも、こうして戻ってきたし」タリンは手をのばして息子の手をつかんだ。「これが片づけば、みんな心置きなく喜べるわ」

「ワイズの集会は何時から、どこでやる？」

「最初は光のなかで行いたいから、日没の一時間前よ」マーグが目を向けると、タリンがうなずいた。「普段あなたがブリーンと訓練をする時間帯だけど、ちょうどそのころがいいわ」

「ブリーンには休んだ埋め合わせをしてもらう」

「ええ、あなたが必ずそうさせるでしょうね。入江のそばの空き地はどうかしら、タリン？」

「いいですね。開放的な場所で、近くには水や光、足元の大地、周囲を取り巻く空気、わたしたちが灯す火もあるし。わたしは今からアシュリンや孫たちに会いに行ってきます」マーグの手をぽんと叩いて、タリンは立ちあがった。「あとで戻ってきて、準備を手伝いますね。心配しないで、あなたの孫娘は必ず守ります」

「ええ、わかっているわ。あなたのことだもの」

「キーガン、少し一緒に歩きましょう。あなたがさまざまな責務に追われる前に」

彼は母にマントを着せ、ちょうど手元にあった皿からビスケットを一枚くすねた。

「いい天気ね」ふたりして外に出ながら、タリンが言った。「この時期らしい晴天で、身が引きしまるような冷たい風が吹いている。結婚式の計画に関しては尋ねないわ、どうせ何も知らないでしょうから」

「多少は知っているよ」

タリンは息子と腕を組んだ。「じゃあ、お母さんに話して」

「ハーケンは昼間から夜の半ばまで、カササギみたいにずっと鼻歌を歌っている。それと、普段モレナは身なりには無頓着なのに、ブーツやらボブカットのことであれこれ悩んでいる。家に少しでも長居すると、ふたりの声で耳鳴りがするくらいだ。結婚式当日は、マルコも参加して音楽の演奏があるらしい。彼は料理の準備にもかかわるそうだ」

「今や、すっかり谷の一員ね」

「ああ、マルコはいいやつだ。それで、モレナの家族はどうしている？」

「結婚式はまさに神々からの贈り物よ。彼らは悲しみに打ちひしがれているけれど、この集いが心を明るくしてくれるわ。わたしも息子が愛する女性と——わたしも大好きな女の子と——幸せな人生を歩むことになって、心が軽くなった。あなたもそうでしょう」

「ぼくにとってモレナは、昔から妹も同然だった。だから、この結婚は単にそれを正式な事実にするだけだ。こんなに早く駆けつけてくれてありがとう、母さん。本当に全部まとめて対処する気かい？　あの魂はこれまでずっと呪われた場所をさまよい、うめいていたんだよ」

「もしあの日、ブリーンが父親のお墓参りに行ってあそこの異変に気づかなかったら、その魂がわたしたちのなかにまぎれこんでさまよい、サウィン祭で多くの命が失われていたかもしれない。あのとき廃墟を封印したけれど、これ以上は維持できないわ。検討していた冬至には結婚式が行われることになったし、この機に片づけてしまいましょう。あなたがそう望んでいないなら話は別だけど、ティーシャック」

「いや。今対処するのが一番だ。母さんが正しいよ。それじゃあ、ぼくはもう行かないと」キーガンは母親の両頬にキスをして、それだけでは不充分だとわかって抱き寄せた。「ほかにやるべきことを行う前に、あとふたりを選ぶよ」

極西部の巡回を予定していたキーガンは、クロガに乗って飛び去った。タリンはしばらく歩いたところで、最年長の孫息子が誕生日にもらった馬にまたがって放牧場を駆けまわるのを目にして立ちどまり、両手を腰に当て、満面の笑みを浮かべた。

あの子はなかなか筋がいい、乗馬が上手だわ、と思った。そのそばで娘のアシュリンが大きなおなかに手をのせながら、息子の様子を見守り、反対の手をかたわらにいるもうひとりの子供の肩にのせている。

鞍にまたがったフィニアンがタリンに気づいたとたん、大きく片手を振った。「おばあちゃん、おばあちゃん、おばあちゃん！　ぼくを見て、おばあちゃん」

ええ、見ているわよ。

さらにキャヴァンが叫び声をあげ、アシュリンから身を引き離すと、そのまま駆けだし、小さな羽根で飛びあがった。

あっという間だ。タリンは手で口を覆った。孫たちはまたたく間に成長する。

タリンはキャヴァンが飛びこめるように、大きく両腕を広げた。

アシュリンは涙を流して立ちつくしていた。「キャヴァンが初めて飛んだわ。自分の羽根で飛んだ。ああ、お母さん、キャヴァンの初飛行よ」

「でも、これが最後じゃないわ」タリンはキャヴァンの顔中にキスの雨を降らせ、抱っこしたまま放牧場へと移動した。「これが最後の飛行じゃないし、あなたのお兄ちゃんが乗馬を楽しむのもこれが最後じゃないわ。あなたたちにとって、これはほんの始まりにすぎない。だから、すべての神に誓うわ、あなたたちのためにきっと未来を守り抜くと」

ブリーンがマルコやボロックスとタラムへ入ったとたん、到着した一同が目に映った。キャピタルから馬やドラゴン、フェアリーや乗り手がやってきたのだ。初めて彼らを見たときのことや、キーガンの母親たちと対面して緊張したことを思いだした。けれど、あのときとは違って彼らはもう顔馴染みだ。

タリンが馬勒《ばろく》を押さえている馬からミンガがおり立つのが見えた。フリンは息子の未亡人の妻とその赤ん坊をドラゴンの背中から抱えおろしている。

「あっ、ヒューだ」マルコが手をあげて挨拶した。「彼の奥さんは北部で元気にしているのかな」

「きいてきたらいいじゃない」

「ばかでかいドラゴンたちがいなくなるまで待つよ」

「まったく臆病な猫ね」

「ミャー」

ブリーンは噴きだし、マルコをその場に残して石垣を乗り越え、シネイドに挨拶しに行った。

「谷へようこそ」シネイドを抱きしめた。

「みんな恋しがっていたわ、あなたがいなくなってからまだほんの少ししか経っていないのに。そして、あなたは」シネイドはかたわらのモレナを抱きしめた。「まもなく花嫁になるあなたはもう光り輝いているわ」

「お母さんたら」

「実際そうでしょう。そして、幸運な花婿の登場ね」シネイドは両腕をのばし、ハーケンを抱き寄せた。

「ええ、この世で一番幸運な男です。ようこそ、お義母《かあ》さん。ノーリーンはこの移動で疲れたんじゃないですか。お茶を用意してあります。もしノーリーンと赤ちゃんを家に連れていって、腰を落ち着けたいなら、客間の準備も整っています」

「あなたは優しいうえに気が利いているわね。ぜひ休ませてもらうわ。この子はわたしの宝物よ」

その言葉にふたたびモレナの目がうるんだのを見て、ハーケンはまたキスをした。

「ぼくたちみんなにとっても宝物です、あなたもそうであるように」

「わたしも付き添います」ブリーンが言った。

「実は、きみには別の用事がある。でも、マルコに頼みたいことが……」ハーケンが振り返って合図をすると、マルコはばつが悪そうに微笑んで肩をすくめた。「どうやらまだドラゴンを警戒しているようだね。じゃあ、こっちから行くとしよう。モレナ、きみはご家族がくつろげるようにもてなしてくれ」

「わかったわ。今夜はご馳走よ」モレナはシネイドを促しながら、言い足した。「もしマルコが作ってくれるなら」

フリンはシーマスやモーラやその子供たちとともに近づいてきて、ブリーンを抱きしめた。彼女はみんなと挨拶を交わしながらも、ハーケンが何やらマルコと話しこんでいるのに気づいた。

まだドラゴンがいるにもかかわらず、マルコが低い石垣を乗り越えてやってきた。

「マルコに、絶品と名高いご馳走をぜひ作ってほしいと無理強いしたよ」ハーケンが親しげにマルコの肩を叩いた。「フィノーラも手伝いに来るし、シネイドも首を突っこむだろう」

「マルコにとって料理は負担じゃないわ」だが、何か怪しい。「何かあるの?」

「きみには別の用事がある。あっ、母さんが来た」

「いらっしゃい、ブリーン・シボーン、あなたもよ、マルコ。今夜はあなたのすばらしい料理を味わえるそうね」

会うたびにタリンに魅了されているマルコは、彼女の手を取ってキスをした。「今日もとてもおきれいですね」

「あなたが城に住んで、毎日そう言ってくれたらいいのにと心から思うわ。あとで一緒にお茶を飲みましょう。でも、今は別の用事があるの」

「本当に別の用事があるみたいですね」ブリーンはつぶやいた。

「そうよ。さあ、行きましょう」タリンは彼女の背中をぽんと叩き、はしゃぐボロックスを撫でた。「急いだほうがいいわ」

「いったいどういうことか教えてもらえませんか？」

「魔法の出番よ」タリンが告げるなか、ドラゴンがいっせいに飛び立った。「光と輝き。あなたの夢。マーグと検討して、イズールトの毒薬に対抗するのに必要なものをすべて調達したわ」

ブリーンが振り返ると、マルコが立ちつくしたまま見送っていた。

「マルコを同行させたくなかったんですね」

「もちろん来てもらってもかまわないし、マルコはタラム全土で歓迎されるわ。でも、農場に残ってシネイドたちの相手をしてもらったほうがありがたいから」

「モレナはこのことを知っている」ハーケンが付け加えた。「だが、彼女の家族を心配させても意味はないと思った。とりあえず、みんなには心配せずに楽しんでもらいたいんだ」

「そうね。ノーリーンは見るからに疲れていたし。それで、わたしは何をすればいいんですか?」

「わたしたちはワイズの七人を務めるの」タリンは説明を始めた。

マーグのコテージに続く曲がり角にさしかかったところで、ブリーンは立ちどまった。「どちらも一気にすませたいんですね。わたしのためのワクチンかシールドか何かを用意するのと、パイアスの古い教会堂で魂の解放と清めの儀式を行うのを」

タリンが片方の眉をつりあげた――尊大に。「わたしたちに両方は無理だと思うの?」

「思いません。ただ――どちらも大がかりな魔法です。わたしのことは後回しにしてもらってかまいません。用心しますから。それに、イズールトは一度打ち負かしたことがあるので――」

「だめよ、ティーシャックの母親として、そして彼の右腕として言わせてもらうわ。あなたが見た夢は警告よ。だから間を置かずに対処する必要があるの。あなたは己の責務や運命を受け入れることであらゆる危険を冒している。わたしたちはそんなあなたを全力で守り抜くわ。わたしたちは集い、力を召喚して、さらに強くなる。だから、力を貸してちょうだい。イズールトはサウィン祭で行うつもりだった計画をふたたび冬至に仕掛けてくる恐れがあるわ。息子の結婚式と娘の出産を控えた今、邪悪な魔女に邪魔されるわけにはいかない。そんなこと、わたしが許さないわ」

ハーケンは母親の頭のてっぺんにキスをした。「賛成したほうがいいぞ、ブリーン。母さんがそんなことは許さないと言ったら、それまでだ」

ブリーンは同意した。

まだ太陽が輝いているうちに、ブリーンはコテージから入江に向かった。今では呪文も自分の役割も理解している。それに、タリンとキーガンが選んだワイズたちなら、申し分ないと信じていた。

仲よしグループらしき子供たちが休閑地で赤いボールと棒で遊んでいるのが見えた。淡黄褐色の雌鹿が木々の合間に消え、頭上にそそりたつ山の岩棚では採掘を終えたトロールの一団が帰途についている。

近くのコテージでは、ユール祭に備えて水晶やベルが木に飾られ、きらめいていた。凍えるほど寒い十二月の午後のありふれた光景だと、ブリーンは思った。だが、波が打ち寄せる入江のビーチで今から行おうとしていることは、ありふれてなどいない。

風に髪をなびかせながらマーグがブリーンの横へ来て、並んで待った。

「これはあなたのためよ」タリンがマーグに告げ、キーガンがうなずいた。

「これはあなたのため」マーグもうなずき、また一歩踏みだす。

「力、信頼、闇に反撃するための光を与えていただき感謝します。このフェイの娘はすべての人々にとって大事な存在ですが、わたしにとっては息子の娘でもあり、なおさら大切です。ここに集まったみなさんに感謝します」

キャピタルのローワンが進みでた。「われわれ七人は、ここでひとつになる」

ひとりずつ順番に同じ言葉と動きを繰り返した。そして、手にしたキャンドルを無数の石で覆われた砂浜に置き、魔法円を作った。

一同は魔法円を投じ、東西南北の守護神に呼びかけた。魔法円を取り囲むと、キャンドルの火が燃えあがった。やがて、ブリーンは自分の内や外の力が脈打ちだすのを感じた。

キーガンが中央に石を置いた。「ここに洞穴の奥深くから掘りだしたトロール族の神聖な石を捧げ、力を奉納する」

タリンは槌《つち》で打って作られた銅の大釜を石の上に置いた。

「ここにトロール族によって尊い儀式のために作られた大釜を捧げ、望みを奉納する」

ハーケンは三つの白い水晶とひと握りのフェアリーの粉を大釜の脇に置いた。「ここにシー族へ与えられた粉と水晶を捧げ、光を奉納する」

「ここに静寂の森とエルフ族から与えられた松の枝とドングリを捧げ、命を奉納する」ローワンが供物を置いた。

「ここにウェア族から与えられた羽と毛を捧げ、魂を奉納する」

「ここに三つの貝殻とマー族の貴重な真珠を捧げ――」タリンが供物を置いた。「信頼を奉納する」

ふたたびキーガンが歩みでて赤い石を置いた。「ドラゴンの乗り手として、ここにドラゴンズ・ハートを捧げ、忠誠心を奉納する」

「そして、ここに」七人が声をそろえた。「われわれワイズに与えられた神聖で貴重な力を捧げ、結束を奉納する」

ブリーンが進みでると、魔法円のなかでわきあがったものが肌の表面や体内で脈打った。

「わたしはフェイの娘で、人間の娘で、神々の娘。タラム人で、異世界との架け橋。光の子で僕。光のもと、黒魔術に対する保護を請う。魔法と才能を腐敗させた者が、わたしを陥れるために作りあげた邪悪な魔法に対する保護を。わたしだけでなくすべての人々の命を守りたまえ。わたしはすべての世界に平和をもたらすべく、闇に反撃する。これがわたしのあるべき場であり責務であり宿命ならば、ワイズの七人のひとりとして彼らと結束し、この呪文を唱える」

ブリーンが話すうちに、大釜の下の石が炎と化した。

風が勢いを増し、ブリーンのまわりで吹き荒れたが、炎の石もキャンドルの火も赤々と燃えていた。

「光の神々よ」マーグが呼びかけた。「一致団結した七人のワイズの信念に立ちあいたまえ。それにより、この儀式をくつがえすことは不可能となる」

「闇で生まれた黒魔術をもってしても、くつがえせない」躊躇《ちゅうちょ》することなく、タリンは火のなかに手をのばし、その石の供物を大釜に入れた。

「オドランのしるしを持つ者であっても、くつがえせない」キーガンもそれにならった。

ひとりひとりが順番に呪文を唱え、火のなかに手をのばす。

強烈な熱が体中を駆けめぐり、ブリーンは火のなかに手をのばしながら、自分も炎と化した気がした。

それでも火傷《やけど》したとは思わず、ただ燃えるような力を感じただけだった。

「大地よ、大気よ、炎よ、水よ、この慎《つつ》ましい娘に保護とシールドを与えたまえ。今この場で、わたしは神々に全身全霊で誓う。われわれは光のために立ちあがり、闇と戦うと。七人のひとりとして、そして七人が、種族と種族が一丸となって、すべてが決着するまで。タラム全土が神々に呼びかける。そうあらしめよ」

雷がとどろいた。金色と赤とブルーの炎がブリーンの両腕を駆けあがり、彼女を包みこんだ。熱に抱かれたように感じ、ブリーンはその凄まじさに思わず息をのんだ。

何千もの歌声が耳の奥で響いた。

やがてそれもかき消え、石は元に戻った。けれど、彼女のなかで力は脈打っていた。

キーガンがカップをつかみ、大釜を持ちあげて中身の液体を注いだ——湖や滝のそばの川のような緑色をした不気味な液体を。

「さあ、飲むんだ、フェイの娘よ。これも信心の証《あかし》だ」

ブリーンはカップを受け取り、彼と目を合わせて飲んだ。

「そうすれば、神々も口にする」マーグが告げた。「これにて儀式は終了し、もう無効にはできない」

「魔法円を閉じて、ここでわたしたちとともにわきあがった力を次にまわしましょう」タリンがブリーンの肩に手をのせた。「上出来よ」

「あの感覚は——言葉では言い表せません」七人のワイズのひとりとなったことではなく、ひとつに結束し、万物の一部となったことだ。「もう日が沈んでいるわ」

「ちょっと時間がかかったわね」

「そんなに時間が経ったようには感じませんでした」ブリーンは髪に手をやり、束ねていた髪からヘアゴムが外れて垂れていることに気づいた。

「ぼくは髪をおろしているほうが好きだよ」キーガンがブリーンの手を取った。「さあ、行こう、きみのドラゴンを呼ぶんだ。ドラゴンに乗って、すべてをやり遂げよう。どうだった？　魔法薬の味は？」

「力みたいな味よ。厳密には味ではないけど――」

「いや、その答えで充分だ」

ブリーンは力がみなぎったまま、入江から廃墟へと飛んだ。朽ち果てたグレーの廃墟は、ふたつの半月に照らされ、不気味だが美しくもあった。墓石や花、墓地に生えた背の高い草、丘にそびえる環状列石《ストーンサークル》、とんがり屋根の円塔の上に広がる夜空には、鏡のような対の月が横たわり、目覚めた星が白くまたたいている。

そこは、パイアスが狂信的行為によって闇に転落し、フェイを拷問して苦しめ、生贄にした場所だ。

ブリーンは丘に立ち、以前タリンとともに魔法とお互いの血とボロックスの前足から取った血で封印した石と向かいあった。

そのかたわらで、ボロックスが警告するように低いうなり声をあげている。ブリーンが頭に手をのせてなだめようとしても、愛犬は身を震わせていた。

「かつては聖なる場所だった」タリンが口を開いた。「大昔には祈禱《きとう》や善行、英知や憐れみのための場所だったのに、偽りの信仰と偽物の神々の名のもと、偏狭な信念や残虐行為の場に取って代わった」

「偽りの信念と暗黒神の名のもと、黒魔術は血まみれの魂に実体を与え、光を滅ぼそうとした。二度とそんなまねはさせない」マーグは続けた。「太古の昔、フェイはそう告げた。今夜、七人のワイズが告げる、二度とそんなまねはさせない」

「ここはふたたび聖なる場所となる」キーガンは剣の柄に手をのせてたたずんだ。

「今夜、七人のワイズは告げる、この廃墟は破壊せずに清め、足元の大地や周囲の大気も浄化する。そして、記録されたとおりに闇の腐敗の記憶として保存する」

「われわれは封印された魂を解放しに来た」ハーケンはキーガンとともに母の両脇に立った。「今夜、七人のワイズは告げる、その魂は生前の人生にもとづいて光あるいは闇へ送られる」

「この純真な犬は、かつてここを封印するために、わたしやティーシャックの母親とともに血を捧げた。今夜、七人のワイズは告げる、われわれはその封印を解く」

ブリーンは最後にもう一度ボロックスを撫でてから、隣で座っているよう命じ、ほかの人々とともに魔法円と投じた。

苦しめられた犠牲者のうめきや叫び声、拷問した人の怒鳴り声が響いた。閉じこめられたすべての人々が封印を押し、叩いていた。

丘の魔法円の内側で、七人は手をつなぎ、声を合わせ、力を融合させた。

ブリーンは呪文を唱えながら、内なる力が震えるのを感じた。

「われわれは今夜、光をもたらすためにやってきた。その光が広がって死者に届く。囚われた邪悪な魂は、闇を選んだ報いを受ける。汝《なんじ》の罪は重大で、今こそ代償を払う運命だ。無実の魂はその苦しみが終わりを迎える。残虐に拷問され、命を絶たれた者は、われわれにより光のもとへ送られる。今夜、光とともに汝の苦痛は消える」

広がった光は丘を駆けおりて大地を覆い、石を這いあがり、あたりは昼間のように明るくなった。

光が呼吸して歌うと、高い丘の上でストーンサークルも共鳴した。

突風にマントをあおられながら、マーグは声を張りあげ、はっきりと告げた。

「魔法が閉じたものを今、魔法が開く。封印を解き、われわれの望みどおりすべての魂を解放する。光、あるいは炎のなかへ」

古代の扉が勢いよく開き、大地が振動して絶叫が空を切り裂くなか、キーガンが鞘から剣を抜いた。

「わたしはティーシャックで、これは審判だ。今こそ進みでて、平和か罰を受け取るのだ」キーガンは血のように真っ赤な炎に包まれたコーサントイアを石に向かって振りおろした。「この世界から汝は解き放たれる。そうあらしめよ」

廃墟からあふれだした魂は美しくも忌まわしかった。白か黒の影でしかないが、白い影が上昇し、ストーンサークルに向かうのを見て、ブリーンは彼らの途方もない安堵と喜びを感じ取った。一方、あわてて這いだした黒い影は金切り声をあげ、もはや人間の姿ではなく、燃えあがって灰と化し、跡形もなく消えた。

丘のストーンサークルは歓迎の歌を歌い、丘のふもとでは炎が燃え盛っていた。キーガンは彫像のようにたたずみ、ティーシャックの燃える剣を掲げ続けた。

やがて、雷のような沈黙が落ちた。

「これで終了だ」キーガンが剣を鞘におさめる。

その後、浄化と神聖化の儀式を行ったが、あの荒々しく脈打つ力を味わったブリーンには、どちらも穏やかに感じられた。

初めて廃墟に足を踏み入れ、立派な石壁に囲まれた石柱や墓、螺旋《らせん》階段や祭壇を眺めた。

「今も彼らを感じるわ」

「ただの名残だよ」キーガンが説明した。「単なる記憶でしかない。ここをさまよっていた光と闇は消えたが、廃墟はこのままずっと残る。われわれは忘れない」

「さっき見えたんだけど……ストーンサークルに向かう魂のなかには、とても小さいものがあったわ、キーガン。きっとまだ子供だったのね。乳飲み子を抱く女性も目にした気がする。子供たちを拷問して殺すなんて、いったい何が彼らをそこまで駆り立てたの？」

「誰もが権力に駆り立てられるものさ」彼は淡々と答えた。「よかれ悪《あ》しかれ。彼らがこうして安らぎを得られたのは、ぼくたちに力があるからだ。それを忘れるな」

今もこの体に力が息づいているのに、忘れられるわけがない。

「わたしはもう少しここにいるわ。父のお墓に」

外に出ると、ブリーンはまた草花や風にまじる林檎《りんご》のさわやかなにおいに気づいた。ボロックスをかたわらにしたがえ、父の墓前に立った。

「わたしがいつかここを訪れて、こんな儀式を手伝うことになるって、お父さんは信じていた？　それがわかればいいのに。でも、お父さんはわたしたちが解放した魂を歓迎してくれるわよね。そう感じたわ。それに、お父さんが近くにいる気がする」

マーグが墓石をよけながら草原を歩き、ブリーンを待っていた。

「おばあちゃんもお父さんの気配を感じる？」

「ええ、感じたわ。わたしが息子を誇りに思ったように、あの子があなたを誇りに思ったこともね、モ・ストー」

「わたしはこんな重大な場面にかかわったことがなかった。今夜、この場所は善意で、愛や思いやりで満ちあふれているわ。剣や弓矢で戦わなければならないとわかっているけど――武力が必要だとわかっているけど――最後に勝つのは善意よ。今はそう心から信じているわ。考えが甘いと思われるかもしれないけど」

「いいえ、それが真実よ。さあ、行きなさい、マルコが作った料理はきっとすばらしいわよ」

「おばあちゃんは来ないの？」

「わたしはセドリックが待つコテージに戻って、暖炉のそばでウイスキーを飲むわ。今夜は恋人と過ごして、彼の慰めや善意を感じたいの」

「じゃあ、おばあちゃんとセドリックには明日会いに行くわ」

「神の祝福を、ブリーン・シボーン」

「神の祝福を、おばあちゃん」ブリーンがそう告げると、マーグのドラゴンが道路におり立った。

ブリーンは向きを変え、キーガンが革のダスターコートをはためかせながらこちらに歩いてくるのを見守った。

キーガンを恋人と呼ぶのが正しいかどうかはわからないけれど、今夜は彼と過ごしたい。慰めや善意を感じられるように。

6

冬至の朝、ひんやりとして明るい夜明けを迎えた。〈フェイ・コテージ〉では、早起きしたマルコが〝結婚式当日のスペシャルブランチ〟と称するパーティーのために、キッチンで忙しくご馳走を作っていた。

ブリーンは彼の邪魔はしないことにして、普段の日課を省略して掃除に取りかかった。

これから花嫁やその母親、祖母、義理の姉妹、義母、マーグ、ミンガをもてなし、ブランチ、ヘアアレンジ、着付け、ワインとやることが目白押しだ。

この家のなかも外もぴかぴかにして、たくさんの花で飾りたい。今まで〈フェイ・コテージ〉にこれほど大勢の客を招いたことはない――そのうえキャピタルから到着した客もいるので、ブリーンは正直緊張していた。

今日は一番古い幼馴染みの結婚式だし、ここはマーグから与えられた家だ。何もかも完璧でなければならない。

マルコは――ボロックスとともに出席を許された唯一の男性である彼は――何時間もキッチンで落ち着きなく立ち働き、自分が用意するブランチがやはり完璧でなければならないと感じているようだ。

やがて、マルコがふとわれに返り、コンロ越しにブリーンが用意し終えたばかりのテーブルを見た。

「マーサ・スチュワートも顔負けじゃないか、ブリーン。まるで雑誌の写真みたいだよ」

ブリーンは一歩さがって、センターピースをじっくり眺めた。花を生けた透明のガラスボウル、水晶の上に飾られたハーブ、センスよくあちこちに配置されたティーライトキャンドル、シャンパングラスに水のグラス、純白の皿に美しく――手間をかけて――添えられた虹色のナプキン。

「やりすぎじゃないわよね？」

「ブリーン、今日は結婚式だよ。いくらやってもやりすぎにはならないさ」マルコはキッチンから出てくると、リビングルームを見まわした。「わお！」

「でも、やりすぎじゃない？　花が多すぎない？　花を飾りすぎたかしら？」

「まるで花園だ、いや、それ以上だな。すべてが光り輝いている。暖炉に火をおこしてキャンドルに火を灯し、いたるところに花を飾って、どのクッションもふかふかだ。

クリスマスツリーもきらきらしてる。まさに女性のためのパーティーだ。その仲間に加えてもらえるなんて光栄だよ」

マルコは彼女の肩を抱いた。「それに、時間ぴったりだったね、女性たちが来たぞ。ぼくはミモザを注ぎ始めるよ」

ブリーンがゲストを出迎えに行くと、タリンが立ちどまってコテージを眺めまわした。

「なんて魅力的なの。まあ、あの庭を見て！　十二月なのに花が咲いているわ」

「景色もすてきよね」シネイドは両手を合わせて入江を眺めた。「いいお天気に、すばらしい景色。そして、とってもかわいいワンちゃん」身をかがめてボロックスの鼻にキスをすると、ブリーンの愛犬は夢中で体をくねらせた。

「どうぞお入りください、ようこそわが家へ」

一同は話が尽きることなく、楽しげにしゃべりながら入ってきた。

「レディのみなさんにミモザを」マルコがグラスを手渡した。「そして、出産を控えたレディには、結婚式のスペシャルドリンクを」

「花嫁に乾杯しましょう」タリンが口火を切る。

「では、わたしから最初にひと言いいかしら？」モレナがグラスを掲げた。「今日を忘れられない一日にしてくれた大親友と家族に、感謝をこめて乾杯《スロンチャ》！」

一同はグラスを傾け、また談笑し、ブリーンがそれぞれに割り当てた部屋へ結婚式の衣装を運び入れ、眠っている赤ん坊をベッドに寝かせた。

「本当にかわいい子ね、ノーリーン」

「天使のように愛らしいの」ノーリーンはベッドからあとずさり、ブリーンを振り返った。「この子の瞳は、ブレナの瞳は父親譲りよ。この子の瞳を通してフェリンを見られるから、心が慰められるの。無性に彼が恋しいわ、来る日も来る日も。でも、娘の瞳を通して亡き夫を見ることが慰めになっている。今日は妹の結婚を喜ぶ彼の思いを胸に抱いているわ」

ノーリーンは室内を見まわした。「普段あなたが小説を執筆しているお部屋を使わせてくれて、ありがとう」

「これがわが家にとって初めての本格的なパーティーなの。あなたが空腹だといいんだけど」

「たとえそうでなくても、このすばらしいにおいでおなかがぺこぺこになるわ」

「さあ、座って、みんなで食べましょう」

一同は冬カボチャのフリタータ（細かく刻んだ野菜などが入った丸いオムレツ）やベーコンのキャラメリゼ、ミニサイズのシナモンロール、ベリーの生クリーム添え、フレンチトーストのオーブン焼きなどの料理に舌鼓を打った。

「こんなに食べてウエディングドレスを着られるかしら?」モレナはため息をもらした。「マルコはまさにキッチンの魔術師ね」

「本当にそうね。だから、お皿一枚も洗わせるわけにはいかないわ」フィノーラは彼に向かって人さし指を振った。「充分手が足りているから、料理人と花嫁は皿洗いは免除よ」

「大賛成」モレナがグラスを掲げた。

「本当にそれでよければ、モレナを二階に連れていってヘアアレンジに取りかかります」

「えっ、もうそんな時間? ええ、お願い。わたしをきれいな花嫁にしてね、マルコ」

「そんなの簡単だよ、きみはもともときれいなんだから」

みんなの口から感嘆の声があがるなか、マルコはモレナを連れ去った。

近くの寝室から赤ん坊のすすり泣きが聞こえた瞬間、モーラが手を振ってノーリーンを制した。長身に褐色の肌をしたモーラは、つややかなショートカットの髪から戦士の三つ編みを垂らし、短剣を脇にさしていた。「赤ちゃんはわたしが連れてくるわ。そうすれば、あの子を最初にちょっと抱っこできるから」

「オムツを替えたほうがいいかも」

「たぶん、やり方は覚えているわ」

「モーラに先を越されてしまったわ」シネイドがかぶりを振った。「オムツを替えて、あの子がお乳を飲ませてもらったあとは、わたしが抱っこする番よ。アシュリン、あなたはノーリーンとおしゃべりを楽しんで。あなたたちふたりはわたしの美しい孫娘を連れて暖炉のそばに座っていて。後片づけはわたしたちがするから」

家事に手慣れた女性たちは、大皿やボウル、平皿、鍋、フライパンを洗い始めた。ブリーンはおしゃべりのBGMになるように小さく音楽を流し、フィノーラとマーグが小刻みのステップを披露すると、笑い声をあげた。

「そんなことができるなんて知らなかったわ！　ぜひ教えてちょうだい」

「もちろんいいわよ。あなたも花嫁に負けず劣らず幸せそうね」

「こんなことは初めてだから」ブリーンはテーブルの上のアイスペールにまたシャンパンのボトルを入れ、まわりを見まわした。「フィラデルフィアにも友達はいたけれど……こんなふうに大好きな女性たちを大勢自宅に招いたことはなかったわ。花やキャンドル、クリスマスツリー、暖炉の前でお乳を飲む赤ちゃん。二階では、友達が結婚する別の友達のヘアアレンジをしているなんて」

「モレナはあなたがパーティーを開いてこのひとときを与えてくれたことを、決して忘れないわ」タリンが言った。「さあ、みんな」両手を叩く。「戦闘配置について。目ブリーンが花嫁の母親と祖母、新郎の母親を寝室へ案内する途中、笑い声が聞こえてきた。

モレナは鏡に背を向けて高いスツールに座り、マルコはその横に立って彼女の髪を器用に細かい三つ編みにしていた。同時に、小さなベルがついた銀色の細いリボンを編みこんでいく。

「まあ！」

「それっていいの？　悪いの？　マルコは見せてくれないのよ」

「とってもすてきよ」ブリーンがモレナに請けあうなか、シネイドが顔の前で手を振った。

「モレナ！　わたしったらまた涙ぐんでいるわ。あなたは絵画のようにきれいよ。わたしとタリンは、今朝ミンガに髪を結ってもらったんだけど、正直、あなたは彼女ほどの腕前じゃないかもしれないと心配していたのよ、マルコ。でもあなたはわたしの娘を全世界の花嫁に負けないくらいきれいにしてくれた」

「お母さん」

「もう、今日ぐらいすすり泣いたって、たわいないことをぺらぺらしゃべったっていいでしょう。タリン、わたしの泣き顔をきれいにする魔法をかけて」

ミンガが道具箱を手に進みでた。「もしよかったら、あなたのヘアアレンジをやらせてくれないかしら、ブリーン」

「まあ、すごくありがたいわ。自分の髪をどうすればいいか、まったくわからなくて」

「わからないわりには、よくやっているわ。何かアイデアはある？」

「特に何も」

「だったら、あなたのドレスを見せてちょうだい。わたしを信頼してくれるなら、すべてまかせてもらうわ」

ミンガの美しくカールした濃い茶色の髪を見て、ブリーンは彼女を信頼した。

あとになって思い返すとき、このときのことは香水に包まれたカオスだったと思うだろう。ヘアアレンジにグラマー・マジック、メイク道具。女性たちはヘアアレンジを行っているマルコにはおかまいなしに服を脱ぎ、着替えた。

ミンガはやわらかい後れ毛で顔を縁取り、残りの髪を結いあげて二本の花飾りのピンでとめると、道具箱を手に歩きまわり、ほかにヘアセットを必要とする人たちを手伝った。

ついにマルコは一歩さがると、大きな吐息をもらした。「よし、見ていいよ。気に入ってもらえるといいんだけど。きみは髪が豊かだね」

「ようやくだわ！」モレナはくるりとスツールをまわし、両手で頬を叩いた。「えっ、嘘でしょう、マルコ！」

「それって、いいのかな、だめなのかな？」

数十本もの三つ編みが背中に垂れ、編みこまれた細いリボンとともに輝いていた。まるで日ざしにきらめく滝のようだ。

「まさにわたしが望んだとおりよ。ううん、それ以上だわ」モレナは飛びあがってマルコに抱きつき、身を離してターンした。「見て、こんなふうに髪を振ることもできる。ありがとう、心から感謝しているわ。それでね、あなたに渡すものがあるの」

モレナはポケットから小箱を取りだした。「花嫁からのプレゼントよ。気に入って身につけてくれたらうれしいわ」

「これは……ハープじゃないか。ブリーンがくれた楽器や、ぼくのタトゥーにそっくりだ。ハープのピンだね。こんなに気を遣わなくても——いや——きみからプレゼントをもらえてうれしいよ。すごく気に入ったから、この部屋を出てとびきりめかしこんだら、このピンをつけるよ」

マルコは周囲を見まわしたのち、ブリーンにじっと視線を注いだ。彼女がまとったのは、足首丈の深い紫色のビロードのドレスだった。ドレスの裾の縁取りも長袖の太い袖口もきらきらしている。

「わお、もうゴージャスなドレスに着替えたんだね。きみだけじゃなく全員が。みんなの足元に及ぶくらいめかしこむには、ぼくは相当がんばらないとな」

マルコがあわてて出ていくと、モレナはふたつ目の箱をブリーンにさしだした。

「花嫁からのプレゼントよ。わたしが愛する人たちとあなたの家で過ごさせてくれて、本当にありがとう」

ブリーンが箱を開けると、ドラゴンのシンボルが刻まれた丸いペンダントヘッドが入っていた。

「きれいだわ」

「ドラゴンズ・ハートやあなたのお父さんの指輪と一緒に身につけたらどうかと思ったの。あなたはドラゴンの乗り手だから」

「ええ、そうするわ」ブリーンはネックレスのチェーンを外し、そのペンダントヘッドを加えた。「誇りを持って身につけるわ。だけど、わたしにとっても今日は贈り物みたいな日よ」

「またみんなで泣きだす前に、花嫁の着付けをしましょう」タリンが言った。

女性たちはモレナの着付けを手伝いながら、またすすり泣き、シネイドがフィノーラと作った花冠を娘の頭にのせると、またいっせいに涙ぐんだ。

花嫁が階段をおりてきたときも、誰もが目をうるませた。花の首輪をつけたボロックスは、称賛するように尻尾を床に打ちつけた。

タラムでは写真を撮ることができないため、ブリーンはパティオのテーブルにタブレットを置き、ボロックスを含む一同が集まったこの瞬間を魔力とテクノロジーで記録した。

その後、みんなで林を抜け、タラムへ向かった。

「わたしたちがタラムに移動するあいだ、あなたはブリーンとここで待っていてちょうだい」シネイドがモレナの頬を撫でた。「ハーケンはしかるべき場所で待機しているはずよ。あなたのお父さんとわたしが彼に引き渡すまで、あなたの姿を目にしないように。あなたを心から愛しているわ、わたしのいとしいモレナ」

「わたしもお母さんを愛してる」

一同がポータルのなかに入ると、ボロックスがブリーンに目を向けた。

「おばあちゃんやマルコと先に行きなさい。わたしたちもすぐに追いかけるから」

「これは現実なのね。わたしはもうすぐ結婚するのね」

「緊張している?」

「ううん、ちっとも。さあ、ポータルを通り抜けて始めるとしましょう、ブリーン。もう待ちきれないわ」

「あと二分待って。あなたのお母さんと約束したの、あなたはきっとそう言うだろうからって」

「お母さんはわたしのことをすっかりお見通しね。ユール祭のときにハーケンに子犬をプレゼントするつもりだって、もう言ったかしら？　ボロックスと同じウォーター・スパニエルよ。まあ、ボロックスみたいな犬は絶対いないけど、ボロックスの母親のいとこから生まれた子犬なの。とってもかわいい目をした女の子よ」

「それは初耳だわ。きっとハーケンは大喜びするわね」

「ええ。あまりにもいろいろとあって、あなたに言うのを忘れていたわ。ねえ、もう二分経った？」

「もうすぐよ。今のあなたは目がくらむほど光っていて、森全体が輝きださないのが不思議なくらいだわ」

「もう爆発しそう」

「オーケー、ほぼ二分経ったから、ゆっくり移動して帳尻を合わせましょう」

事前に知らされてはいたものの、そこで目にした光景にブリーンは息をのんだ。人の背丈ほどの高さの白いキャンドルがずらりと並び、農場の母屋のまわりに作られた小道は花のカーペットで覆われている。夕暮れの空はブルーにピンクが入りまじり、フェアリーが飛び交いながらきらきらした粉を降らせていた。空高く飛翔《ひしょう》するドラゴンが招集ラッパのような声を響かせると、モレナは羽根を広げ、待ちかまえていた両親のもとへ飛んだ。

フリンは娘の頬にキスをし、シネイドは花とハーブのブーケを渡してまた涙ぐんだ。

「まばゆい祝福を、シスター」ブリーンはそう口にすると、小道へ向かって歩きだした。

彼女が小道に足を踏み入れたとたん、音楽が流れだした。バグパイプやハープの音色に包まれ、フェアリーの粉が髪に降りかかる。

小道の突き当たりには、ハーケンがキーガンや母親とともに立っていた――丘や牧草地、頂が雪に覆われた彼方の山脈を背にして。男性ふたりは上着《タブレット》に革のズボン、フォーマルな白いシャツを身につけ、タリンはやわらかな銀色のドレスをまとっていた。

ブリーンは両親にはさまれて彼女の背後を歩くモレナしか目に入らない様子のハーケンに、思わず微笑んだ。作業着以外の服を着た彼を見るのは初めてだった。

ブリーンがキーガンの隣に移動すると、彼の向こう側でタリンがキーガンとハーケンの手を一瞬握ってから放した。

「ハーケンの母親であるわたしは、自分の娘としてあなたを歓迎するわ、モレナ」

「モレナの母親であり父親であるわたしたちは、わたしたちの息子としてあなたを歓迎するわ、ハーケン」

「ぼくは愛を胸にあなたたちのもとに来た、義母《はは》、義父《ちち》、妻よ」ハーケンがモレナに手をさしだした。

「わたしは愛を胸にあなたたちのもとに来た、義母、夫よ」

モレナはハーケンの手に手を重ね、ふたりは花で彩られた東屋《あずまや》の下を歩き、向かいあった。

「いよいよね」モレナがつぶやくと、ハーケンは笑って抱き寄せ、彼女にキスをした。

「それは終わってからだぞ！」

「黙ってて、シーマス」ハーケンから目をそらすことなく、モレナは兄に向かって言った。

「何かわたしに言いたいことはある、ハーケン？」

「あるよ。それにこれも渡したい」ハーケンはポケットから指輪を取りだした。「この指輪は決して終わらない円の象徴だ。ぼくからの指輪と、このぼくを受け取ってくれるかい、モレナ？　昔からずっときみを愛していた。今ここで、みんなの前で誓う、一生、そしてその先もきみを愛し続けると。きみはあらゆる世界でぼくが求めるすべてだ。明るい日々も暗い夜も、ありのままのきみを慈しむと誓う。己のすべてをきみに捧げ、きみのすべてを受け入れる。どうかぼくのものになってくれ、ぼくがきみのものであるように」

「答えはイエスよ。ああ、もう、この手のことはあなたのほうが上手だわ。練習していた台詞《せりふ》を忘れちゃったじゃない」

モレナは笑い声がおさまるのを待って、ブーケに忍ばせておいた指輪を手に取った。

「じゃあ、始めるわね。この指輪は決して終わらない円の象徴よ。わたしからの指輪と、このわたしをどうか受け取ってちょうだい、ハーケン。物心ついてからずっとあなたを愛してきた。それが癪《しゃく》にさわるときもあったわ。どうしてかしら？　だって、わたしの人生で今この瞬間ほど幸せだったことはないから。あなたはわたしに対してとても忍耐強かった。そんなあなただからこそ、ますます愛するようになった。あなたが誓ったことをわたしもすべて誓うわ。あなたのほうが料理上手だから、毎回料理を作るとは約束しないけど、あなたとともにこの地で働き、すべての作業を行うわ」

「お互いにとっていい取引だな」

「そうね。わたしはきっとあなたの忍耐力を試すようなことをするはずよ。でも何があろうと、あなたを愛しているわ、ハーケン。あなたはわたしが望むすべてよ。わたしは己のすべてをあなたに捧げ、あなたのすべてを受け入れるわ。どうかわたしのものになってちょうだい、わたしがあなたのものであるように」

「ああ、きみを妻として迎えるよ、モレナ」

キーガンが東屋の下に移動し、ふたりのつないだ手に白い紐《ひも》を巻きつけた。「弟よ、義妹《いもうと》よ、きみたちはここで愛と絆の誓いによって夫妻として結ばれた。ふたりに、そしてあとに続く子孫に、まばゆい祝福を」

ふたりは集まった人々の歓声にこたえて口づけを交わし、またキスをしてから向きを変え、つないだ手を掲げた。

「わたしは彼の妻よ」

「ぼくは彼女の夫だ」

ハーケンがモレナを抱きあげてくるりとまわると、彼女は笑い声をあげた。

人々はご馳走に舌鼓を打ち、音楽を楽しみ、グラスを掲げて乾杯した。松明《たいまつ》やキャンドルの火が煌々と燃えるなか、日が沈み、一年でもっとも長い夜がやってきた。

ブリーンが見守るなか、モレナとハーケンが最初のダンスを踊り、続いてほかの人々も加わった。テーブルに座って冬至の篝火を眺める人や、家に入って暖炉のそばでウイスキーを飲む人、赤ん坊をあやして寝かしつける人。

ふたつの月が夜空を移動するなか、ふっと静寂に包まれた。

「まさかスピーチしろなんて言わないわよね」半ばパニックに陥ったブリーンは、キーガンの腕をつかんだ。「誰からもスピーチは頼まれていないわよ」

「そうじゃないよ。ほら」彼が西を指した。

極西部から冷たく白い光が広がり、やがて消えた。

「〝フィンの踊り〟ね」

「ああ、以前話したように、ふたつの月があのストーンサークルを照らし、一年でもっとも夜が長い冬至を告げる。ほら、耳を澄ましてごらん」

静寂のなか、彼方からストーンサークルが優しく歌う声が聞こえてきた。その音色は天使の羽音を彷彿させ、光のように広がり、タラム中のあらゆる踊りがそれにこたえた。

平和と誓いの歌。

マルコが隣に来て、ブリーンの手をつかんだ。彼は畏敬の念に目をうるませていたが、気がつくと彼女の頬も濡れていた。

だから、わたしたちは戦うのだと、ブリーンは心を満たされながら思った。だから、カップルは愛を誓い、その愛を分け与えるのだ。光や歌、畏敬の念や、美のために。

ブリーンは今、その一部になっていた、畏敬の念や歌の一部に。

冬至の篝火が燃え、松明やキャンドルの火が光っている。この時に囚われた瞬間に、タラムの全住民は一致団結していた。徐々に西部の光が薄れ、歌が終わった。

「一年でもっとも長い夜の歯車がまわりだした」キーガンがブリーンを見おろした。「きみがタラムで過ごす初めての冬至だ」

「ええ、初体験よ。今までどこでも味わったことがないわ。これからどうするの?」

「とりあえず、踊ろう」

バグパイプが奏でる音楽に合わせて、ブリーンはひたすら踊った。祖母とセドリックの力強いステップ・ダンスにも見入った。ワインも飲んだ。頼まれてついマルコと二、三曲デュエットしてしまうほどたっぷりと。その後、幼いキャヴァンを片腕に抱きながらまた踊り、音楽に合わせて声をあげた。ボロックスも後ろ脚で立って踊り、子供たちを楽しませた——おかげで、一匹の犬が食べるには多すぎるほどの残り物をもらった。

深夜にさしかかったころ、ブリーンは冬至の篝火に近いテーブルに座っていたアシュリンの隣にすとんと腰をおろした。

「わたしにとっては、これがタラムでの初めての結婚式よ。これ以上すばらしい結婚式があるとは思えないわ。みんないつもこんなに陽気なの？」

「結婚式のあとは決まってすてきなパーティーが開かれるの。その後の結婚生活は遊びじゃないわ。だけどあのふたりなら、ハーケンとモレナならきっとうまくいく。誰もがするようなつまらないけんかをして、また愛しあい、そしてまたつまらない言い争いをするでしょう。でも、あのふたりなら大丈夫よ」

アシュリンは微笑みながら円を描くように丸いおなかを撫でた。「あなたに頼みがあるんだけど、いい？」

「もちろんよ」

「マオンを呼んできてもらえる？　彼はミナやみんなと足が棒になるまで踊っているはずだから。できれば、お母さんも呼んでくれると助かるわ」

「ええ、まかせて。何か問題でもあるの？」

「問題じゃないわ。ただ、そのときが来たの」

「そのとき――って、えっ！　動かないで、わたし――」

「待って」アシュリンがぱっと手をあげた。「この陣痛がおさまるまでは一緒にいてちょうだい。わたしの痛みを感じないようにブロックしてね、今からあなたの手をつかむから。さあ、ブロックして」

だが、ブロックが間に合わず、ブリーンは徐々に強くなる陣痛をともに味わった。高まる痛みや圧力に驚いて、とっさにシールドで身を守ると、アシュリンがブリーンの手をぎゅっと握って息を吐いた。

「産気づいたのね。陣痛の間隔は――。わたしったらどうしてこんな質問をしたのかしら、まったく知識がないのに。マオンを呼んでくるわ」

「ちょっと待って。ポータルを通り抜けたときから陣痛は始まっていたの。徐々に痛みが強くなってきて、ああ、今は落ち着いたわ。マーグも呼んでちょうだい、彼女が助産師を務めてくれるから」

「みんなを呼んでくる」

「あと、キーガンに息子たちの面倒を見るように伝えてくれる？　息子たちがへとへとになるまで、あと一、二時間はかかるから」

「子供たちの面倒は、わたしたちにまかせて。心配しないで、何も心配しなくていいのよ」

「わたしはちっとも心配していないわ」アシュリンは頭をのけぞらせて笑った。「お産はこれで三度目だもの。これからどうなるか、わかっているし」

ブリーンは親子の分まで心配しつつ、ぱっと立ちあがり、ダンスを楽しむ人々の合間を駆け抜けてマオンのもとへ直行した。「アシュリンが、アシュリンがついにそのときが来たと言っているわ。赤ちゃんが、赤ちゃんが生まれるって」

「本当かい？」マオンはぱっと笑みを浮かべた。「お義母《かあ》さんとマーグを呼んでこよう」

「だめよ、あなたはアシュリンのところへ行ってあげて。わたしがふたりを呼んでくるわ。それと、子供たちの面倒も見るから。とにかく、早く行って」

「ありがとう」

マオンがアシュリンのもとに向かったとたん、ブリーンは足元で飛び跳ねるボロックスとともに駆けだした。ご馳走が並ぶテーブルへとワインの大瓶を二本運んでいるタリンが目にとまった。

「アシュリンが、赤ちゃんが……。彼女はそのときが来たって言っています」

「そうなの？　それはよかったわ。ほら、マオンがアシュリンを抱えてコテージまで飛んでいくわ。わたしは娘のところに行くから、これを運んでもらえる？」

「ええ。わたしはマーグを探して、お孫さんたちの面倒を見ます。さあ、早く行ってください。もう陣痛が始まっています」

「それが赤ちゃんを産む唯一の方法だもの」タリンは静かにため息をもらし、周囲を見まわした。「新しい生活の始まりね。ハーケンとモレナは結婚生活をスタートし、生まれてくる赤ちゃんはこの世で歓迎を受ける」

タリンはブリーンに大瓶を渡し、その場をあとにした。「なんてすばらしい冬至かしら」

ブリーンは大瓶を抱えながらボロックスを見おろした。「おばあちゃんを見つけて。わたしのためにおばあちゃんを見つけてちょうだい」

マーグを探すのはボロックスにまかせ、男性の一団にまじってエールのジョッキを手にしているキーガンのところへ、彼女は直行した。

「あなたのお姉さんが産気づいたわ」

「そうなのか？」キーガンは彼女が持っていた大瓶を奪って脇に置いた。「オブロイン家にとってはせわしない夜になったな」

「今、というか、もうすぐ生まれるのよ。あとおばあちゃんを見つけて、わたしたちでアシュリンの子供たちの面倒を見ないといけないの」ブリーンはパニックに陥った。「それなのに、みんなどこにいるのかわからない！」

「そこら辺にいるさ」彼は何気なくこたえた。「フィニアンはリアムたちを厩舎《きゅうしゃ》に連れていって自分の馬を見せびらかしているし、キャヴァンは……」言葉を切って、周囲を見まわす。「ほら、あそこだ、セドリックの膝の上でケーキを食べている」

「よかった。あとはおばあちゃんね。子供たちの世話はまかせたわよ、キーガン！」

ブリーンが走り去ると、キーガンはかぶりを振って、またエールを飲んだ。

得意満面なボロックスが気取った足取りで、マーグを引き連れてブリーンに近づいてきた。

「アシュリンが」

「ああ、彼女から声がかかるのを待っていたのよ」

「マオンがアシュリンをコテージに連れていったわ。タリンも向かっている」

「わたしも行かないと。セドリックに伝えてもらえる？　もしお産が終わる前に寝に帰るなら、わたしは終わりしだい帰宅すると」

ブリーンはやや憤慨した目つきでセドリックに詰め寄った。

「キャヴァンはどこ？　さっきまでここにいたのに」

「あの子ならわたしを置いて、美人のブロンドのもとへ行ったよ」セドリックは羽根をぱたぱたさせながら花嫁と踊るキャヴァンのほうを顎で示した。

「それならよかった。アシュリンが産気づいたから、おばあちゃんは彼女のところへ行ったわ」

「冬至生まれの赤ん坊か。幸運だな」

ブリーンは無言でセドリックを見据えた。「みんな、やけに無頓着なのね」

「フェイは自然の生き物だし、出産は自然なことだからね」

「いかにも男性が言いそうな台詞だわ」

セドリックは笑って立ちあがると、ブリーンの頰にキスをした。「きみが間違っているとは言えないが、実際、出産は自然なことだよ」彼女の肩に手をのせ、コテージに目を向けた。窓ガラス越しに明かりが見え、煙突からは煙が立ちのぼっている。

「あそこで今起きていることは、命と光と誓いだ。そして最後には、出産ならではの喜びが待っている。わたしはもう一杯エールをお代わりして、花嫁や花婿と最後の乾杯をしたらおいとまするよ。きみも飲むかい?」

「いいえ、わたしは遠慮するわ。キャヴァンとフィニアンの子守をしないといけないから」

「きみは気配り上手だね。それに、あの子たちはとってもいい子だ。ただ、下の子の口車に乗って、これ以上ケーキを食べさせないように。きっとおなかを壊すから」

「ケーキは禁止ね。了解。あっ、ボロックス、キャヴァンのあとを追って、そばについていて」

「マブもそのあたりにいるよ」ボロックスが駆けだすと、セドリックが安心させるように告げた。「あのウルフハウンドは優秀な子守だ。そこまで心配することはない」

セドリックは彼女の肩をぽんと叩き、その場を離れた。

ブリーンがあわててキャヴァンを追いかけようとした矢先――フィニアンも見つけないといけないが――モレナに行く手を阻まれた。

「どうしてわたしの結婚式なのに、ダンスを踊っていないの？」

「もう踊ったわ。ただ、アシュリンが産気づいたから、わたしは子守を――」

「産気づいた？　今の聞いた、ハーケン？」モレナが彼を手招きする。「あなたのお姉さんが――わたしたちのお姉さんが」そう言い直す。「産気づいて、わたしたちから注目を奪ったみたい」

「アシュリンは負けず嫌いなのさ」

「わたしはアシュリンの子供たちを見つけて、子守をしないといけないの」

「あの子たちなら楽しんでいるよ」ハーケンが言った。「ほら、フィニアンがリアムと一緒に厩舎から出てきた――リアムは小さい子の面倒見がいいんだ。キャヴァンはすっかりへとへとだな、本人は気づいていないだろうけど。きっと一時間もしないうちに、誰かの膝の上で丸くなって寝るだろう。きみにワインを取ってくるよ」

「その前に、あの子たちふたりを目の届くところに連れてくるわ」

ふたりから離れたところで、ブリーンは危うくマルコと衝突しそうになった。

「もう一曲歌う番だよ。いろいろリクエストをもらってる」

「無理よ。これからアシュリンの子供たちの子守をするの、彼女が産気づいたから」

「わかったよ、それじゃあ――えっ！　今？　赤ん坊が？　今かい？」

「ようやくだわ！」ブリーンは両手を振りあげた。「それが普通の反応よね。パニックに陥らないようにしていたけど、誰もちっとも驚かないせいで、平静を保つのが難しくなっていたわ」

「いったい何をしたらいい？　誰かお湯を沸かしてるのか？」

「わからない。でも、おばあちゃんが付き添っているわ」不可解なことに、マルコの反応を見て、ブリーンは気持ちが落ち着いた。「おばあちゃんとタリンとマオンが付き添っているから大丈夫よ」息を吐いた。「もう何もかも大丈夫。わたしは子供たちの面倒を見ればいいから――あっ、フィニアンが見つかったわ。キーガンに肩車されている。キーガンがキャヴァンも抱きあげたから、やっとふたりがつかまったわ。じゃあ、わたしは子守をしてくるわね」

「それじゃあ、ぼくはブライアンに知らせてくる。ふたりでアシュリンのために祈るよ。それっていいことだよね？」

「ええ、そうね」

ブリーンはキーガンのほうに向かった。

「この子たちはちっとも疲れていないようだ」そう告げるキーガンの肩にキャヴァンは頭をのせ、フィニアンは重そうなまぶたが閉じないよう必死に抗っていた。

「そうだよ！」

「見ればわかるわ」ブリーンはキーガンからキャヴァンを抱き取った。

「ママが言ったんだ、みんな結婚するから、今日は好きなだけ起きてていいって。それに、赤ちゃんが生まれるから」

「どうして知っているんだ？」キーガンがフィニアンに尋ねた。

「だって」フィニアンは重たげなまぶたを閉じて、キーガンの頭に頬を寄せた。「まだ真夜中じゃないし、このまま起きてて赤ちゃんにようこそって言うんだ」

「おまえたちを家まで送り届けるよ」キーガンは背後に手をのばし、フィニアンを両腕に抱いた。

「真夜中まであとどれくらいかわからないが、フィニアンはそこまでもたない。もう眠っている」

「深夜まであと一時間足らずよ。フィニアンは明日の朝ようこそって言えばいいわ」

ふたりは子供たちを抱えて母屋に入り、キーガンが兄弟の寝室へ先導した。子供用のベッドにキャヴァンたちを寝かせると、キーガンは身を起こした。「ふたりのジャケットやブーツはぼくが脱がせる。きみはアシュリンに子供たちを寝かしつけたことを伝えてきてくれ」

「わかったわ。このあとも子供たちに付き添うべきかしら？」

「いや、その必要はないだろう。ふたりとも熟睡しているから。だが、アシュリンやマオンには子供たちが無事にベッドで寝ているのを知らせておこう」

ブリーンは部屋を出ると、人の声がするほうへと狭い廊下を進み、やがて揺らめく暖炉の火が目に入った。

ドアが開け放たれた入口で立ちどまり、彼女は目をみはった。

痛みと集中のあまりうつろな目をしたアシュリンが、生まれたままの姿でベッドに腰かけていた。背後にはマオンが座り、アシュリンの引き寄せた脚のあいだにはマーグがいて、タリンが娘の手を握っている。

「さあ、今よ」マーグが言った。「痛みに耐えて、いきんで」

アシュリンは息を吸いこみ、いきんだ。

「そう、その調子よ、わたしの勇敢なアシュリン」タリンがアシュリンの手に唇を押しつけた。

「あともう少し、もう少しよ。そう、その調子。やめて。はい、やめて、息をして」

アシュリンが目を閉じてマオンにもたれると、タリンは娘の汗ばんだ顔を布でぬぐった。ブリーンがあとずさろうとした矢先、タリンが手招きした。

「行かないで、入って。アシュリンの反対の手を握ってあげてちょうだい。あともう少しだから」

「神々を讃えよ」マオンがつぶやき、アシュリンの肩にキスをした。「きみは戦士だ、マイ・ダーリン」

アシュリンはブリーンの手をつかんだ。「決して肩代わりしないで、いいわね? これはわたしの痛みだから。でも、手はぎゅっと握るわよ。ああ、今よ、マーグ、いきむわ!」

「わかったわ、しっかりいきんで。さあ、もっと、そうその調子よ」マーグが声をかけるなか、アシュリンは歯を食いしばっていきんだ。「さあ、浅い呼吸を繰り返して、息をとめて。頭が出てきたわ」

その瞬間、キーガンが入口に現れた。「うわっ」ひと言発するなり、姿を消した。

「まったく」アシュリンはマオンにもたれた。「ああ、いくわよ、もう一度」

ブリーンが驚きに目をみはるなか、赤ん坊の頭がするりと出てきた——濃い茶色の髪に覆われた頭に、まぶたを閉じた目。

「さあ、浅く息をして！　そこでとめて」

「あの子の顔を見て。見える、アシュリン？」

「マオンの顔と髪だわ。ああ、神様、体も出たがっているわ、今よ」

「あなたの赤ちゃんをこの世に、光のなかに送りだしなさい」マーグは赤ん坊の頭に両手をのせ、アシュリンがいきむと、優しく向きを変えた。肩が出てきて、胴体が続き、新たな命が産声をあげた。

「すぐさま世界に誕生を告げたわね」マーグの両手のなかに、光のなかに生まれ落ちた赤ん坊は、握りしめた片手を振った。

「元気なかわいい男の子よ」マーグは赤ん坊の顔をきれいにぬぐい、キスをした。

「肺も丈夫だわ」

「わたしは息子を産む運命なのね。美しい、とても美しい息子たちを。マオン、わたしたちの息子よ」

彼は妻に頰を押しつけながら、すすり泣いた。「きみはぼくの戦士だ。マイ・ラブ、マイ・ハート、マイ・ライフ。ぼくたちの息子を産んでくれてありがとう」

しゃがんだまま、マーグは手の甲で額の汗をぬぐった。「あなたがへその緒を切って、タリン」

「ええ。これにより、あなたは愛の子として祝福を受け、歓迎される」光とともに、タリンはへその緒を切り、赤ん坊を抱きあげて額にキスをしてから、アシュリンの腕のなかに横たえた。

「あなたを待っていたわ、マイ・ラブ」アシュリンは赤ん坊にキスをしたあと、マオンもキスできるように赤ん坊を夫のほうに向かせた。「ようやく生まれたわね。あなたの名前はケリーよ」

アシュリンは驚嘆して涙ぐむブリーンを見て、微笑んだ。「わたしの父が神々のもとへ旅立ったとき、父親代わりになってくれたイーアンに敬意を表して、あなたもこの子に歓迎のキスをしてくれる、ブリーン？」

「タラムにようこそ、そして、すべての世界にようこそ、ケリー」

だからなのだと思いつつ、ブリーンは身をかがめてやわらかい頬にキスをした。だから、われわれは戦うのだ。

だから、われわれは勝利するのだ。

7

ブリーンはフェイが祝うクリスマスを大いに気に入った。タラムにとってクリスマスは、喜び、団結するときであり、集い、与えあうときであり、常にそうであるように、光のときだ。

クリスマスイヴは夜明けから日没までクリスマスツリーが屋内外で光り輝く。家族や友人はプレゼントを贈りあい、幼子のための靴下はお菓子でふくらむ。

谷では、日没時に大勢の人々が集い、ともに喜び、祝杯をあげるなか、各種族の代表がそろって歓迎の木の歌を高らかに歌う予定だ。

ただ、タラムやアイルランドで初めて迎えるクリスマスであっても、ブリーンは海の向こうの家族のことも忘れていなかった。

マルコとともに〈フェイ・コテージ〉のクリスマスツリーを背景にして、サリーやデリックとビデオ通話をした。

フィラデルフィアのふたりは、きらきらしたサンタクロースの帽子をかぶっていた。

その背後には、赤いカーペットと、てっぺんにミラーボールを飾ったクリスマスツリーが見えた――彼らの家にはそれ以外にもツリーが数本飾られているらしい。

長い距離を超え、四人は乾杯した。

「ふたりに会えなくて寂しいよ」マルコはブリーンを抱き寄せた。「〈サリーズ〉で過ごさないクリスマスなんて何年ぶりだろう」

「みんなにメリークリスマスって伝えてね」ブリーンは付け加えた。「写真も送ってちょうだい！」

「ええ、そうするわ」サリーが約束した。「ところで、あなたのブログに載っていたブライダルシャワーの写真だけど、とってもすてきだったわ。あなたのおばあさまに、あふれんばかりの若さの秘訣《ひけつ》をぜひ伝授してほしいと伝えてちょうだい。彼女ならゴージャス・グランマ賞間違いなしよ」

「サリーがそう言っていたって、おばあちゃんに伝えるわ。このあと会うから……クリスマスツリーの点灯式で」そう説明するのが一番だと、ブリーンは思った。「このあたりの伝統行事なの」

「本のほうはどうだい、ブリーン？」デリックがきいた。「壮大なファンタジー小説のほうは。きみも知ってのとおり、ぼくは大のファンタジー好きだからね」

「かなりいい感じだと思うわ。というか、そう願ってる」

「エージェントからは推敲《すいこう》済みの最初の数章を送ってほしいと、催促されているよ」

ブリーンはマルコを肘で小突いた。「まだそこまでの準備が整っていないの」

「ぼくにすら読ませてくれないんだ」

「まだその域に達していないからよ。マルコだって曲作りをしているくせに、発表しないじゃない」

「これは一本取られたな」マルコは肩をすくめた。「まだそこまでの準備が整っていないんだ」

「まったく、この子たちときたら」サリーはデリックを見て、大げさにため息をついた。

四人は一時間ほどおしゃべりを楽しんでから、プレゼントの包みを開いた。

マルコはチョコレート色の革のダスターコートをまとった。

「信じられない！　最高だ」

「ブリーンから、あなたがキーガンのダスターコートをやたらと気に入っているって聞いたのよ」

「すっかり心を読まれたな。今夜はこのコートを着たまま寝るよ！」

「とってもセクシーだわ」サリーが言った。「あなたのハンサムな芸術家もきっとそう思うはずよ」

「彼にこの姿を披露するのが楽しみだな」

「わたしはこのブーツにびっくりよ！」ブリーンは膝上まである黒のレザーブーツを履いてターンした。ファスナーを隠すように、ブーツの側面は編みあげになっている。

「なんてすてきなブーツなの。まるで将軍になった気分だわ」

「ものすごくセクシーだよ」デリックが言った。「サリー、ぼくたちのかわいい娘を見てごらん。すっかり大人になったたな」

「ブリーン」マルコは彼女の腰に腕をまわすと、ポーズを決めた。「今夜はこれを身につけて、みんなをノックアウトしよう」

「賛成」彼女はふたたびソファに腰をおろした。「今度はあなたたちの番よ。わたしたちから、あなたたちふたりへのプレゼントを開けてちょうだい」

「待ちかねたよ」デリックが包装紙をびりっとはがすと、サリーが顔をしかめた。

「わたしはそうするのが嫌いなのを知っているくせに。手間暇かけてこんなにきれいにラッピングしてくれたのに、あなたったら三歳児みたいにびりびり破くんだから」

「クリスマスは誰もが三歳児だ」

ブリーンは笑った。「わたしもそう言ったの。それに、大事なのは中身だと願っているわ」

サリーとデリックは頑丈そうな梱包用《こんぽうよう》の木箱から、箱を取りだした。鏡面磨きが施

された シダー材の箱に、美しい銅の蝶番《ちょうつがい》と装飾があしらわれた留め金。蓋には無限を示すシンボルとふたりの名前がその内側に複雑なデザインで彫られ、銅で彩色されている。

「すごくゴージャスだわ」サリーは自分たちの名前を指でなぞった。「工芸品ね……。まさにゴージャスのひと言に尽きるわ」

「セドリックが——以前彼のことは話したけど——デザインを手伝ってくれて、一流職人のシーマスが作ってくれたの。それはメモリー・ボックスよ」ブリーンはさらに言い足した。「ほかにもちょっとしたプレゼントがあるから、開けてみて」

ふたりが蓋を開けると、音楽が流れだし、サリーは涙まじりの笑い声をもらした。

「わたしたちの結婚式の曲だわ。古い曲を選んだのよね」サリーはデリックのほうを向いてキスをした。「《アイ・ガット・ユー、ベイブ》ね」

「《アイ・ガット・ユー、ベイブ》」

「この人はすっかり酔わせるか、この曲をかけないと、一緒に歌ってくれないの」

「ぼくは悲しげなトロンボーンみたいな声だから」デリックが咳払《せきばら》いをした。「これはかけがえのない贈り物だ。本当に貴重だよ」

「これを知ったら、もっと特別に感じるわよ。実はそれ、マルコが演奏しているの」

「嘘でしょう！　すばらしいわ！　どうやってこんなものを作ったの？」サリーが問

いただした。

「魔法で、とだけ言っておくわ」実際そうなのだから。

今夜は魔法の晩だ。そう思いつつ、ブリーンはマルコやボロックスとともにタラムへ向かった。

マルコの主張により、ボロックスはサンタクロースの帽子をかぶっていた。ブリーンが驚いたことに、愛犬はその帽子を大いに気に入ったようだ。

タラムに足を踏み入れると、すでに道路にも牧草地にも低い石垣にも人々が集まっていた。

音楽を奏でる人や、祝い酒を配る人。モレナは抱擁や口笛の挨拶を受けていた。

「まあ、すてき。あなたの帽子は誰よりもクリスマスらしいわ」

モレナが承認するようにうなずくと、ボロックスは大勢集まっている子供たちと遊ぶために走り去った。「それに、このコート。赤ちゃんのお尻みたいにやわらかいわ」マルコのコートを撫でてから称賛した。「でも何より、そのブーツがうらやましくてたまらない」

「誰だってそう思うはずよ。メリークリスマス――それとも、光の夜に祝福《ブレスド・ナイト・オブ・ライツ》をと言うべきかしら」

「どっちでも大丈夫よ。さあ、祝い酒をもらってきて。もうすぐ日が沈むから」

「まず赤ちゃんに会いたいわ」

ブリーンは人ごみを縫いながら、もうみんな顔見知りで、名前を知っている人も多いことをうれしく思った。アシュリンのかたわらにはタリンがいて、産着にくるまれた赤ん坊は母親の腕に抱かれていた。

「ブレスド・ナイト・オブ・ライツ・トゥー・ユー、ブリーン・シボーン、そしてメリークリスマス。あなたの瞳に願い事が見えたわ」タリンが赤ん坊をさしだした。

「ありがとうございます」ブリーンは赤ん坊のにおいを吸いこみ、腕に抱いた。「あなたはパパにそっくりね。やがて丘のような緑色の羽根が生えたら、大地や海の上空を飛び、純粋な歌声で喜びをもたらすわ」

ブリーンは目をしばたたいて顔をあげた。「ごめんなさい。わたし――」

「いいえ、謝らないで、すばらしい予言だわ。この子のなかにシー族の光は見て取れたけど、ほかのことはわからなかった。この子には音楽の才能があるのね」アシュリンはケリーの頰を指で撫でた。「うれしいわ」

「さあ、今度はわたしにその子を抱かせてちょうだい」明るいサクランボ色のマントと同系色のブーツを身につけたフィノーラが、気取った足取りで近寄ってきた。「わたしは抱っこの練習をしないと。モレナとハーケンには結婚するまで長々待たされたけど、孫は早く生まれてほしいと願っているの。ああ、魔法のにおいがする、生まれたばかりの赤ちゃんのにおいね」

「この子のお兄ちゃんたちはそんなはずないと言い張るでしょうね、この子のおしめを取り替える羽目になったときに」アシュリンが見まわすと、長男と次男はマブに見守られながら遊んでいた。「あら、マーグがブライディにつかまっているわ。きっと最新の愚痴を聞かされているわよ。ブリーン、あなたのおばあちゃんを助けに行ってあげて――わたしが呼んでいると言えばいいわ。新生児の母親は多少のわがままが許されるから」

「ええ、そうするわ」

ブリーンは挨拶を交わしながら移動し、空が夕日に染まるなか、高揚感を味わった。もうじき木々に光が灯り、冷たく澄み渡った空に善意と結束の声があがる。

「メリークリスマス、ブリーン・シボーン」

ブリーンは立ちどまり、その女性に微笑みかけた。やわらかいブラウンの髪を太い三つ編みにした若くてきれいな女性の顔には、どこか見覚えがあった。とはいえ、いくら思いだそうとしても名前が思いだせなかった。

「それがあなた側の世界の挨拶でしょう」

「ええ、向こう側の世界のね」ポータルの向こう側もこちら側も自分の世界なので、ブリーンはそう答えた。「ブレスド・ナイト・オブ・ライツ・トゥー・ユー」

「わたしはケイト、ケイトリン・コネリーです。廃墟《はいきよ》のそばのコテージに住んでいます」

それを聞いて、ブリーンは思いだした。「父のお墓参りに行くとき、あなたが歩いているのを見かけたことがあるわ」

「わたしもあなたを見かけました。祝い酒をどうぞ。もうすぐ日が沈むので」

「ありがとう」

「では、乾杯しましょう。喜びに包まれた今夜のタラムに」

カップに口をつけようとした瞬間、ブリーンはそれを目にし、感じ、悟った。そのままカップを傾けると、さらに感じ、確信した。

今ここは、信心の場だ。

ブリーンは祝い酒を飲み、ケイトの目に冷酷な笑みが浮かぶのを見た。

飲み干したあと、カップを置いた。

「こんな晩に、あなたはオドランの邪悪な企てを実行することにしたのね、こんなにも多くの人々が平和と連帯感を胸に集まったこの場所で。子供たちがまわりで遊んでいるのに」

「そのうち激痛が襲ってくる。どんな手を尽くしてもあなたは救われない」

ボロックスが駆け寄ってきてうなったが、ブリーンはケイトの目をじっと見つめ続けた。

「激痛は襲ってこないし、あなたは授かった力を汚した罪を審判で裁かれるわ。動かないで！」ぱっと手を突きだすと、未知の力がほとばしった。ケイトが逃げだす前に、ブリーンはそのエルフを檻に閉じこめた。

ケイトは目を血走らせ、呪縛から逃れようともがいた。「なんで倒れない？」

「わたしの光がイズールトの黒魔術を消し去ったからよ。これから先も必ず消し去るわ。あなたは仲間を裏切ったのよ、ケイト・コネリー」

「オドランはわたしが崇《あが》める神で、万物の神よ。彼はあなたに授けた力を取り返し、タラムだけでなくすべての世界が黒い焦土と化すまで焼きつくす」

周囲の人々がざわめき始め、なかには近づいてくる者もいた。

ブリーンはあえいだが、それは毒ではなく怒りや悲しみによるものだった。この光と慈愛の夜に、オドランが影を落としたのだ。

「みんな、近づかないで。子供たちを避難させ、ティーシャックを呼んできて」

「ティーシャックならここにいる」キーガンがかたわらに現れた。「これはどういうことだ？」

「イズールトの毒薬よ。彼女はオドランの手先なの」

「あなたはオドランのために生まれ、彼によって生みだされた」ケイトが唾を吐いた。「彼はいずれあなたを手に入れる」

「きみのことは知っているが」キーガンは口を開いた。「今こうして改めて見て、ようやくきみの本性がわかったよ」

「暗黒神であり万物の神であるオドランが、あなたの力を吸いつくし、タラムが焦土と化したとき、あなたの血が大地に染みこむだろう」

「眠れ」キーガンが命じると、女性は地面に倒れた。「彼女を連れていけるよう、呪縛を解いてくれ」振り向いて、戦士の三つ編みを垂らしたふたりに合図を送ったあと、かがみこんでケイトのポケットから薬瓶を取りだした。「こんなに小さいのか」彼はふたたび立ちあがった。「ぼくにも祝い酒をくれ」ブリーンに言った。

「彼女を連行して監視下に置け。オドランの命令を受けてブリーンに眠り薬を盛るという罪を犯した」

その言葉に群衆は騒然とし、怒号やショックの叫び声があがった。

「儀式のあと、その女と証拠品をドラゴンでキャピタルへ移送し、審判まで拘束しておくように」

キーガンはブリーンの手を握り、人々に大声で呼びかけた。「彼女はタラムの法律によって裁かれる。だが、それを行うのは今夜ではない。この邪悪な所業が光を曇らせることはないし、鐘の音をかき消すこともない」

キーガンは日が沈む西を指した。「タラムは光の夜《ナイト・オブ・ライツ》に輝く。一緒に来てくれ」ブリーンにつぶやくと、今度は大声で呼びかけた。「ぼくの甥《おい》はどこにいる？　マオンとアシュリンの息子のフィニアンは？」

「ここだよ」フィニアンはキーガンが近づいてきて人々が脇にどくと、呆然と目をみはった。

「この子はフェイの子供で、タラムの息子だ」キーガンはフィニアンを肩車した。

「われわれの光が見えるよう幼子を持ちあげてやれ。そうすれば子供を含む全員が、このタラムの息子が歓迎の木に最初の光を投げかけるのを目にすることができる」

フィニアンが身をかがめてキーガンに耳打ちした。「ぼく、キャンドルでしかやったことがないよ。それも何回かやっただけで、ママが一緒だった」

「いいか、おまえが送るのは炎じゃなく光だ。おまえのなかには光がある、昼間のようにまぶしい光が。でも、どうしても必要なら手伝うよ。さあ、たったひとつの光を送ってごらん」

フィニアンは身を起こして家族のほうを見てから、歓迎の木に視線を移した。「こ、今夜、光を送り、明るく輝かせる……」

「善と正義のために」キーガンが促した。

「善と正義のために」

フィニアンが突きだした手の先で、歓迎の木が小さく震えた。ゆるやかなカーブを描く枝にぽつんと小さな光が灯ったかと思うと、それが徐々に力強くまたたきだした。

「あとは覚えているか？」キーガンが甥に尋ねた。

「たぶん、でも……」

「じゃあ、一緒に唱えよう。フィン、みんなに聞こえるように力強い声で」

ふたりは声をそろえて唱えた。「今、この大地に立つすべての人々や、水中を泳ぐすべての息子や娘、空を飛ぶすべての人々よ、今夜己の光を送りたまえ。太陽がのぼり、今夜が幕を閉じるまで、すべての木があなたやわたしの喜びで輝くように」

歓迎の木だけでなく、森や果樹園、草原にぽつんと立つ栗の木やオークの木にもまぶしい光が灯った。

平和と喜びと連帯感の歌声が高らかに響く。

それに包まれながら、ブリーンはクリスマスイヴのタラムほど清らかで美しい場所は全世界のどこにもないと思った。

「上出来《マー・フー》だ」キーガンはフィニアンを肩から持ちあげると、空高く放りあげた。「本当によくやった。ご褒美にドラゴンに乗せてあげよう」

「今から？」

キーガンは先延ばしにしようとして、思い直した。「今から飛ぶなら、キャヴァンも一緒だぞ」

「ぼくはかまわないよ」

「きみのドラゴンを呼び寄せるんだ」キーガンはブリーンに告げた。「キャヴァンを乗せてやってくれ」

「わ、わたしが？」

「さあ、弟を連れてこい」キーガンはフィニアンをおろした。「やつらにぼくたちふたりの姿を見せつけるんだ、ぼくたちが空に振りまく光も。オドランとイズールトはそれを察知して、失敗に気づくだろう。これはぼくたちからタラムへの贈り物であり、オドランへの一撃となる」

ボロックスとキャヴァンとともにロンラフの背中に乗り、ブリーンはクロガと並んで飛行した。キャヴァンは歓声をあげてはぺちゃくちゃしゃべり、両腕を突きあげて手をまわし、フェアリーの粉を降らせた。

キーガンがさっと腕を振ったとたん、空に白い虹がかかった。眼下のタラムで無数の光が輝くなか、ブリーンもそれにならった。

ケイトリン・コネリーの一件で祝い酒を飲み損ねたブリーンは、〈フェイ・コテージ〉でプレゼント交換をしながらワインで乾杯した。ブライアンがさっと描きあげたスケッチは何度か目にしたことがあったし、その才能も知っていたが、彼からもらった朝焼けの入江の絵には思わず息を奪われた。

「本当にきれいだわ、この色彩も、霧も。水しぶきをあげるボロックスまで描いてくれたのね」

「夜明けがきみのお気に入りの時間みたいだから、その瞬間を切り取ってあげたかったんだ。自宅に迎え入れてくれた感謝のしるしに」

「ここはマルコの家でもあるのよ。だけど、これは」ブリーンは顔をあげ、ブライアンとマルコが身を寄せあって暖炉のそばの大きな椅子に座っているのを見つめた。まるで子供みたい。それに恋人同士らしい。「わたしの独断で、執筆する書斎に飾らせてもらうことに決めたわ。常にインスピレーションの源になってくれそうだから」

ブリーンは立ちあがってブライアンに歩み寄り、キスをしてから包みを渡した。

「こんなすばらしいプレゼントをもらったあとでは、あなたへの贈り物がちょっと利己的に思えるわ」

ブライアンが包みを開けると、鉛筆や筆やチョークがたくさん詰まった画材ケースと、スケッチブック、小さなキャンバスが二枚入っていた。

「これは最高だよ」

「コテージにも画材があれば、便利じゃないかと思ったの」

「本当にすばらしいプレゼントだ」

彼女は別の包みを手に取って引き返し、キーガンに渡した。「メリークリスマス」

「ありがとう」デリックと同じく、キーガンは美しいリボンをさっと外すと、きれいな包装紙をびりびりと破いた。

ブリーンが手間暇かけて作ったのは、中央にひとつの石を編みこんだ革のブレスレットだった。中央の曹灰長石《ラブラドライト》には飛翔するドラゴンを魔法で彫ってある。

「あなたが普段、この手のものを身につけないのは知って――」

「これは身につけるよ」彼はさえぎるように言った。「これはクロガだね」

「セドリックやおばあちゃんにもかなり手伝ってもらったわ」

「クロガにそっくりだし、本当にうれしいよ」キーガンはブレスレットをつけ、紐をねじって固定した。「クロガも喜ぶだろう。さあ、次はきみがプレゼントをもらう番だ」彼が立ちあがって、ツリーの背後から細長い布袋を取りだした。「ぼくはラッピングが下手だから」

「おかげで、わたしはきれいな袋をもらえたのね」彼女は紐をほどき、鞘におさまった剣を取りだした。

「こいつは風変わりなプレゼントランキングで上位に入るぞ」マルコは半ば笑いなが

ら、祝い酒をお代わりした。

ブリーンは楽しそうに、鞘の彫刻を指でたどった。「繊細で美しいわ」

「ぼくもデザインに関しては、ブライアンやセドリックに少し手伝ってもらったよ。鞘にはフェイと、すべての種族、人間、女神のシンボルが刻まれている」

「あと、タラムのふたつの月も」彼女はそれを指でなぞった。「あっ、アイルランドを象徴するクローバーだわ」うれしくなって、さまざまなシンボルに目を走らせた。「マルコ、フィラデルフィアの有名な〝自由の鐘〟（アメリカの自由と独立の象徴となっている鐘）もあるわよ」

「いいね、それはポイントが高い」

「林檎もあるよ」キーガンがブリーンに言った。「きみの出版社があるニューヨークの象徴だ。それから、きみは乗り手だから、ドラゴンも。きみには借り物じゃなく、自分自身の剣が必要だ。伝統的には代々受け継がれるものだが、きみのお父さんの剣はきみには重すぎる。これはきみの手や腕や体格に合わせて作ってある」

ブリーンは柄を握り、違いを実感した。訓練で使用する剣よりやや小ぶりで、鞘から抜いたときの重さも若干軽かった。

「気をつけてくれ、ブリーン、その剣で誰かの目をくり抜きかねないぞ」

けれどブリーンは剣の刃と、そこに刻まれた文字に目を奪われていた。

〝勇気《ミスノフ》〟

「ありがとう」剣を鞘に戻して、キーガンにキスをした。「大事にするわ」

その後、暖炉の火が弱まったころ、一同は二階にあがった。ブリーンはブーツを脱ごうと腰をおろした。

「優れたデザインだな」ブリーンが隠れていたファスナーをおろすと、キーガンが言った。「そのファスナーのおかげで履くのも脱ぐのも簡単だ。それに……刺激的だ」

彼女はぱっと顔をあげた。「そう？」

「きみも重々承知しているくせに。それがほとんど服を身につけずにブーツだけ履いた姿を男に想像させると」

「マルコは男物の大きなシャツと合わせたらいいと言っていたわ。そのうち、あなたのシャツで試してみようかしら」

「それはきっと絵になるな」彼は窓辺に移動してから、引き返してきた。「ブリーン、クリスマスがきみにとって大事な日なのはわかっているが、ぼくはキャピタルに行って、あの女の審判を行わなければならない。これは先延ばしにできないんだ」

「ええ、そうね、あなたの言うとおりだわ。明日の朝、発《た》ちましょう」

「きみまで来る必要はない。薬瓶も犯行に使用されたカップもあるし、彼女自身の証言も得ている。実際、彼女は否定するどころか、誇らしげに犯行を認めていた」

「そうだったわね」

「きみはどうして毒をのんだんだ？　気づいていながら、なぜその危険を冒した？」

「のむのをやめようとはしたわ」彼女は立ちあがってブーツを片づけた。「でも、信頼しないといけないと思ったの。あなたやマーグ、七人のワイズたちや、魔法や光を。自分の内なる力や、それがイズールトよりも強いことを信じなければならなかった。そして、成長した今の自分も。だからあえて、のむことを選んだの」

「ぼくならきみをとめたはずだ。だが、その判断は間違いなのだろう。それでも、また同じことがあれば、ぼくはきみをとめる」

「わたしに信じる心がなければ、オドランとの戦いにおいて、タラムやほかの世界のために、自分に求められる役割を果たせるとは思えない」

「きみの言うとおりだが、それでもだ」

「明日キャピタルに行かなくてもいいと言ったのは、わたしはここにいたほうが安全だから？」

「そんなことはない。それに、もしきみが必要になればハヤブサの使いを飛ばす。そうしたらすぐに駆けつけてくれるだろう。彼女には、ケイトには家族がいる。それに、彼女との結婚を望んでいた男も。今や彼らの心は砕け散った。どうやってオドランがケイトを寝返らせたのかは見当もつかない。われわれの仲間が寝返るなんて、まったく理解不能だ」

ブリーンはキーガンの悲痛な思いを読み取った。自分の民のひとりを失い、それに対して正義を執行しなければならないのだ。「彼女を追放すれば、あなたの肩にその重荷がのしかかるわ」

「彼女の姉は、戦士の三つ編みを垂らしたジャンナは、闇のポータルの戦いで谷から出兵し、戦場で命を落とした。今や、彼女の家族はオドランに娘をふたり奪われたわけだ、しかも娘のひとりはもうひとりの死に対して責任がある。姉妹はいろいろおしゃべりするものだが、ジャンナはポータルや戦略や計画についていったいどの程度ケイトにもらしたのか？　その情報がケイトからオドランにどのくらい伝わり、それが彼女の姉の死にどの程度かかわっているのか？」

彼はかぶりを振った。「いや、そこまで複雑な話ではないだろう」

だが、キーガンが口にしたことはあり得る話だった。

「ケイトの家族もキャピタルの審判に出席するの？」

「彼らにはケイトが東部へ移送される前に面会して話す機会を与えたよ。アシュリンにはもう少し母親との時間が必要だし、母さんもアシュリンや孫たちともっと過ごす時間が必要だ。ぼくは年明けまでキャピタルにとどまることになるだろう」

「あなたには責務があるわ、キーガン。それはわかっているけど、今夜発たないといけないの？」

「今夜は、出発するまできみと過ごしたい。きみと愛を交わしたい」ブリーンのセーターを脱がせ、脇に放った。「きみを下や上に感じ、ひとつになりたい」

キーガンはブリーンの髪に両手を滑らせた。「髪は垂らしているほうがいい。この豊かな髪が好きだ。ちょっと乱れたところも」

ブリーンはかつてこの奔放な巻き毛をまっすぐのばすことに長い時間を費やし、ブラウンに染めて赤毛を隠していたことを思いだした。周囲に溶けこみ、埋没するように母から叩きこまれたせいで。

もう二度とあんなことはするものか。

ブリーンは身を起こすと、キーガンの腰に両脚をまわし、唇を奪った。

「わたしもあなたを上や下に感じて、ひとつになりたい。夜はまだこれからよ」彼の喉に軽く歯を当てた。「残りの夜を思う存分味わいましょう。あなたと愛しあいたいわ」

キーガンの髪をつかみ、また唇を引き寄せてキスをした。

彼は強烈な欲望に駆られ、ブリーンを欲するあまり、倒れそうになった。突然、彼女の味がこのうえなく濃厚になり、ますます欲望に溺れた。

一心不乱にブリーンの服をはぎ取り、自分の服も脱ぎ捨てて熱い肌と肌を重ね、彼女の背中を壁に押しつけた。ヒップに指を食いこませ、あざをつけるのではないかと気遣うことなく一気に貫いた。ブリーンのあえぎ声に、内なる炎はますます燃えあがり、さらに深く身を沈めた。

見つめあいながら、キーガンはブリーンのグレーの瞳が黒ずんで、快感の衝撃がよぎるのを見守った。彼女はビロードの鎖のような脚で彼を締めつけ、力強く腰を動かした。

ふたりを包む熱気が渦を巻くなか、ブリーンはただキーガンにしがみついていることしかできなかった。穏やかだった暖炉の火が爆《は》ぜ、音をたてて燃えあがった。部屋のキャンドルもひとつ残らず火が灯った。

ブリーンが息を吸うと、キーガンのにおいがした。彼が満たしてくれるものや、その力や欲望は、灼熱《しゃくねつ》のように熱く、刺激的だった。それに危険だ。

ブリーンは彼に身を捧げ、性急にこたえては思う存分奪い、電流のような快感を味わった。

ブリーンの全身を炎が駆け抜けた。キーガンはキスでブリーンの叫び声を封じ、身を震わせてぐったりする彼女をむさぼった。そして、すべてを注ぎこむまで何度も繰り返し貫いた。

果てたあともなお、彼女はキーガンを満たしてくれた。

ブリーンは筋肉にまったく力が入らなかったが、キーガンの体にいつまでもしがみついていた。心臓が激しく脈打ち、鼓動が全世界に響き渡りそうだ。

呼吸を整えようとした矢先、ボロックスが暖炉のそばの犬用ベッドで身を丸め、あえてこちらに背中を向けているのが目に入った。

「わたしたち、すべてのキャンドルに火を灯しちゃったのね。暖炉の火もまだ燃え盛っているわ。それに、愛犬に恥ずかしい思いをさせたみたい」

「暖炉やキャンドルの火に照らされたきみは、とても魅力的だ。それに、ボロックスはそのうち慣れるさ」キーガンはブリーンの髪に顔を埋めた。「こんな計画じゃなかったのにな」

「何か計画を立てていたの？」

「もう少し時間をかけて、もっと気遣うつもりだった。まんまと誘惑されたよ。それがきみの計画だったんだろう？」

ブリーンはキーガンを誘惑できたことがうれしくてたまらなかった。

「まだまだ夜は終わりじゃないわ。あなたの計画を実行に移す時間は、たっぷり残っているわよ」

彼はブリーンの向きを変え、彼女を見つめた。「きみがどこの出身かは知っているけど、いったいどんな運命のいたずらでぼくたちは出会えたんだろうって、よく不思議に思うよ」

「わたしも、どんな運命のいたずらであなたと出会えたんだろうって、よく不思議に思うわ。でも満足しているから、理由なんてわからなくてもかまわない」

「ぼくもかつてないほど満足しているが、それでも不思議に思わずにはいられないんだ。だが、ふたりの道は重なりあったようだから、ぼくの計画を披露させてくれ」

8

キーガンは時間を必要としており、馬にまたがる感触も味わいたかったので、キャピタルにはマーリンで向かうことにした。ハーケンがまだ日課の作業にも取りかからない夜明け前に発ち、クロガが空高く舞うなか、肌寒い暗闇を馬で全力疾走した。

孤独感とスピードを求め、大きな雄馬の蹄《ひづめ》の音だけがかたい路面に響いた。静寂に包まれながら、彼は熟考した。

オドランはイズールトの毒薬をこっそりタラムに忍びこませ、彼の崇拝者に届ける方法を見出《みいだ》した。どのポータルも厳重に警備しているが、依然としてもろい状態だった。オドランはカラスか動物に変身したウェアを送りこんだのかもしれない。あるいは、イズールト自身が衛兵に一時的に魔法をかけ、すばやく出入りした可能性もある。

敵の軍勢なら食いとめるし、そうすることは可能だが、単独の密偵や使いとなると、また別の難しさがある。キーガン自身がオドランの世界に複数の密偵を派遣しているくらいなのだから。

密偵のおかげで、闇のポータルの戦いではオドランの軍勢を弱体化させることができたが、それでも完全な勝利とはならなかった。長い歴史を振り返れば、オドランが死ぬまで、完全勝利はお預けだろう。やつを弱らせるだけでは不充分だ。監禁しても一時的な停戦になるだけ。オドランが死ななければ、終わらないし、終わりにすることはできない。

しかも、オドランを滅ぼせるのはブリーンだけだ。

ティーシャックの剣やそれ以外の武器では、一撃を加えることすらできない。少なくとも、ぼくのティーシャックはできなかった。あの凄腕《すごうで》のイーアンでさえ、使命を胸に剣をふるっても失敗して命を落としたくらいだ。

長い歴史を綴《つづ》ったどの歌も、どの物語も、フェイの娘にその重責を背負わせ、ぼくが何をしようとその運命は変わらない。

今は恋などしないと心に誓ったのに、ブリーンを愛してしまったせいで、彼女の身を案じずにはいられなかった。その不安が、常に研ぎ澄ましておかなければならない判断力を鈍らせ、平静でなければならない心を動揺させ、明晰《めいせき》であるべき頭を悩ませる。

だからこそ、曙光に包まれる東部へ向けて馬を疾走させ、ブリーンやポータルの向こう側の世界や谷から遠ざかることで、判断力を研ぎ澄まし、心を落ち着かせ、冷静沈着になろうとしているのだ。

トロットまで速度を落とし、目覚め始めた周囲の土地を眺めた。コテージや農家に明かりが灯り、牧草地では家畜が身じろぎし、朝日を浴びた鳥がさえずっている。雪に覆われた山頂が曙光に照らされて光り、小川から立ちのぼる霧が深い森を包みこんでいく。冬毛に覆われた堂々たる雄鹿が霧のなかを歩き、ふと顔をあげて空気のにおいをかいだ。雄鹿は小さな群れをしたがえて小川を渡り、森のなかへと消えていった。

番の鷹が互いに呼びかけながら空を旋回し、朝食の狩りをしている。赤狐《あかぎつね》は夜の狩りを終え、草原を横切って暗い森のねぐらに帰るところだ。

こうしたささやかな魔法は、呼吸と同じくらい命やよい暮らしには欠かせないと、たびたび思う。

まだ寝ぼけまなこの幼い少年が、父親のあとからとぼとぼと納屋に向かっている。きっと今から日課の農作業を行うのだろう。さらに、青い服をまとった女性がニワトリに餌をまいている。肩には、ニワトリの卵を詰めるための空っぽのバスケットをさげていた。

厩舎から連れだされ、牧草地でうれしそうに飛び跳ねる河原毛《バックスキン》の子馬。泥炭の煙のにおい、家事をする女性のやや調子外れな歌声、牛の鳴き声、そよ風の音。

馬を選んで正解だった。クロガで飛べばタラム全土が見渡せるが、マーリンにまたがると、タラムの一部のままでいられる。あれこれ不安はあっても、このために立ちあがり、このために戦うのだと思いだすために、馬での移動は必要だった。求められればキーガンはタラムのために命を捧げるつもりだ。

彼は身をかがめ、マーリンのたくましい首を撫でた。「準備はいいか？」

それに答えるように、マーリンは全速力で駆けだした。

キーガンはハヤブサの使いを飛ばさず、護衛もしたがえずにキャピタルまで馬で移動してきたが、出迎えに現れた群衆が、帽子を傾けて挨拶し、手をあげて歓迎した。年明けまで冬休みの子供たちが群がり、水汲《く》みや噂話《うわさばなし》を目当てに井戸に集まった人々は、キーガンが通り過ぎると手をとめた。

そのなかからモレナの甥のブランが駆け寄ってきた。少年が橋を渡り終えると、キーガンはトロットだったマーリンを歩かせた。

「みんなキーガンが来るって言ってたけど、今日かどうかわからなかった。クロガを見つけたから、外に出て待ってたんだ」

「待っていたのは、ぼくか？　それともぼくのドラゴンか？」

ブランはぱっとうつむいたが、微笑みは隠せなかった。「両方だよ。それに、今回キーガンはドラゴンで飛んでこなかったから、その雄馬も。ぼくが馬を厩舎に連れていって、しっかりブラシをかけるよ。その馬は長い距離を移動してきたんだもんね」

「もうそんなことまでできるのか？」

「もちろんできるさ」ブランは張りきって馬の隣を走った。「水も飲ませて、ほかのお世話もするよ」

「そのサービスの見返りは？」

「ティーシャックにサービスするのに見返りなんていらないよ」そう言いつつも期待に満ちた目で、ブランはキーガンを見あげた。「それに、マーリンはびっしょり汗をかいてる」

「肌寒かったけれど、マーリンもぼくも汗だくになったよ」キーガンは馬からおりると、手綱を少年に渡した。「マーリンにはがんばってもらったから、ちゃんと面倒を見てあげてくれ。ニンジンも食べさせてやるといい。そのあと、クロガに乗せてあげよう――きみのママとパパが了承してくれたら」

「ママとパパは絶対にノーって言わないよ！」

「だろうな。だが、それでもちゃんときいてみるんだ。家族のみんなや、おまえは元気にやっているか、ブラン？」

ブランはマーリンの頰を撫でた。「ぼくのおじさんは勇敢で誠実だった。今は光のなかにいるって知ってる。だけど……おじさんの笑い声が恋しいよ」

「ぼくもだ」キーガンは少年の頭に手をのせた。「みんなそうだよ」

「みんな悲しんでる。おじさんのことを考えて、もう二度と会えないんだと思うと、おなかが痛くなることもあるよ。でも、ママに言われたんだ。星空を見たら、目立つ星がひとつ見つかるって。それがおじさんの光だって。そんなのただの作り話だってわかっているけど――」

「いい話だな。それに、おまえはその星を見て、たしかにおじさんを思いだすんだろう。だったら真実だ。クロガは呼べば来てくれるよ」

ブランの目がぱっと見開かれた。「ぼくが呼んでも？」

「ああ、クロガには事前に伝えておくから気づくはずだ。ちゃんと馬の面倒を見て、両親の許可をもらうんだぞ。ドラゴンはおまえが呼べば、飛んでくるから」

「ちゃんと面倒見るって約束するよ！」ブランは厩舎へ向かって歩きだしたが、踵《きびす》を返して戻ってくると、キーガンに満面の笑みを向けた。「今日はママと訓練したんだ、学校がお休みだから。一生懸命訓練したよ、ティーシャック。だから、オドランや悪いやつらがタラムにやってきたら、戦闘配置につく準備はできてるからね」

「ああ、勘弁してくれ」ブランとマーリンが立ち去ったあと、キーガンはつぶやいた。

「あらゆる神々や女神よ、どうかあの子がそんなことに駆りだされずにすみますように」

キーガンは旗がなびく城に向かって噴水を通り過ぎた。そしていつものように、城に足を踏み入れた瞬間、閉じこめられたと感じないように努めた。

しばらく自室で休み、汚れを洗い流して着替えてから、評議会に出席し、陳情や苦情、要望やアイデアを訴えに来た人々と面会した。今や縁続きになったモレナの家族と食事をし、一日が終わらないうちに、あと数日とどまらなければならないことが判明した。

母はアシュリンや孫たちと過ごす時間がもっと必要だし、それに値する以上の執務をこなしてきた。

だからキーガンはさらに会議に出席し、日々決断をくだし、人一倍有能な——そして彼よりはるかに忍耐強い——タリンにしょっちゅうまかせてきた日常業務にも取り組んだ。さらに、子供が生まれたばかりのマオンにも家族との時間が必要なので、彼は呼び寄せずに、キーガン自らが地図の間で戦士や学者たちと協議を重ねた。

工房では、呪文を考えて魔法薬を調合し、タラムやその住民、あらゆる世界を守るべくヴィジョンから手がかりを得ようとした。

大晦日《おおみそか》に、キーガンは審判を開いた。

「満員だ」フリンがキーガンに告げた。「予想どおりだよ。大半はブリーン目当てで、先日の審判で彼女がパイアスのトリックに放ったような強力な魔力を目の当たりにしたいんだろう」

「だとしたら、落胆する羽目になるな。今回、ブリーンが出席する必要はない」キーガンは前にも言ったことを繰り返した。「あなた自身が目撃者で、誰もあなたの言葉は疑わない。ほかにも現場で犯行を目にした人々を連れてきた。それに、フリン、ケイトは否定しないよ。自らの犯行に誇りを抱いているから」

「きみに頼まれて彼女を尋問したから、そのとおりだと知っている。それでも、人々はブリーンがこの審判に立ちあわないことを残念がるだろう。正直、わたし自身もいささかがっかりしている。彼女は、ブリーンは、驚異的だからね」

「たしかに」ここ数日ブリーンのことは考えないように努めてきたが、うまくいかなかった。キーガンは杖に手をのばした。「ケイトを連れてきてくれ、みんながその言葉を耳にできるように」

フリンの報告どおり、室内は満員だったが、キーガンが足を踏み入れたとたん、静寂に包まれた。すべての席が若者から老人で埋まっていた。

キーガンは正義の椅子に座ると、その重責が肩にのしかかるのを感じた。ここでは、己の感情がどうであろうと、心の奥底で怒りがふつふつと沸いていようと、冷静さを失わず、頭脳明晰でなければならない。

　ここでは、責務を果たす以外の余地はない。

　フリンがケイトを連れてくると、ざわめきが広がった。

あんなに若いのかと、キーガンは思った。あろうことか、良家出身の美しい少女は注目の的になっていることを喜んでいるようだ。

　こんなふうに無頓着に邪悪にふるまえるなんて、いったいどれだけ心がねじ曲がっているのだろう？

　エルフの魔力は封印してあるはずだが、ケイトの意気揚々とした顔つきを見ているうちに、キーガンは疑問を抱いた。彼女は魔力を使って審判から逃亡しようとするのではないか？

　いや、まさか。

「ケイトリン・コネリー、きみはタラムやその住民全員を裏切った罪で告発されている。また、オドランの指図にしたがうために己の生得権やタラムの法を犯し、ブリーン・オケリーを瀕死《ひんし》状態に陥らせようと黒魔術の毒薬を盛った罪でも。きみはタラムを滅ぼすために、ブリーン・オケリーをオドランのもとへ連れ去ろうともくろんだ。何か、言いたいことはあるか？」

「わたしは偉大なるオドランの僕」ケイトは熱狂的に顔を輝かせた。「彼の意志、それが法なのよ。この世には、オドランの法以外存在しないし、オドランの手段以外存在しない」

傍聴席では、彼女の母親が夫の肩に顔を埋め、肩を震わせながら涙に暮れていた。

「きみはこれらの告訴に異議を唱えないのか？」

「そんなことをする必要がある？　わたしにとって、あなたはそのばかげた杖ともろい剣を持っただけの存在よ。オドランが念じれば、あなたなんて灰と化すわ」

「まだオドランに焼かれたことはないが」

「彼は好機をうかがっているのよ」ケイトは狡猾《こうかつ》な口調で答えた。

「きみはすべての罪状を認め、いっさい否定しなかったが、目撃者の証言を聞くとしよう。フリン・マクギル、証言してもらえるか？」

「ああ。ユール祭の前夜、谷に大勢の人々が集まってともに歌い、祝い、連帯感を分かちあっていたとき、彼女が親しげにブリーン・オケリーにカップをさしだすのを見た。ブリーンが躊躇したのち、それを飲むと、ティーシャックが警戒したかのように駆けつけるのも目撃した。被告人がショックを受け、なぜ倒れないのかとブリーンを問いただし、ブリーンの光のほうがカップに入った毒薬より強いと知って逆上するのを、わたしだけでなくその場にいた全員が見聞きした」

「あれはあの魔女のせいで、わたしのせいじゃない！　あの魔女の魔法が弱かったせいよ！」

「彼女とは誰だ？」キーガンはケイトに尋ねた。

「イズールトよ！　あの魔女が失敗したんだから、代償を払うのは彼女よ。わたしは言われたとおりにしたのに、あの女が失敗したの。わたしのせいじゃない！　そうオドランに伝えないと」

「あの魔法薬がイズールトによるものだとなぜわかった？」

「彼女がわたしに送ってよこしたからに決まってるじゃない」ケイトはいらだたしげにかぶりを振った。「ポータルを通ってカラスが運んできたの。それに夢のなかでオドランに言われたわ、この役目を果たせばなんでも望みを叶えると」

「なぜそれが単なる夢じゃなく、オドラン自身だとわかったんだ？　どうして彼の顔や声を知っている？」

まるで子供に話して聞かせるように、ケイトは両手を腰に当てた。

「彼の御前に立ったことがあるからに決まっているでしょう。オドランの世界では、漆黒城は宝石で彩られて光り輝き、彼は雷を召喚してとどろかせ、海を自在に沸騰させていたわ」

「どのポータルを使った？　どうやって通り抜けたんだ？」

彼女はため息をもらした。「あなたもあなたの衛兵も頭が悪いわね。トリアンが連れていってくれたのよ。わたしはジャガイモを掘り、キャベツを収穫し――」一本調子で語り、打ちひしがれた家族を振り返って嘲笑した。「ニワトリに餌をやる生活だった。来る日も来る日も同じことの繰り返し。そこにトリアンが現れて、もっと別の世界があるって教えてくれたの。彼はさまざまなポータルを通り抜け、いろんな世界にわたしを連れていってくれた。ついには、オドランのもとまで。わたしはオドランから祝福と多くの約束を与えられた。オドランが世界の支配者となった暁には、タラムの女々しい男ではなくトリアンの妻にしてもらえるはずだった。それなのに、あなたが彼を殺したのよ」

「ぼくが誰を殺したって？」

「トリアンよ、このろくでなし！　勇猛なトリアンが空を飛んで、混血の魔女をつかまえたときに。あの女は無力な父親の墓前でさらわれ、悲鳴をあげて脚をばたつかせることしかできなかった。わたしはトリアンの首を刎《は》ねたあなたを呪ったわ。彼を灰にしたあなたのドラゴンも呪ってやった。今もあなたを呪ってる」

あの邪悪なフェアリーか。キーガンは初めてブリーンと出会ったときに戦った敵を思いだした。

「トリアンが父親の墓前にいるブリーンを目にしたとき、きみは彼と一緒にいたのか？」

「ええ、そうよ。あの女を送り届ければ、褒美をもらえるはずだった。トリアンがあなたを殺していたら、そうなっていたのに。わたしはトリアンの仇《かたき》を討とうと、オドランに仕えたわ。でも、あの魔女の魔法はあまりにも弱すぎた。わたしはトリアンやオドランに誓ったの。あなたにこの代償を支払わせてやるってね、キーガン・オブロイン。あなたたちみんな、報いを受けるのよ」

ケイトはぱっと振り向き、家族やほかの人々と対峙《たいじ》した。

「あなたたちは奴隷や生贄になり、その悲鳴に合わせて、わたしはダンスを踊るわ」

「もう充分でしょう、ティーシャック」ケイトの母親がひざまずいた。「どうか充分だと言ってちょうだい」

「ああ、もう充分だ。ケイトリン・コネリー、きみは自分自身の証言や進んで犯した罪により、自ら地獄に落ちた。聖なる信頼を裏切り、聖なる法も犯した」

「あなたの法律になんか唾を吐きかけてやるわ」ケイトが文字どおりキーガンの足元の床に唾を吐くと、傍聴席から息をのむ声があがった。

「きみは闇の世界に追放され、連行後、永遠に封印される。これが審判である」

彼は杖を振りおろした。

「オドランがあなたを打ち負かして、わたしを解放してくれるわ。あなたによってそこに追放された人はみな、あなたたちをひとり残らず襲撃するわよ」

「きみは、きみを愛して慈しんでくれた家族を裏切った。もはやきみには同情しか感じない。さあ、彼女をドルメンに連行しろ」

憐れみを覚えつつふたたび杖を振りおろすと、彼は立ちあがった。「これをもって終了とする」

「あなたたちは全員血を流して焼かれることになるわ」フリンに連れだされながら、ケイトが叫んだ。「オドランがフェイの娘の血を飲み干し、世界を支配するから」

ケイトを無視してキーガンは彼女の母親のもとへ行き、立ちあがらせた。「あなたに責任はない。あなたたち家族は今回の件に関して潔白だ」

「あの子はわたしの娘よ」

「もはや違う。遺憾なことだが、母《モーへ》よ。あなたの子供を奪ったオドランには、その報いを受けさせると全身全霊で誓う。どうかドルメンには行かずに、家族とともに帰ってくれ。谷へ帰るんだ、ぼくもできるだけ早くあなたのもとを訪ねる」

「あの子を失ってしまった」母親が嗚咽《おえつ》をもらした。「あの子を失ってしまった」

「ああ、彼女は失われた。この喪失に、ぼくも悲痛な思いだ」彼はふたりのドラゴンの乗り手に合図した。「ご家族を家まで送ってくれ。無事に送り届けてほしい」

キーガンは母にケイトの家族を慰めてもらうべく、鏡を使って連絡することにした。だが今は正義の椅子へ引き返し、腰はおろさずに退室する家族を立ったまま見送った。

「彼らに責任はない」そう繰り返す。「今夜キャンドルに火を灯すなら、心に深い傷を負い悲しみに打ちひしがれた人々のために灯してくれ。さあ、家族や愛する人々のもとへ行き、感謝の念を伝えるんだ。審判はこれで終了とする」

キーガンは務めを果たし、ふてぶてしい女性を闇と苦痛の世界へ追放した。その後、クロガを呼び、空気が薄い雲の上まで飛んだ。ありのままの自分でいられる場所、驚くほど冷たいブルーの空と幾重にも重なる眼下の白い雲しか目に入らない場所へ行きたかった。

もともと戦士になることを望み、誇りと決意を胸に訓練を積んできた。けれどもいずれは、誇りを胸にハーケンと力を合わせて農作業を行う予定だった——弟ほどの熱意はないとしても。

それが、運命によって剣と杖を与えられ、息を引き取るその日までその重責を担うこととなった。

だがこんな日は、もっとありふれた人生だったらどんなによかったかと心から思う。

このまま西部の自宅や、谷や、ブリーンのもとへ向かいたい気持ちは否定できない。

ただ彼女と抱きあい、一時間でもいいからほかの何もかもを忘れるために。

凍えるような薄い大気のなかを飛行していると、静寂に響く鐘の音のように彼女の声がはっきりと聞こえた。

わたしたちふたりにとって、選択することは責務になった。わたしはここで待っている。それも選択よ、だけど責務じゃない。あなたを愛しているわ。その思いは不安をかきたてもするし、わたしを強くもしてくれる。でも、いずれにしてもわたしはあなたを愛している。だから、ここで待っているわ。

「よりによって今語りかけてきて、そんな台詞を口にするなんて。それとも、そうじゃないのか」自分の勝手な妄想の可能性もある。「降下するぞ、クロガ。今日の執務がまだ残っている」

年末年始の祝宴は責務に等しく、キーガンはそれをないがしろにはできなかった。宴会場の正面の長テーブルに座って料理を食べ、エールを飲み、五分後には忘れそうな会話を交わした。さらに、ティーシャックの務めとして、ダンスも踊った。

ミンガの娘のキアラが手をさしだしてきた。

「相変わらず美しいな」

彼女が微笑みながらそっとかぶりを振ると、カールした黒髪やてっぺんから垂れるビロードのリボンが周囲で踊る人々のように舞った。

「その褒め言葉のお返しに、尋ねてあげる。ダンスを踊らずに、外の空気を吸いに行きましょうか?」

「そんなきみには、あと十回ぐらい褒め言葉をかけないとな」

「エイデンには、あなたがしばらく逃げだすのを手伝ってくると伝えてあるわ」

「彼と一緒にいて幸せかい?」キーガンはキアラとともに祝賀の着色灯で飾りつけられたテラスに出た。

「とっても幸せよ。エイデンとはたわむれの恋をしているつもりだったけど、すっかり心を奪われたわ。彼もそうだけど」彼女は金色の篝火を眺めた。「わたしにとって、もうすべてが一変したわ。今では愛がなんなのかも知っている。以前はわかっていなかったと思うわ、こんなふうには。実は……今日の審判に出席したの」

「そうか」

「彼女を見て、証言を聞いたとき……シャナみたいだと思ったわ。物心がついたころからずっとシャナのことはなんでも知っていると思っていたし、姉妹同然に愛していた。彼女も同じ気持ちだと信じていたわ。でも、実際はまったく違った。あの審判を受けた女の子みたいに、シャナは自分の家族を愛してなどいなかったのよね」

「オドランに堕落させられたんだ」

「ええ。でも、あのふたりのなかには、シャナのなかには、あんなふうにオドランに心酔するような何かがあったはずよ」

「同感だよ。ぼくたちはみな同じように作られているわけじゃない、キアラ」

「かつては同じだと思っていたわ、中身は同じだと。まあ、人よりたくさん笑ったり泣いたりしゃべったりする人もいるけど。わたしもそのひとりよ」

キーガンは彼女の指のつけ根にキスをした。「いや、全然違う」

その言葉に、ふたりは噴きだした。

「心や魂はみな善良だと思っていたわ。わたしたちフェイは母のように善良だと。でも、そうじゃないとわかった。だからこそ、あなたがケイトのご家族にかけた言葉が、わたしの心にも響いたの」

「きみの心に？」

「〝責任はない〟と言ったでしょう。わたしは責任を感じていたの、シャナのちょっとしたもくろみによく手を貸していたから。どれも無害に思えたし、楽しかったのよ。でも実は、無害なんかじゃなかった。彼女も無実じゃなかった」

「それはきみのせいじゃない」

「ええ、違うわ。今日、はっきりとそう感じた。シャナのご両親の責任でもない。たしかに、ふたりとも彼女を甘やかしていたけど、それも愛情でしょう。シャナがわたしの親友だったことはないし、思いやり深い友人だったこともない。彼女にとってわたしは、しょせん手駒でしかなかったのよ」

彼のほうを向き、その両手を包みこんだ。「よく聞いて、キーガン、くれぐれも用心して、決して油断しないでちょうだい。もし可能なら、シャナはあなたを痛めつけようとするはずよ。誰よりもあなたを。彼女はあなたやブリーン、あなたの家族に全力で危害を加えようとするわ。あなたが愛する人は誰だろうと攻撃するはず。気づいたときにはもう手遅れだったけど、わたしは彼女の本性をはっきり目にしたわ」

「ぼくもだよ。遅すぎたがね。きみにも同じことを言うよ、キアラ、くれぐれも用心し、決して油断しないでくれ」

「わかったわ。ところで、もうすぐ母は戻ってくるのかしら?」

「あとほんの数日で戻る、約束するよ」

「父もわたしも、母が恋しいの。さてと、ずいぶん長々とあなたを独り占めしちゃったわね。ブリーンに会ったら、幸運を祈っていると伝えてもらえる?」

「ああ、伝えよう。谷はきみの故郷ではないが、ぼくの故郷はいつでもきみを歓迎するよ」

キーガンはキスをして、キアラを笑顔にした。

「さあ、踊ってくるといい。そのきれいな赤いドレスはダンスのために新調したんだろう」

「ええ、そうなの。それにもうすぐ真夜中だから、エイデンを探しに行くわ。新年おめでとう、ティーシャック」

「おめでとう、キアラ」

キーガンは人々が音楽やダンスを楽しむ室内へ戻る代わりに、篝火に向かった。煌々と燃える炎が爆ぜる音にまじって、高らかな歌声や祝いの声が聞こえる。そうあるべきだと、彼は思った。

自分もみんなに加わるべきだし、そうしよう。だが、まもなく今年一年の幕を閉じようとするこのひとときを、もう少しだけひとりで味わうことにした。

頭上の冬空には星がまたたき、漆黒の空に浮かぶふたつの月は、灯台の明かりのようにタラム全土を照らしている。

寄せては返し、寄せては返す波音。

金色の炎の中心で、ドラゴンズ・ハートのように真っ赤に輝く芯。

ふと、炎のなかにブリーンの姿が見えた——目にするまで、彼女の姿を求めていたことに自分でも気づいていなかった。

彼女は両脚を大胆に露出するエメラルド色のドレスをまとい、フェアリーの粉のようにきらめいていた。履いているのは、金色に輝くピンヒールだ。

キーガンはこれほど……挑発的な装いのブリーンを見たことがなかった。

ブリーンはマルコと歌った。そして、ハーケンとも。歌声は聞こえなかったが、あの明るい表情からしてきっと陽気な曲なのだろう。つややかな髪を垂らし、美しい巻き毛が自由に波打っている。

姉がマオンと踊り、母がリズムを取りながら笑っている。

農場に流れる音楽やステップを踏む音、とうの昔に亡くなった魂まで参加しそうなほど高らかな歌声を想像した。

すると彼の心はあたたかくなり、篝火で体もあたたまってきた。それでも、故郷や家族、輝くグリーンのドレスをまとった女性が恋しくてせつなくなった。だが、炎を見つめながら、みんなと喜びを分かちあえたことに笑みを浮かべた。

やがて今年は終わりを迎え、演奏も終了した。キャピタルで新年を歓迎する声があがるなか、谷に響き渡る歓声を思い浮かべた。

その瞬間、ブリーンがこちらに目を向け、キーガンを見つめた。煙や炎越しに、ふたりの視線が重なりあう。彼女の口元に、彼に向けた微笑みが浮かんだ。ブリーンが二本の指を唇につけ、キーガンに向かってさしだした。決して感傷的なタイプではないが、彼もそれにならった。

フェアリーが放った宝石のような光が夜空に炸裂《さくれつ》し、光のシャワーが降り注いだ。城内や、眼下の村、一面の大地に鐘の音が響き渡る。

だが、キーガンの目にはブリーンしか映っていなかった。

しばらくしてマルコが彼女を抱きあげたかと思うと、くるりとまわしてキスをした。そこでヴィジョンは煙のなかに消えていった。

キーガンはしばしその場にとどまっていたが、踵を返して責務に戻った。あと一、二度乾杯して、一、二曲踊ったら、こっそり抜けだして静かで平和な自室へ戻ろう。

テラスで亡きフェリンの兄のシーマスと鉢合わせし、エールのジョッキをさしだされた。

「ありがとう。でも、どうしておまえは奥さんとキスしていないんだ?」

「もうしたよ、たっぷりとね。今、彼女は父と踊っている。新年おめでとう」

「新年おめでとう」

「おまえを探している人が何人かなかにいるぞ」

「やれやれ」キーガンはエールを飲んだ。「そうだろうな」

「ティーシャックとの乾杯がすんだから、ここからは友人として話そう。家に帰れ、キーガン」

「もうぼくを追い払うつもりか?」

「幼馴染みの友人に言う、おまえはもうキャピタルでやるべきことをやった、とりあえずは。いずれまた務めを果たさなければならないときが来る。だから今は谷の家に戻れ。農場や家族や、おまえの女性のもとに。われわれがおまえの代わりにキャピタルを守る、タラムのために」

「おまえならそうしてくれるとわかっているよ」キーガンはまたエールを飲んだ。

「ただ彼女はまだ完全にぼくのものじゃない」

シーマスはかぶりを振り、ジョッキを掲げてぐいっと飲んだ。「兄弟《モ・ジャハジ》、おまえはそう言って、本気でそれを信じているのかもしれないが、だからといって真実は変わらないぞ。まったく。ぼくから言えるのは、必要なだけ休めってことだ。おまえはずっと与え続けてきたし、今後もそうするだろう。ぼくたちがフェリンを失ったときだって――どうか弟の魂に安らぎを――その肩や手や心を捧げてくれた」

「ぼくにとってもフェリンは家族同然だった。それに、おまえと同じく生涯の友だ」

「そうだな。だから、おまえはぼくたち家族が必要とするものをすべて与えてくれた。ぼくたちは必要とあらば立ちあがり、戦い、持ちこたえた。これからもそうだ。今日の審判はなんともいやな責務だったが、上出来だ。もう終わったんだよ、キーガン。それはそうと、篝火に故郷が映っていたのか？」

「ああ、おかげであと一日か二日は持ちこたえられそうだ。いや、三日かな、面倒な会議や骨の折れる外交があるから。だがそういう厄介事はさておき、おまえや、おまえのお父さんにまた助言を請いたい。ほかの人々はあの裏切り者が審判で語ったことをあちこちで噂するだろうな。かなり文句を言いたくなるような内容だったし」

彼はまた篝火に目を戻した。「彼女みたいな人間はほかにもいる。心が弱かったり強欲だったり、もともと邪《よこしま》な欲望を抱えていたりする人間は。われわれはそういう連中を見つけださなければならない、シーマス。また永遠の闇の世界に誰かを追放するのはうんざりだが」

一瞬沈黙したあと、シーマスが口を開いた。

「あの日、一緒に湖へ飛びこんだぼくは、剣を引きあげたおまえが心底うらやましかった。朝日を浴びた剣は目もくらむほど輝いて見えたものだ。だが、あのときのぼくは無垢《むく》な若者だった」

シーマスはキーガンの肩をぐっとつかんだ。「今はおまえの剣や杖をうらやんだりしない。その腐った裏切り者を見つけだそう、ティーシャック。おまえが審判で連中に杖を振りおろすとき、誇りを持ってそうできるように」

「きっとシャナやケイトの家族のように、嘆き悲しむ家族がいるだろう」

「ああ、その責任は家族やフェイを裏切った本人自身にある」

「そうだな。じゃあ、会議を開こう。明日はだめだな。ひどい頭痛に見舞われ、今夜深酒したことを心底悔やむ者が大勢いるだろうから。正直うらやましいよ。ぼくも酔っぱらいたいものだ」

「言ってくれればつきあうぞ」シーマスがまたキーガンの肩をぐっとつかんだ。

「今夜はだめだよ」キーガンは噴きだした。「元旦の務めだのもろもろの執務がある。だが、近いうちに必ずおまえの誘いに応じるよ。さてと、あと二曲も踊ればここから抜けだせそうだな」

「ブライディ・マケイがきみと踊りたがっているぞ」

「あのストロベリー色の髪の、妙なくすくす笑いをしている女性か?」

「あれは彼女の妹のマヴィーンだよ。ブライディは錆《さ》びたバグパイプみたいな声のブロンドだ」

「勘弁してくれ。彼女の足は大型ボートみたいで、ダンスもうまくなさそうだ」

シーマスはキーガンの肩をもう一度叩き、ふたりそろって音楽とざわめきのなかへと引き返した。「やっぱり、おまえのことはちっともうらやましくないな」

9

一月の風は冷たく湿っていた。ブリーンは年明け以降、午前中は書斎にこもって過ごした。ブログの記事を書き、ボロックスの冒険の二作目と大人向けファンタジー小説を交互に執筆した。ボロックスの小説は春までに仕上がる自信がある——なんてすばらしい感覚だろう。

ファンタジー小説のほうは書き進めては書き直しを繰り返し、毎回没頭してしまい、気がつくと着替えてタラムに向かう時間になっていた。

午後はタラムへ行き、魔法や戦闘の訓練を行ったり、ロンラフで飛行したり、いつでも頼りになるボーイに乗ったりした。夕方はコテージでマルコと過ごし、そこにブライアンが加わることも多かった。

時には、暖炉のそばでボロックスが眠る自室で、さらに一、二時間執筆することもあった。

夜は寂しいとは言えなかった。ただ、やけに長く感じられ、キーガンが隣で眠っている感覚が恋しかった。

ブリーンは自分自身のための時間も作り、アシュリンやその息子たちを訪ねたり、フィノーラやシーマスに会いに行ったり、モレナと散歩をしながら空を舞う鷹を眺めたりした。

オドランや戦闘のことはいったん棚上げにして、未来に思いを馳《は》せ、すべてが決着したあとの人生について考えた。

その後の人生について。

新年一週目の週末には、マーグやタリンやミンガと廃墟を散歩した。

今も残響は聞こえるものの、邪悪な響きではなかった。

「この廃墟は今後もここに残るわ」タリンが口を開いた。「記念館のようなものとして。思いださなくなったら、同じ過ちが繰り返されるかもしれないから。信仰という名のもとにここで何が行われていたかを記憶し、決して同じ過ちを繰り返さないようにしないと」

ロングブーツを履き、ブロンドの髪をひとつにまとめて背中に垂らしたタリンが、くるりとターンした。「これから多くの人々がここを歩き、思いだすのよ」

「わたしの世界では、歴史がこう物語っている」ミンガはワイドパンツをなびかせながら柱廊に出た。「肌の色によって支配者や被支配者が決められた時代があったと」

ミンガは黄金色の手の甲を指でなぞった。「この肌の色の人々は、学び、出世し、土地を所有し、望むがままに富を手に入れる。この肌の色は、農作業にいそしみ、収穫の一部を支配者におさめる。この肌の色は、裁縫や工芸品や建築に携わる。この肌の色は、奴隷として肉体労働を行うと。それが長年の法律であり慣習だった」

彼女は石段をのぼり、隙間から外を見渡した。「やがて、さまざまな肌の色をした大勢の人々が、もうこれ以上したがわないと異議を唱えた。わたしたちは血や心や世界や土地を分かちあった。ラルグス全土で戦いが勃発し、血が流れた。どんな肌の色であろうと、みんな血は赤かった。その結果、法律と慣習が変わった。世の中には歴史から学び、それを覚えている人もいれば、決して学ばない人もいる」

ミンガはふたたび石段をおりた。

「おそらくどの世界でも、歴史から学び、それを覚えている人々が、決して学ばない人々と敵対しなければならないのね」

「わが姉妹《モ・デァファイァ》、だからこそ、あなたは評議会メンバーなのよ」タリンがミンガの手をつかんで振り返った。「あなたはここで何を感じる、ブリーン？」

「過去の過ちに対する悲しみの名残、でも空気は澄んでいる。それから……ここで行われていた行為が終了したことへの安堵」

「わたしたちが解放した魂は――」マーグが付け加えた。「光か闇のなかへと新たに旅立った。そうなってしかるべきよ。もし彼らにふたたび機会がめぐってきたら、それはまっさらなスタートで、より多くの選択肢が与えられるわ」

マーグが微笑んでうなずき、ブリーンやミンガの手を取ると、タリンもブリーンのもう片方の手をつかんだ。

「わたしたちはやり遂げた。正義や慈悲、光を取り戻した。新たな年に新たな旅路につくすべての魂に神の祝福を」マーグが告げた。

小走りで先導するボロックスに続き、女性たちはぞろぞろと外へ出た。

ブリーンはなぜキーガンの気配を感じなかったのかと自問した。彼は墓地を覆う背の高い草を食んでいる黒い雄馬にまたがっていた。

ブリーンは胸が高鳴り、ばかげたことに日ざしまで明るくなった気がした。キーガンは地面におり立つと、ほかの馬とともに草を食むマーリンをその場に残してこちらに近づいてきた。そして身をかがめ、うれしそうな犬に挨拶をした。

墓石のあいだを進む彼の髪が冬の風にあおられ、ダスターコートがはためいた。

キーガンはまず母親に挨拶をした。きちんとキスをして、彼のほうを向いたタリンをさっと抱きしめた。

「おかえりなさい、わたしの大切な子《モ・クリ》。思っていたよりも早かったわね」

「西部までの道がずっとかたく乾いていたからね」

彼は次にマーグやミンガにキスをし、最後にブリーンをじっと見つめた。

「ああ、もう」タリンは天を仰いだ。「さっさと彼女にキスしたらいいでしょう、まったく、おばかさんね」

「ああ、そうするよ」

ブリーンはさっと抱きあげられ、今まで読んだ恋愛小説のヒロインのような気分になった。唇を奪われたとたん、世界がぐるぐるまわりだした。

「上出来よ」彼の母親が承認するように言った。「それじゃあ、ブリーン、また会う日までお別れね」紅潮したブリーンの頬を両手ではさみ、そっとキスをした。

「もう発つんですか？」

「ええ、出発のときが来たの」

「ディアグランとブリアがドラゴンで母さんをキャピタルまで送り届けようと、農場で待っている」キーガンは母親を抱きしめた。「母さんを連れ去ったら、アシュリンに呪われそうだな」

「あの子はそんなことをするほどまぬけじゃないわ。それに、また里帰りするまでわたしたちには炎と鏡があるでしょう」

「安全な旅を。あなたも、ミンガ」ブリーンは言い添えた。「キアラによろしく伝えてください」

「ええ、伝えるわ」

「わたしはドラゴンに乗って途中まであなたたちを見送るわ」マーグはブリーンの手をぎゅっと握った。「また明日ね」

ブリーンはキーガンとともにその場にたたずみ、三人が馬にまたがってマントをひるがえしながら全力疾走するのを見送った。

ボロックスは別れを告げるように吠えながらあとを追いかけたが、しばらくすると駆け戻ってきた。

「あなたが帰ってきたら、みんなが旅立つなんて知らなかった」

「本当は昨日、いや、一昨日には戻りたかったんだが、手間取った。その……いろいろと事情があって」

「全部説明する必要はないわ」

キーガンはいらだたしげに息を吐いた。「きみの頭のなかは、まったく理解できないな」人さし指で彼女のこめかみを叩く。「いったい何を説明すべきで、何を説明すべきじゃないいんだ?」

彼女はふっと微笑んだ。「じゃあ、ひと言だけ言わせて。あなたに会えて本当にうれしいわ。さあ、もう一度キスしていいわよ」

「それは得意だ」

キーガンがふたたび彼女を持ちあげ、唇が重なると、ブリーンは彼の首に両腕をまわした。

彼は額を触れあわせ、さらにきつく彼女を抱きしめた。

「もうお父さんのお墓参りはすんだのか？」

「ええ、廃墟に入る前に。ここは清らかよ、キーガン。まだ悲しみの名残はあるけど、清らかだわ。ちょっと散歩をする？　それとも、あなたのお父さんやわたしの父のお墓参りをしたい？」

「いや、今日はいい」彼は道や草原の向こうを眺め、コテージに目をとめた。

「あそこはコネリー家ね。彼らを訪問しないといけないんでしょう」

「もう会ってきたよ、ここへ来る前に。彼らから、きみが母さんたちとここにいると聞いたんだ。彼らは感謝していた。ぼくもだが」

キーガンが背中をそらす。

「ちょっと歩かないか？　ずっと鞍にまたがっていたから」

「ええ、わたしも散歩したいわ」ブリーンはボロックスの頭をぽんと叩いた。「わたしたちは散歩が大好きだものね」

馬のところに戻って手綱をつかむと、ふたりは廃墟をあとにした。

「大晦日にあなたを見たわ。ちょうど午前零時に」

「ああ。篝火のそばでちょっと休んでいたら、きみが見えたんだ。楽しそうなパーティーだったね」

「ええ」

「あの晩にきみが着ていたドレス。あれは初めて見たよ」

「初めてアイルランドへ来たときに、サリーとデリックから餞別《せんべつ》としてもらったの。マルコが頑として譲らなかったのよ。〝大晦日にそのすばらしいドレスを着ないで、いつ着るんだ？〟ってね」ブリーンは彼を見あげた。「気に入らなかった？」

「いや、すごく気に入ったよ」

「キャピタルのパーティーはさぞかし華やかだったんでしょうね」

キーガンは肩をすくめ、ボロックスが見つけてきた棒をつかむと、思いきり遠くに投げた。「けっこう楽しめたかな。うんざりするほど何度もダンスを踊り、酒はあまり飲めなかったが。キアラがきみによろしくと言っていたよ」

「彼女はどうしているの？」

「元気だよ。シャナのこともそうだが、ぼくはキアラのことを誤解していた。いや、もしかしたらシャナのせいで誤解したのかもしれないな。キアラはかわいいけど、ちょっと思慮に欠けると思っていたんだ。彼女はたしかにかわいいが、まぬけではなかった。人生を楽しみ、活力に満たされている」

キーガンはキアラの真っ赤な美しいドレスと波打つリボンを思いだした。彼女は生き生きとして、驚くべき強さを備えていた。

「シャナに傷つけられた心は癒え、さらに強くなっていた」

彼はまた棒を投げると、押し黙ってしばらく歩いた。

「ここを発ったときは、数日か、長くて一週間で戻るつもりだった。そして母がアシュリンや孫たちともっと過ごせるよう、自宅に戻って数日過ごしてから、またキャピタルへ行こうと思っていた。だが……」

「そうもいかない状況なのね」

「ああ。あとで話すよ。説明するまでもないと思うが」

「そうね」

「なかには……取るに足りないものの、対処しなければならないことがある。忌々しい政治とか外交とか」

まるで政治や外交など放りだしたいと言わんばかりに、キーガンは思いきり棒を投げた。

「母さんはその手のことを器用にこなせるんだ。ぼくはそういうやり方を身につけるためにもっと努力しないといけないと思っている。政治や外交について逐一話す必要はない。そういうものだ。戦いに備えて戦略を練る必要があるから、学者や戦士や訓練指導者との会議が何度か行われた。ぼくがきみに話したかったのは審判のことだ。きみも知っておいたほうがいいだろう」

「ケイトはいっさい異議を唱えず、慈悲を請わなかったんでしょう」

キーガンは眉間にしわを寄せ、ブリーンを見つめた。「もう知っていたのか？」

「あの晩、彼女のなかに見えたの。トリックと同じ熱狂的な思いが。あの男ほど暴力的でもあからさまでもなかったけど、同じ熱狂が見えた」

「きみの言うとおりだ。彼女は自分の犯行に誇りを持っていた。むしろ家族を蔑み、そのことを恥じてもいなかった。タラムの全住民を蔑んでいたが、とりわけ家族に対する侮蔑の念が強く、彼女の母親の心が砕け散る音が聞こえそうなくらいだった」

ブリーンはキーガンの手を握り、棒をくわえたボロックスはふたりと足並みをそろえた。

「だがプライドと、きみの言う熱狂と侮蔑の念とともに、彼女は雄弁に語ったよ。こちらが探るまでもなく、ぺらぺらと。イズールトはカラスを使って毒薬を持ちこんだらしい。だから、今後はそういったことにも目を光らせる必要がある」

「どうやってオドランはケイトを洗脳して、寝返らせたのかしら？　彼女なら寝返らせることが可能だと、どうしてわかったの？」

「きっと、何年もかけてイズールトがありとあらゆる姿に扮《ふん》して忍びこんでいたんだろう。それに、偵察者やスパイも。われわれに危害を加えようとする者は歓迎の木は通過できないが、敵の侵入を阻止できるのはあのポータルだけだ。われわれは防御の魔法を用いているものの、打ち寄せる波に浸食される海岸のように、魔法や集中力や決意は年月とともに薄れる恐れがある」

「滝壺の割れ目みたいなものね」

「ああ。そうやってやつらは、気が弱く不満や怒りを抱えた住民を狩っていたのだろう。ケイトはポータルを通ってオドランの世界に行ったそうだ」

「オドランが招き入れたの？」

「ああ、彼女はいかにも誇らしげにそう語っていたよ。オドランは富や恋人を与えることを約束して、彼女を誘いこんだ。ちなみにその恋人というのが、きみがマーグに連れられて父親のお墓参りをした日に、きみをさらおうとした邪悪なフェアリーだ」

「あの――」宙にさらわれたときのことや、ドラゴンに乗ったキーガンが剣を振りおろしたときのショックを思いだし、彼女は身を震わせた。その後、地面に落下して転がり、したたかに頭を打ちつけたのだ。

「もう何カ月も前の話よ」

「ケイトがその前から彼らと行動をともにしていたのは間違いない。きみを見かけた邪悪なフェアリーは、彼女のそばを離れ、きみをさらいに行った」

「そして、あなたに殺された。つまり、わたしとあなたのせいってことね。ケイトはその恨みを募らせ、オドランに連絡を取った。そうしてわたしがここにいることを知ったオドランは、イズールトを送りこんだ。でも――」

ブリーンは足をとめ、キーガンのほうを向いた。「ケイトのような人がもっといるはずよ。サウィン祭のときの男や、トリックや彼と行動をともにしていたパイアスのような人たちが」

「それに関しても、きみの言うとおりだ。だから時間がかかった。今はそういう連中を捜索している。種族や家族を裏切った連中を。見つけだして、利用するか消し去るのが最善だろう」

「利用しましょう。敵を欺くために使えばいいわ。偽の情報や知らせたい情報をあえて吹きこむの」

「ああ」キーガンは歩き続けながら、考えこむように彼女を見た。「きみは頭の回転が速いな。おかげで説明する手間が省けるよ」

「だからって、この憤りがおさまるわけじゃないわ。あなたがタラムの住民を守ると誓って戦っていることや、わたしやあなたのお父さんがそのために命を落としたこと、あのろくでなしの神のために何もかも裏切る人がいること、オドランがためらうことなく彼らの喉を切り裂くことを思うと。いったいどうしてそんなことができるの？」

ブリーンはかっとなって、手を突きあげた。その瞬間、小さな火花が散る。

「すでに多くを与えられているのに、さらなる力を求めるから？　天国のような暮らしをしているのに、さらなる富を求めるから？　あるいは、残虐なオドランを盲目的に崇拝したせいでしょうね」

「きみが激怒するのは当然だ」一拍置いたあと、キーガンは口を開いた。

「そのとおりよ。フェイは穏やかで寛大で愉快な人たちよ。わたしのなかにもそういう要素があるからわかるわ。わたしもその一員だから。わたしたちは勇敢で忠実よ。誰しもそうであるように欠点はあるけど、仲間を裏切ってあんな神を信じるなんて」

彼女は息を吸った。

「世の中には歴史から学び、それを覚えている人もいれば、決してそうでない人もいるのね」ブリーンはミンガの言葉を思いだした。

「早い話が……」キーガンは片手をあげて指をくねらせ、ブリーンに先を促した。

「そういうこと」改めてミンガの言葉に納得できたおかげで、ブリーンは落ち着きを取り戻した。

「ああ。神々でさえ過ちを犯す。オドランはケイトに関して判断を誤った。だから、逆上するあまり利口にふるまえない人物を選んだんだ。これからも、裏切り者が何人も見つかるだろう」キーガンはじっと彼女を見つめた。「それにしても不思議だな。

散歩しながらこういう話をしても、いらだたないなんて。きみはたいてい分別があるからな、ブリーン・シボーン」

「たいてい?」

「ああ、たいていだ」彼は繰り返した。「ぼくは篝火を通してみんなを見たとき、心があたたかくなったよ。何より、きみを目にして。きみの歌声は聞こえなかったが、楽しい雰囲気は伝わってきた。ところで、あれより前にぼくを見たか?」

「大晦日に?」

「審判を終え、ぼくがケイトを闇の世界に追放して封印したあとだ。クロガで雲の上を飛んでいたとき、その姿を見て、ぼくに話しかけたかい?」

「いいえ。どうしてそんなことをきくの?」

「きみの声が聞こえたんだ。昔、湖のなかで話しかけられたときのように。ただ、きみの声は聞こえても、姿は見えなかった」

「わたしは話しかけていないわ……。わたしはなんて言ったの?」

「きみは――」キーガンは躊躇し、しばらく押し黙った。「ぼくたちのような者にとって、選択することは往々にして責務だと言った。きみの言葉は、あのときあの場でぼくが必要としていたものだった。それとも、あれはぼくの妄想だったのかな」

「あなたは常に果たすべき責務を選ぶ。あなたはそういう人よ」

「きみはどうなんだ？」

「わたしは――そういう人になっていることを願うわ。わたしが言ったのはそれだけ？」

彼は肩をすくめた。はぐらかしているとわかっていたが、もう必要以上に話したと自分に言い聞かせた。「きみはぼくが必要とする言葉をかけてくれた。さあ、馬にまたがって、きみがうまく全力疾走させられるか確かめるとしよう」

ブリーンは問題なく馬を操ったが、キーガンは――相変わらず――褒め言葉を出し惜しみした。

モレナが年長の甥っ子ふたりに鷹狩りを教えているのが見えた。そのそばで冷静沈着にふたりを見守るマブのまわりを、ハーケンにダーリンと名づけられた子犬が跳ねまわっている。

「おかえりなさい」モレナがキーガンに声をかけた。「あなたの弟は納屋で作業中で、マオンは偵察に出かけたわ。わたしはアシュリンが赤ちゃんと少しゆっくりできるように、甥っ子たちと楽しんでいるところ」

ボロックスはモレナに撫でてもらうと、一目散に駆けだし、子犬と遊び始めた。

ブリーンの頭に、マブの静かな安堵のため息が聞こえた。

「それと、納屋でハーケンがしている仕事から逃げだして」モレナは続けた。「彼のそばをめったに離れない子犬の世話をしているの。さっきは、タリンとミンガを見送ったわ。あとはなんだったかしら？ マルコがわたしのおばあちゃんとあなたのおばあちゃんとセドリックを招集して、向こうの世界で焼き菓子コンテストを開催しているわ。わたしは招待されなかったけど」

「じゃあ、わたしが結果発表の場に招いてあげる」

「ぜひ出席させてもらうわ」

「マルコはお菓子作りのついでに食事も作ってくれないかな？」キーガンはつぶやいた。

「マルコの頭には常に料理のことがあるわ。今日もこっちへ来る前に、何かの鍋料理を作っていたわよ」

「ぼくも招待してもらえると期待して、楽しみにしていていいんだよな」

「あなたがいなくて寂しかったわ」ブリーンは率直に告げた。

「ぼくもだ」彼も率直にこたえ、立ち去った。

「今やボロックスにはガールフレンドが二匹いるみたいね」ブリーンは言った。

「あの子は、わが家のダーリンは、つむじ風みたいな子よ。一番お気に入りの靴下を嚙まれて穴が開いちゃったけど、とってもかわいいから許してあげようと思っているの。わたしが床に靴下を置きっぱなしにしなければ、ダーリンに嚙まれなかったはずだと指摘したハーケンのことも、たぶん許すわ。そもそもあわてて裸になって彼と抱きあわなければ、靴下を床に置きっぱなしにすることもなかったのよ」

「それがあなたの結婚生活というわけね」

「まさに、一分一秒を堪能しているわ。フィン、その調子よ！　よくやったわ！　さあ、今度はあなたの弟の番ね」

ブリーンが見守るなか、フィニアンは弟の手にグローブをはめてやり、有頂天のキャヴァンは小さな羽根をひらひらさせながら小躍りした。ブリーンの愛犬も負けずにはしゃぎ、疲れを知らない子犬とともに芝生を転げまわった。

完璧だわ。鷹がさっと飛来し、ブリーンは今も小躍りするキャヴァンがグローブをはめた腕を掲げるのを眺めた。鷹は大きな翼をたたんでおり立った。その重みでキャヴァンの腕は若干さがったもののなんとか持ちこたえ、世界中を明るく照らすような笑顔でモレナのほうを見た。

「よくやったわ、キャヴァン。上出来よ」

「アーミッシュも楽しんでるよ」

モレナはうなずいた。「あなたは鷹の心をしっかり読み取ったわ、たしかにアーミッシュは大いに楽しんでる。じゃあ、今度は向こうを見て」手ぶりで示すと、キャヴァンは促されるまでもなく腕を掲げてアーミッシュを飛び立たせた。兄のもとを離れて駆けだし、手の届かない高さまで舞いあがると、宙に浮いたまま鷹に向かって腕を掲げ、笑い声をあげた。

「あの技はまだ教えていないのに」モレナがつぶやくと、アーミッシュが飛来して少年の腕に静かに舞いおりた。「あと一、二年は試さないつもりだったんだけど」

「あの子には生まれつきの才能がある」ブリーンは目の前の光景の向こうにヴィジョンを見た。「いずれふたりとも空を飛ぶわ。キャヴァンは自分の羽根で、フィニアンはドラゴンで。ふたりの腕には、あなたの鷹の血を引いた鷹がとまっている」

「ヴィジョンを見たの？　それは確か？」

「ええ、一瞬だけどはっきりと見えたわ」一瞬垣間見た映像に、ブリーンは胸がどきっとした。「あの子たちには言わないで。世の中には……実際に起こるまで知らないほうがいいこともあるから」

「じゃあ、言わないでおく」野球帽のつばを押しあげ、モレナは子供たちを眺めた。「だけどそれがわかっていれば、来たるべき将来に備えてふたりの訓練にもっとたくさんの時間を費やせるわ」

「ブリーン・シボーン」

ブリーンは振り向き、キーガンが放ってよこしたむき身の剣をつかんだ。つかめたのは、技能よりも運があったおかげだ。

「防御しろ」キーガンはかまえる間も与えず、彼女を斬り捨てた。

「わたしは離れているわね」モレナが言った。

「まだ準備ができていなかったのに」

「だからきみは命を落とした。つまり、いついかなるときも準備万端でいなければならない。さあ剣を拾え、ブリーン。防御しろ」

今度は鋼と鋼がぶつかりあい、その衝突音が冬の大気に響き渡った。

キーガンは情け容赦なく、ブリーンの対戦相手として自分だけでなく死霊の敵まで用意し、邪悪なフェアリーや魔犬、気の狂ったエルフが何度も襲いかかってきた。

どうやら楽しい見世物だったらしく、ハーケンまで納屋から出てきて、モレナやフィニアンの隣に立った。ようやくへとへとになった子犬を両足ではさみ、キャヴァンを片腕に抱きながら。

流れ落ちる汗がブリーンの目に入ったとき、マオンが舞いおりてきて観客に加わった。観客たちは熱心に声援を送ってくれたけれど、彼女にとってはたいした助けにならなかった。

ブリーンはもはや何度殺されたかわからなかった。

彼女は剣や魔法や拳や足を使って戦った。実際に剣で斬りつけられて深手を負ったり、牙や鉤爪《かぎづめ》で肌を切り裂かれたりすることはないとはいえ、激痛を味わうことに変わりはない。

空が黄昏《たそがれ》に染まるころには、体中が痛んだ。

ブリーンは息を切らしながら立ちつくし、剣をおろした。ひと握りの羽根すら持ちあげられそうにない。そんな彼女を横目に、キーガンは剣を鞘におさめた。

「腕がなまっているぞ」

「ちゃんと毎日訓練していたわ」

「ここにいる連中とだろう」キーガンは観客たちを指した。「みんなきみに甘すぎる、それは明らかだ」

「だからって、一度に五人と戦わせるなんて」アシュリンが赤ちゃんを抱っこ紐で抱えながら出てきて、観客に加わった。

「ブリーンは今や敵の一番の標的だ。味方から引き離して包囲するチャンスがあれば、敵は必ずそうするだろう。甘やかしても、腕が磨かれるわけじゃない」

「甘やかしてなんかいない」ハーケンが反論した。「ブリーンは一生懸命訓練していたよ」

「まだ不充分だ。きっと明日は、もっとうまくやるだろう」

「まったく、あなたときたらどうしようもないわね、キーガン。さあ、なかに入って、ブリーン」アシュリンが自宅に招いた。「暖炉のそばで体をあたためるといいわ。痛みをやわらげるお茶を用意してあげる」

「ありがとう。でも、わたしなら大丈夫よ」ブリーンはプライドにかけても甘やかされるわけにはいかなかった。「そろそろ帰らないといけないし」

「きみは熊人間《ウェアベア》や牙のある悪魔相手によく戦ったよ」

「ありがとう、マオン」ブリーンはキーガンに剣を押しつけた。「みんな、おやすみなさい。さあ行くわよ、ボロックス」

ブリーンは道路を渡った。大きなうめき声をあげずに石垣をよじ登れるように祈りながら。

そんな彼女を、背後から近づいたキーガンがひょいと抱きあげた。

「きみはもう自分の剣で訓練したほうがいい。タラムに来るときは、剣を腰にさげてくるんだ」

「わたしは戦士じゃないわ」ブリーンは歯を食いしばりながら歓迎の木へと続く階段をあがり、なんとか脚をあげ、弧を描く低い枝にのぼった。「剣をさげて見せびらかす必要はないでしょう」

彼も一緒にポータルを通り抜け、霧雨のなかにおり立った。

「タラムにはまだ見つかっていない腐敗した連中がいるんだ、ブリーン。武器を携えることと見せびらかすこととはわけが違う」

「わたしは武装しているわ」ぱっと手を振って火の玉を出現させ、投げつけた。「いつだって」

「たしかにそうだが、剣があればさらなる防御になる」キーガンは立ちどまり、薄明かりのなか、彼女の肩をつかんだ。「ぼくがきみに剣を贈ったのは、きみがそれに値する力をつけたからだ。誰かのために剣を作って贈るのは、タラムの習わしにおいてはささいなことじゃない」

「それは感謝しているわ、本当よ。でも——」

「きみはわかっていない。きみがあの剣に値しなければ、ぼくは贈ったりしなかった。そんなことをすれば、剣やきみやぼく自身をおとしめることになる。きみは今まで厳しい訓練を積んできた。決して一流の剣士にはなれないだろうが、剣術の稽古に励んできた。勇気を振り絞って敵とも戦った。戦士であろうとなかろうと、それが自らの選択であろうとなかろうと、きみは立ちあがって戦い、訓練を積み、努力した。きみはあの剣にふさわしい。きみの手に合わせて作られ、きみの印が刻まれた剣に。だから、どうか身につけてほしい」

キーガンは話しながらブリーンの痛みを癒《いや》した。彼女はプライドが傷つき、いまだに怒りを引きずっていたが、安堵のあまり身を引くことができなかった。

「みんな、わたしを甘やかしたりしなかった。あなたほど手厳しくないだけよ——だいたい、あなたみたいな人がほかにいる？　それでも、甘やかされていたとは到底言えないわ」

「その件に関して、ぼくたちの見方はまったく異なる。ただ、マオンが言ったことは正しい。きみはウェアとの戦いでは善戦していた」

ブリーンは真っ向からキーガンを見据えた。そんなふたりを、ボロックスはお座りして交互に見ている。

「どうせ食事とセックスが目当てで、そう言っているだけでしょう」

「もちろん食事もセックスもしたいし、そうする予定だ。それを除いても、きみはウェア相手によく戦った」

ブリーンはその褒め言葉を額面どおりに受け取ることにした。「剣をさげるためのベルトなんて持っていないわ」

「明日持ってこよう。きみのためのベルトを作るよ」彼女のヒップに両手で触れた。「きみのサイズは知っているから」

多少は怒りがおさまり、彼女はふたたび歩きだした。いくつか光を放り投げると、ボロックスがうれしそうに吠えながら先に走っていった。

マーグの声が聞こえた。

「いい子が帰ってきたわ、あなたは本当にいい子ね。それで、わたしの孫娘はどこかしら？」

マーグたちが霧のなかから現れ、そのまわりで小さな光がまたたいた。ボロックスがマーグの隣で誇らしげに飛び跳ね、フィノーラが笑い、セドリックがそのあとに続いた。全員バスケットを抱えていて、その中身のおいしそうなにおいが小道の先から漂ってくる。

まるではしゃぎながらパーティーに向かうティーンエイジャーのようだ。

「あなたたちは最高の午後を過ごし損ねたわよ」フィノーラが言った。

ブリーンの勘が外れていなければ、おそらくワインもたっぷり飲んだに違いない。

「誰が勝ったの？」

「引き分けということで意見が一致した」セドリックはごく真剣に答えた。「さんざん議論し、味見した結果ね」

「たっぷり味見したから、ディナーは辞退したの。でも――」マーグがバスケットを持ちあげた。「谷の住民の半数を占める甘いもの好きを満足させる量は充分あるわ」

「ぼくも味見は断らないよ」

「コテージでたっぷり食べられるわ」フィノーラが人さし指でキーガンの胸を突いた。

「アシュリンや子供たちも味わえるように、農場にもお裾分けするつもりよ」

「まだここに粉がついているよ」キーガンがフィノーラの頬にキスをした。

「まったく、抜け目がないわね」フィノーラが笑って、バスケットに手をのばした。

「ビスケットを一枚だけよ」

「甘いものはあとにしたほうがいい」セドリックがアドバイスした。「マルコがポソレっていう煮込み料理を作ったんだ。それも試食させてもらったよ」

「スパイシーでパンチが利いていたわ」フィノーラが眉を上下させた。「作ったマルコ自身と同じで。シーマスは辛い料理に目がないから、彼のために少しいただいてきたわ」

「スパイシーな煮込み料理とデザートとともに、ワインもたっぷりご馳走になったの」マーグはセドリックの肩に頭をゆだねた。「最高のひとときだったわね。さあ、あなたたちもさっさと行きなさい。霧雨のなかでもたもたしていないで、楽しい時間を過ごすのよ」

キーガンは小道を遠ざかる三人を見送った。「三人ともちょっとふわふわして、幸せそうだったな」

「ふわふわして?」

「酔っぱらっていたってことだよ。ちょっとだけど」彼はビスケットをかじった。

「それでも、あの三人は神々のようにお菓子を作る」

彼が残り半分のビスケットをさしだすと、ブリーンはかぶりを振った。「わたしはあとにするわ。前にもマルコのポソレを食べたことがあるの。だから、そちらを最優先するわ」

「そのポソレってどんな料理なんだ?」

「絶品よ」

コテージに足を踏み入れ、その香りに包まれたとたん、キーガンはブリーンが真実を口にしたのだと悟った。

「マルコ、きみはまたやってのけたようだな」

「おかえり!」ふきんを肩にかけたマルコがキッチンから出てきて、キーガンとがっちり抱きあった。

「ブラザー、ぼくは濡れているよ」

「だったら、コートを脱げばいい。きみもだよ、ブリーン。ワインを飲むかい、それともビールがいいかな?」

「どちらでも手近なものでかまわない」キーガンが答えた。

「ポソレに合うワインがあるから、それから始めよう。ふたりともおなかがぺこぺこだといいんだけど」

「空腹でなかったとしても、このにおいをかいだらぺこぺこになるよ。パイもあるんだな」

「アカスグリの実が入ったアップルパイだ。メイン料理がポソレだから、スペイン風のプリンも作ってみた。セドリックとショートケーキ・ビスケットで真っ向勝負に挑みたくなかったんだ。彼の右に出る者はいないからね。セドリックのお菓子やフィノーラのクリーム・ケーキ、マーグのウィンター・ベリー・タルトも少しずつお裾分けをもらったよ。まだほかにもある。なんてすばらしい一日だろう」

マルコがぺらぺらしゃべりながらワインを注ぐなか、ブリーンはボロックスのボウルに餌と水を入れた。

「総当たり戦みたいにコンテストを毎月開催することにしたんだ。マーグの家や、フィノーラの家や、このコテージで」

「これはシー族のワインだな」ひと口飲んで、キーガンが言った。

「フィノーラが持ってきてくれたんだ、なんにでも合うからって」

「彼女の言うとおりだ。タラム全土を見まわしてもこれ以上のワインはない」

「まったくだ。ぼくたちはお菓子を焼きながら、ボトルを二本空けたよ。もしかしたらぼくの背中にも羽根が生えてくるかもしれないな。本当に最高の時間だった」

ブリーンがテーブルセッティングをするあいだ、みんなでグラスを傾け、おしゃべりを楽しんだ。キーガンはカウンターにもたれ、マルコが語る焼き菓子コンテストの話に噴きだした。きっと午後もずっと音楽が流れていたのだろう。

彼女がキャンドルに火を灯すと、ボロックスは暖炉の前で丸くなり、うたた寝を始めた。

これから三人でディナーのテーブルを囲み、アップルパイをむさぼることになるだろう。その後、キーガンとベッドをともにする。ブライアンも任務から戻れば、マルコとベッドをともにするだろう。

訓練は大変だったし、その最中に幾度となく負けたけれど、たしかに今日は最高の一日だったとブリーンも認めざるを得なかった。

モレナみたいに、一分一秒を堪能しよう。

10

五日間、朝から晩まで土砂降りの雨が続き、ポータルのどちらの世界もびしょ濡れになった。道路は泥でぬかるみ、入江は空と同じ陰鬱なグレーに染まった。

ただ、草原は磨かれたエメラルドのように輝いていた。

キーガンは毎日、馬やドラゴンで西部と東部にあるポータルを確認してまわった。時間があれば農場でハーケンと農作業にいそしみ、母親とは毎日鏡を使って意見を交わした。

オドランのスパイや偵察者の捜索は絶えず行われていた。

ブリーンとしては、できればコテージにこもって執筆を進め、マルコの音楽や彼がキッチンで生みだす魔法のような料理を楽しみたかったが、日々訓練に励むようキーガンからプレッシャーをかけられていた。

毎晩、彼女は泥にまみれ、あざだらけになりながらびしょ濡れのまま、とぼとぼとコテージへと帰った。腰に剣をさげることにある程度は慣れた。

数日ぶりにグレーの雲間からブルーの空が見えたとき、ブリーンは書斎を飛びだし、仕事中のマルコのもとへ向かった。

コーラをつかみ、ボロックスを外に出して入江へと走らせてから、腰をおろした。そのまま待っていると、マルコが人さし指を掲げた。

「あと一分で終わる。それはそうと、今朝のブログ、とてもよかったよ」

ブリーンは何も言わず、ただ仕事中の彼を眺めた。

長く細い三つ編みを後ろでひとつに束ねたマルコは、フィノーラの手編みのセーターを身につけていた。黒のハイトップ・スニーカーでリズムを取りながら、器用な指がキーボードの上を飛びまわっている。

「これでよし。きみのSNSに今日の投稿を載せたぞ。いつかダーリンを連れてきてもらったら、あの子とボロックスの写真を撮ろうと思っているんだ。きっときみはボロックスの冒険のメンバーに近々ダーリンを加えるはずだからね」

「あなたはわたしのことをすっかりお見通しね。それに最高のアイデアだわ。わたしはあなたなしではお手上げよ、マルコ・ポーロ」

「何を言うんだ、本やブログの記事を書いているのはきみじゃないか」彼は炭酸水が入った背の高いグラスをつかんだ。「きみのツイッターはいまいちだけどね」

「あなたは料理本を書くことになるわ」

「そうなのか？」

「ブログのコメントを読んだでしょう。あなたが作った料理やお菓子について触れるたびに、読者からレシピの問い合わせが来るのよ。わたしも手伝うわ——料理やお菓子作りじゃなくて、文章や写真に関して。それに、もうエージェントのカーリーにも意見をきいてみたの」

「嘘だろう、ブリーン」マルコは顔をこすった。「きみはぼくの料理の仕方を知っているだろう。あれこれ試して、見た目とかにおいを確かめながら作るって」

「あなたはいつもどおりにすればいいのよ。カーリーも賛成しているわ。これを仕事にしてほしいわけじゃない——これ以上、あなたの仕事を増やしたくないから。でも、あなたなら楽しめるはずよ。とにかく考えてみて」

「ああ、考えるだけなら。でも——」

「〝でも〟は、なしよ。とにかく考えてみて。ところで、今、時間があるなら、ちょっと話してもいいかしら」

「そろそろ向こうに行く時間だよ」

「ええ、でもその前に話したいことがあるの。ボロックスの次回作は六週間から八週間後には納品できるはずよ。たぶん、きっと。そう願っているわ」

「最高だな」

「それと、三作目の大まかなあらすじもまとめられると思うわ。ええ、そこでダーリンを紹介するつもり」

「やっぱりな！」マルコは肩を上下させた。「仕上げ段階に入った作品をぜひ読ませてくれ。SNSでさりげなく触れるから。まだボロックスのシリーズ一作目を宣伝している最中だし、大々的には取りあげない。二作目の情報を発信する前に、ちらっと予告だけしたいんだ」

「まるで出版社の社員みたいな口ぶりね」

「この仕事が気に入っているのさ。まさかこういう仕事で生計を立てることになるとは思ってもみなかったけど、気に入ってる」

「顔を見ればわかるわ。よかった。実はそれが次の話につながっているから。できれば、四月上旬に二、三日休みを取りたいの。そうすれば、誕生日にサリーをびっくりさせられるでしょう」

彼の目が飛びだしそうになった。「フィラデルフィアに行くってことか？」

「ええ、まずはそうよ。サリーとデリックに会うの。そのあと、わたしは母親に会いに行くわ」

マルコがブリーンの手をつかんだ。「ぼくも一緒に行くよ」

「いいえ、わたしは大丈夫。心の準備もできているから。それから列車でニューヨークへ行きましょう」

ふたたびマルコは目を丸くして、今度はぽかんと口を開けた。「なんだって？ ニューヨーク？ ぼくをからかっているのか？」

「そろそろあなたも仕事相手と直接顔を合わせるべきだし、彼らもあなたに会っておいたほうがいいわ。もちろん、もしそのときまでにあなたの個性あふれるすてきな料理本の基本的なコンセプトが決まっていれば……」

「四月までにか」彼は立ちあがるなり、室内を歩きまわった。「きみは怖いな」

「もしもの話よ」ブリーンはそう繰り返した。「キーガンが向こうにフェイをひとり派遣しているから、ポータルを開けばアパートメントに直行できる。わたしはそのフェイにも会ってみたいわ。ポータルを使えば時間も手間も省けるし、サリーやデリックと一日過ごして、翌日ニューヨークにも行ける。すべては……」

「戦争と平和しだいか」

「もしタラムで必要とされたら、たとえ二日でも留守にはできない。この計画を打ち明けたのは、あなたが初めてよ。あとはキーガンとおばあちゃんにも伝えないといけないけど、あなたの意向を最初に確かめたかったの。それに、あなたもブライアンがこのことをどう思うかきいてみたいでしょう」

「ああ。すべてきみの言うとおりだよ」

「今のところ平和だけど、いつまでもその状態は続かないはず。だったら、平穏なうちにぱっとアメリカまで行ってくればいいんじゃないかと思って。ただ、今はそのタイミングじゃない気がするの。実際にタイミングが悪いからそう感じるのか、まず本を書きあげたいからなのかはわからないけど」

「きみが行くって言うなら一緒に行くよ。ブライアンには納得してもらう。ぼくたちはみんな仕事を抱えているし、これはきみやぼくの仕事の話だ。ところで、ぼくから質問がある」

「もうひとつ話があるの」

「まずぼくに質問させてくれ。あの大人向けの小説はどうなっている？　いつエージェントに原稿を送る予定なんだ？」

「まだ準備が整っていないわ」

「前にその台詞を聞いてからずいぶん経つよ」ブリーンが口を開く前に、マルコは片手をあげた。「お互い知ってのとおり、カーリーは原稿を送ってほしいと催促している——いかにも彼女らしく、礼儀正しい言い回しで。いったいいつになったら送るんだ？　さっさとしろよ、ハニー」

今度はブリーンのほうが立ちあがり、行ったり来たりし始めた。「本当にばかみたいなんだけど不安なの、マルコ。またこんな緊張を味わうなんて思わなかったわ。子供向けのシリーズ二作目に関しては、そんなに不安じゃない。馴染みのある分野で、執筆するのがとても楽しいから。でも、もうひとつの作品は……タイトルさえ決められないの」

「現時点での仮題はあるのか？」

「今週は『闇と光の魔法』よ。でも、たぶん――」

「いい響きだ。変えなくていい。じゃあ、タイトルに続く文章をちょっと読ませてくれ。第一章を。いや、最初の二章を、今夜読ませてくれ」

「でも――」指をさされて、彼女は声をあげた。「あと二週間ちょうだい。二週間後には最初の二章を読ませてあげる」

マルコは立ちあがって手をさしだし、小指を振った。「指切りしよう」

「ああ、もう！」ブリーンは彼と小指をからませた。「二週間後ね」

「これできみは指切りの誓いを立てた。さあ、タラムに行こう。たぶん向こうも晴れているんじゃないかな。そのポットロースト（牛肉の塊に焼き目をつけてから蒸し焼きにした料理）に魔法をかけてくれ」

「それはポットローストだったの？　すごくいいにおい。でも、話がもうひとつあるの」

「道中に話してくれ」

ブリーンは腰に剣をさげ——いまだに多少違和感はあるが——ジャケットとスカーフをつかんだ。

「あたたかくなったわね」ブリーンはコテージから外に出た。「まだ冬だけど、だいぶあたたかくなりつつあるわ」駆け寄ってきたボロックスを乾かしてやってから、しばしその場にたたずんだ。

「入江もグレーじゃなく水色だし、何もかもさわやかなにおいがする」マルコの手をつかんでぎゅっと握りしめ、ふたりして林へ向かって歩きだした。

「ブライアンと今後のことを話している？　すべてが片づいたあとのことを」

「ああ、離れずに一緒にいると。場所はどこでもいいけど、ここになるだろうな。向こう側じゃないよ。ぼくはタラムでは暮らせない。インターネットと熱いシャワーが必要だから。それに食洗機も。きみはここにずっととどまるんだろう。正直言うと、きみが初めてコテージを見たときからわかっていたよ。あのとき、きみは泣いただろう。それはこのコテージがきみの望みどおりだったからだ」

「ええ」

「フィラデルフィアにはサリーやデリックや、妹がいるけど、三人には会いに行けばいい。それ以外の家族は……決してぼくを受け入れてもらえないとあきらめたよ。ブライアンのことも受け入れないはずだ。だからふたりで話しあって、こちら側のきみのコテージやタラムのそばに住まいを探す予定だ――もうタラムにも親しい人たちが大勢いるからね」

「あなたはここで、アイルランドで幸せなの？」

「最初に目にして以来、すごく気に入っているよ。まさかここで暮らすことになるとは夢にも思わなかったけど、ブライアンと出会うなんて全然知らなかったし。彼はぼくのすべてだ。そして、ぼくは彼のものだよ」

「すばらしいわ、マルコ。実際にそう感じ、それが真実だとわかるなんて」

「ひと目惚《ぼ》れなんだ」マルコは幸せそうにそっと吐息をもらした。「自ら経験するまで、そんなもの信じていなかったのに。現実的な話をすると、ぼくはインターネットにさえ接続できればどこでも働ける」

彼はブリーンの手をぱっとつかんで握りしめた。「そして、すべてが片づくまでは、きみと一緒にいるよ」

「わかってる、あなたを愛しているわ。あなたさえよければ、コテージを拡張できるかおばあちゃんにきいてみようと思っているの」

「ブリーン」

「いいから、わたしの話を聞いて。あなたたちふたりにはそれぞれ専用のスペースが必要よ。あるいは、もしそのほうがよければ――あなたにはそのほうがいいと思うけど――ここには充分な敷地があるから、もう一軒コテージを建てられる。あなたとブライアンのコテージを。そうしたら、わたしたちはご近所さんよ」

「ご近所さん」マルコがつぶやいた。

「あなたはタラムで自分の馬を手に入れて、ハーケンの農場で預かってもらうこともできる。彼ならきっとそうしてくれるわ。あなたは乗馬が好きだし、自分自身の馬を手に入れればいいわ。自分のキッチンやシャワー室をデザインして、音楽室を作り、芝居を書くことだってできる」

マルコは小道で足をとめ、彼女を両腕で抱きしめた。「愛しているよ、ブリーン」

「わたしもあなたを愛しているわ、マルコ。どうかイエスと言ってちょうだい。わたしのそばに、すぐそばにずっといてくれると。タラムの近くにいてくれると」

「ブライアンに相談するまでイエスとは言えないけど、ぼくにとってこれ以上の望みはないよ。きみのせいで泣きそうだ」

「わたしにとっても、これ以上の望みはないわ」ブリーンはマルコの濡れた頰にキスをして、ぎゅっと抱きしめた。「あとのことはなんとか乗り越えましょう、マルコ。そしてすべてが片づいたら、これ以上望めないものを手に入れるわよ」

マーグはセドリックとともにキッチンの外にいた。ふたりともズボンにセーターという格好で、セドリックはきらめく銀髪をなびかせ、マーグは赤毛をまとめて毛糸の帽子をかぶっている。近づくと、火にかけられた巨大な鍋から煙が立ちのぼり、マーグたちが作業台で山積みの林檎をさいの目にカットしているのが見えた。

「あら、いらっしゃい。ブリーン、モ・ストー、なかに入って、ボロックスにおやつのビスケットをあげてちょうだい。わたしは今、手が離せないから」

「アップルソースですか？」ブリーンが犬用のビスケットの瓶を取りに行くと、マルコは尋ねた。

「アップルワインだよ」セドリックが答えた。「わたしの若いとこが物々交換用の林檎を持ってきたから、ちょうどワインを作るのによさそうだと思ってね」

「へえ」マルコが鍋をのぞくと、透明な水のようなものが入っていた。「どうやって作るんですか？　ただ煮詰めるだけじゃだめですよね」

「ああ、そんなに単純じゃないし、なかなか手間がかかる。ようやく雨があがってしばらく晴れそうだからね」

ブリーンがビスケットを持ってきた。ボロックスは、おやつを味わうのに最適な場所はテーブルの下のマーグの足元だと判断したようだ。

「何か手伝いましょうか？」

「ここにある林檎はほぼ下準備がすんだけど、話し相手なら歓迎するわ」

「あれは発酵槽みたいなものですよね」マルコが作業台の端の別の鍋に近づいた。その鍋底の近くには蛇口がついていた。

「そのとおりよ。本当に賢いわね」

「この絞り袋に林檎を詰めて紐で縛るんだ」セドリックが説明した。「しっかりきつく縛って発酵槽に入れたら、沸騰したお湯を加えて冷ます。しばらく置くと化学反応が起きるから、その後ちょっとした魔法を使って、さらに忍耐強く待つ。おいしいワインを作るには時間がかかるんだ」

セドリックはさいの目にカットした林檎を入れた袋の口を縛り、それを持ちあげて発酵槽に入れた。

「グローブを取ってきて、ぼくがその巨大な鍋をカートで運びます。かなり重そうだから」

「その必要はないわ。ちょっと離れていて、マルコ」マーグが鍋に向かって両手を掲げた。すると沸騰した湯が宙にアーチを描き、巨大な鍋から発酵槽に注がれた。

「そこのバケツに井戸水をたっぷり汲んできてくれるかい？」セドリックが指さした。

「これできみもワイン作りの仲間入りだ」

「マルコが冷却用の井戸水を加えたら、わたしたちは工房に移動して、ワイン作りの作業は男性陣にまかせましょう」

「まずいくつか話したいことがあるの。あのマルコが井戸水をバケツに汲むのを目にしたショックから立ち直ったらすぐに。考えてみると、ちょうどいいタイミングね」ブリーンは言った。「だって、マルコがワイン作りを手伝うのはこれが最後じゃないと思うから。彼はアイルランドにとどまるつもりなの。ブライアンと相談して、今後――〝今後〟っていうのは、すべてが片づいたあとのことだけど――ふたりはポータルの向こう側のアイルランドで暮らす予定なんですって。そこならブライアンがタラムと行き来するのも簡単だから」

「すごくうれしいわ。すごくうれしいどころじゃないわね。わたしたちはそうなるように願っていたから」マーグが手をのばしてセドリックの手をつかんだ。

「ああ。じゃあ、ご近所さん、ゆっくり注いでくれ」セドリックはマルコがバケツの水を加えるのを見守りながらうなずいた。「そんなところだ」

「ぼくはこれから乗馬をしに行ってきます。一、二時間で戻ってくるので、次に何をするか見せてもらってもいいですか？」

「わたしも乗馬をしようかな。一緒に乗馬に出かけて、そのあと次の作業に取りかかろう」

「あなたが、あなたとブライアンが近くにいてくれるなんて、とってもうれしいわ」マーグがマルコの顔を両手で包みこんだ。「これからもあなたと頻繁に会えるとわかって幸せよ。これ以上ないほどすばらしい友人であるあなたがブリーンのそばにいてくれるなんて」

「すぐ近くにいてほしいから、マルコとブライアンのためのコテージを入江や〈フェイ・コテージ〉のそばに建ててかまわない？」

「これまで耳にしたなかで一番のアイデアだわ。あなたはどう、セドリック？」

「わたしにはどうやっても思いつかないだろうな」

「あそこはあなたの土地よ、モ・ストー。だから好きに使ってちょうだい」

「おばあちゃんがいなかったら、わたしはあの土地もコテージも手にしていないわ」

「コテージを建てるのが楽しみだわ――友人や隣人にとって充分近いけれど、それぞれのプライバシーが保てる距離にしないとね。この手のことはシーマスが得意だから、彼にまかせましょう。マルコ、あなたやブライアンがどんな家に住みたいかシーマスに伝えてちょうだい、きっとフィノーラも首を突っこみたがるわ。この人もね」

「もちろん、意見は言わせてもらうよ。正しい意見をね」セドリックはきっぱりと言った。「まず家の中心はキッチンであるべきだ。それに、きみのための音楽室やブライアンのアトリエが必要だろう」

「また感極まって胸がいっぱいだ」マルコが目元をぬぐった。「泣きだしてしまう前に、ひと言言わせてください。フィラデルフィアにいたとき、ぼくの家族はサリーとデリックでした。ぼくの血のつながった家族は、妹以外、ぼくがゲイであることをどうしても受け入れてくれなくて」

「気の毒な人たちね」マーグはつぶやいた。「いつかあなたのご家族の心の鍵が開くことを願っているわ」

「あまり期待はしないほうがいいでしょう。でも、ぼくにはここに家族ができました。あなたたちふたりはブリーンの家族ですが、ぼくにとっても家族です。そう感じています。あなたたちを心から愛しています」

「わたしたちもよ。もう泣かないで」マーグがマルコを抱擁した。「ガーワック——わが孫息子。あなたはわたしたちの孫息子よ。さあ、あなたのおじいちゃんと農場へ行って、乗馬を楽しんでいらっしゃい」

「そうします。今日も最高の一日になりそうだ」

「ああ、この晴天を大いに楽しむとしよう」

ブリーンはふたりを見送った。「受け入れてもらえて、マルコもわたしも心から感謝しているわ」

「愛情にお金はかからない。愛を感じられず、愛を与えることも受け取ることもない人がこの世にいるなんて信じられないわ。わたしたちにはありあまるほどの愛があるのに」マーグは彼女の脚に身をすり寄せてきたボロックスに向かって言った。

「ほかにも話したいことがあって」工房へと林のなかを歩きながら、ブリーンは口を開いた。「マルコと一緒に数日休みを取りたいの、四月ごろに。フィラデルフィアとニューヨークでそれぞれ一泊するつもりよ」

「あなたの心の母に会うのと、仕事のためね」

「ええ。だけど、もしここで必要とされるなら行かないわ。今のように平穏じゃなくなった場合も。そっちのほうが重要だから」

「向こうの世界のあなたの家族や仕事も大切よ。だから、もちろん行くべきだわ。どうして春まで先延ばしにするの？」

「サリーの誕生日が四月なの、それに小説のこともあるわ。ボロックスの二作目をそれまでに書きあげたくて」

自分の名前を耳にして、ボロックスはちぎれんばかりに尻尾を振り、小川に飛びこんで水しぶきをあげた。

「なるほどね。あなたが行くときには、サリーにプレゼントを贈りたいわ。わたしが与えられなかったときに、彼はあなたに愛情を注いでくれたから」マーグはよくするように、橋の上で足をとめた。「さあ、今感じていることを教えて」

「春を控え、樹木が大地と同じく休んでいるわ。それと……四頭の雌鹿が三頭の子鹿を連れている。満一歳の子鹿ね。鹿たちは、ボロックスが工房に入ったら小川の水を飲みに行こうと待っている。ドラゴンとその乗り手が東から極西部へと飛行している。ロンラフが、おばあちゃんのディリスと一緒に湖畔にいる。それから……」

ブリーンははっと息をのんだ。

「おばあちゃん」マーグの手を手探りした。「オドランよ。血。血の魔術。場所はわからないけど、気配だけ感じるわ。このうえなく邪悪な気配を。今回は滝じゃない。どこかわからない」

「オドランもあなたに気づいた?」

「う、ううん」

「防御のカーテンは閉じたままでいて、モ・ストー」

「難しいわ。オドランの力が強まっている。怒りも感じるわ。彼は鮮血から力を得るように、怒りからも力を得ているの」

「オドランから離れなさい。離れるのよ」

「どうしても確かめないと」

「離れなさい、そして目を凝らすの。わたしはあなたとともにいるわ。防御のカーテンはオドランに対して閉じた状態よ。離れなさい、そして目を凝らすの」

マーグの光によって自分自身の光が強さを増すのを感じた瞬間、ブリーンはふいにボロックスの存在を隣に感じた。その両方を感じながら、ガラス窓をのぞきこむように、マーグやボロックスと一緒にいる自分自身の姿が見えた。前に踏みだしたい衝動は強かったが、あえて後ろにさがった。薄くても揺るぎない防御のカーテン越しに、ブリーンは眺めた。

　黒いキャンドルの魔法円のなかにオドランが裸で立っていた。心臓の上には小さな傷跡があった。煙や詠唱が空気を満たし、どんどん高まっていく。その向こうから砕け散る波音や怒り狂う鼓動が聞こえた。石造りの祭壇に横たわる生贄は、彼女が崇める神と同様に一糸まとわぬ姿だが、肌は血まみれだった。

　その女性から感じられるのは恐怖ではなく、恐ろしいほどの興奮だった。

　オドランが女性に覆いかぶさると、詠唱の響きがますます邪悪になった。マーグに握られたブリーンの手が震えるほどの激しさで、オドランは女性を奪った。

「そのまま強くありなさい」ブリーンの頭にマーグの声が響いた。「物音はたてないように」

　ブリーンはオドランの目を通して、鉤爪のようなものがフェアリーの肌を突き刺し、石の祭壇に血を滴らせるのを目撃した。

　フェアリーは激痛ではなく高揚感に叫んだ。

　オドランが果てたあとも、フェアリーは横たわったまま彼の目を見つめていた。赤く光る目を。

「あなたの栄光にこの身を捧げます、唯一神オドラン。この身と命と魂を捧げます」

「では、受け取るとしよう」

オドランはフェアリーの喉を切り裂き、詠唱が途絶えても血を飲み続けた。

ブリーンはあふれんばかりの歓喜を感じ取った。やがて、金色のドレスをまとい宝石をふんだんに身につけたシャナが、魔法円の外で手を叩いているのが目に入った。

彼女の体内のゆがんだ存在も見えた。

そのとき、防御のカーテンが揺れた。

「もう充分よ！」マーグがぴしゃりと言った。「制御して、戻ってきなさい。もう充分だから」

「消えたわ、消えてしまった。座りたいわ」

「なかに入りましょう。すっかり体が冷えて青白い顔をしているわ。さあ、わたしに寄りかかって」マーグはさっと手を振って工房のドアを大きく開くと、もう一度手を振って暖炉の火を勢いよく燃えあがらせた。

「座りなさい」マーグはブリーンの重みを受けとめながら言った。「体をあたためるのよ。心を落ち着かせるための魔法薬を取ってくるわ」

「おばあちゃんも見た？　あれを見た？　わたしと一緒にいたんでしょう。おばあちゃんとボロックスは。わたしたちの姿が見えたわ」

「あなたを通して部分的に目にしたけど、全部ではないわ。さあ、ここに、暖炉のそばに座って。あなたは凍えているわ」

マーグがブリーンの体にショールを巻きつけると、ボロックスはブリーンの膝に頭をのせた。

「わたしは大丈夫」だが、骨の髄まで冷気に突き刺された気分だった。「ただ――あまりにも多くを目にしただけ。わたしはカーテンの向こう側に行けたと思うわ、おばあちゃん。カーテンを通り抜けて、オドランを阻止しようとできたはずよ」

「敵は大勢いるのにわたしがついていけない場所へ、たったひとりで乗りこむというの？　あなたにはとめられなかったわ、モ・ストー。さあ、飲みなさい」

マーグはブリーンにカップを持たせて、両手をあたためた。

「最後にシャナが見えたわ。おばあちゃんも見た？」

「いいえ、見なかったわ。カーテンが薄れてきて、あなたのためにカーテンを保つので精一杯だったから。彼女がどうしたの？」

「シャナの体のなかが変だったの、おばあちゃん。オドランが彼女の体内に何か入れたみたい、赤ん坊かしら。オドランのように邪悪で、シャナみたいにゆがんでいた。おまけに――よくわからないけど――正常じゃなかった。たぶん奇形だわ。どういうことかわからないけど」

「それはシャナ自らが選んだことよ、ブリーン」

「わかっているわ」ブリーンが魔法薬をひと口のむと、ひどい悪寒がやわらいだ。

「祭壇のシーは見た?」

「ええ」

「彼女はオドランの行為をすべて望んでいたわ。光栄に感じ、興奮していた。彼女に覆いかぶさってひとつになったときのオドランの姿を見た?」

「彼がどんな姿なのかは知っているわ」

「違うの、そうじゃなくて、オドランの目や鉤爪を見た?」

マーグがはっと息をのんだ。「それは見ていないわ」

「オドランはただの神じゃない。神というだけじゃなかったのよ、おばあちゃん。彼のなかには悪魔も存在するの。それを目の当たりにして、実感したわ」ブリーンはマーグの目を見つめて涙ぐんだ。「オドランに悪魔の血がまじっているなら、わたしもそうなのよね」

「あなたの勘違いじゃないの?」

「いいえ、確かよ。ああ、おばあちゃん、いつかわたしのなかの悪魔が寝返ったらどうしよう」

「ばかなことを言わないで」即座に一蹴され、ブリーンは言葉を失った。「すべての悪魔が邪悪だと思っているなら、それは大間違いよ。ほかのすべてがそうであるように、結局は選択なの。多くの悪魔は悪事に手を染めるけれど、あなたは決してそんなことはしなかったし、今後もしないわ」

「おばあちゃんは知っていたの？　このことを？」

「いいえ、初耳よ、あなたはその可能性を恐れながら、うまく隠していたのね。あなたに伝えたいことが、知ってほしいことがあるの——あなたを愛しているわ。これであなたはもっと強く、大きな存在となる。それと、忘れないでほしいのは、もし悪魔の血があなたに受け継がれたなら、あなたのお父さんにも受け継がれていたはずよ。そのことで、イーアンという人物の印象が変わる？」

「いいえ、変わらないわ。お父さんはこのことを知っていたと思う？」

「知らなかったでしょうね。今回ヴィジョンによって目撃しなければ、あなただって知ることはなかった。心を開いて、あなたが見たものをわたしに見せてくれる？　この手のことに長けているハーケンのもとへ行かせてもいいけど、あなたは孫娘だから、わたしにも見えるはずよ」

もともと冷えていた体が氷のように冷たくなり、おなかも凍りついた。

「もしつらかったら、言ってちょうだい。封印しないといけないから。さあ、両手を貸して」マーグはカップを受け取って脇に置いた。「両手をさしだして、開いて」

「先に約束して」

「ええ、約束するわ。あなたには決して嘘はつかない」

ブリーンはマーグの手に両手を預けた。「手伝ってもらわないといけないみたい。わたしにできるのかどうかわからないわ」

「あなたならできるし、わたしも手伝うわ。わたしを見て、わたしだけを。わたしもあなただけを見つめるわ。あなたを愛する者に心を開きなさい。そう、その調子よ」

ブリーンはマーグの声を聞きながら漂う感覚を味わった。

「ああ、マイ・ダーリン、さすがわたしの愛する孫娘ね。なんてまぶしい光なの。強さや勇気は最近身につけたばかりだけど、今も力が成長し続けている。とても美しい心だわ。そして、その内には猛々《たけだけ》しさも秘めている」

「それって悪いこと？ 悪いことなの？」

「まぶしい光があなたの全身を満たしている。あなたのなかには、恐れるようなものなど何もないわ。愛情たっぷりの目であなたを見つめるこのかわいいボロックスが、魔犬になる恐れなど微塵《みじん》もないように」

「忘れていたわ。すっかり忘れていた」ブリーンは途方もない安堵を感じ、身をかがめてボロックスを抱きしめた。「泳ぐのが大好きな、わたしのかわいい悪魔。すっかり忘れていたわ。わたしたちにはまだ共通点があったのね」

「そんなボロックスには、もう一枚ビスケットをあげましょうね」マーグが立ちあがってビスケットの瓶に近づくと、ボロックスはまた尻尾を振った。

「キーガンに何もかも話しなさい、すごく有益な情報だから。でも、まずはまぶしい光の魔法を使って、闇とのバランスを取りましょう」

ブリーンはうなずいて立ちあがった。「そうね、わたしは練習しないと。この嵐の前の静けさが長く続くとは思えない」

「いい、よく聞いて、わたしの愛する孫娘、わたしの息子の子、わたしの心の光。しっかり耳を傾け、信じなさい。オドランはあなたに到底かなわないわ。わたしは全身全霊で、それが真実だと知っている」

「そう信じたいわ」ブリーンはなんとか震えをこらえ、長々と息を吐いた。「必ずそうなるようにしましょう。さあ、まぶしい光を作るわ」

ビスケットを催促して後ろ脚で踊るボロックスが、真っ先にまぶしく輝きだした。

第二部　命

生命とは純然たる炎、われわれは内に秘めた太陽によって生きている。
　　　　　　　　　　　　　　　――トーマス・ブラウン卿《きょう》

自分らしくあり、なれる自分になることは、人生で唯一の目的だ。
　　　　　　　　　　　――ロバート・ルイス・スティーブンソン

11

祖母と別れたあと、ブリーンはドラゴンを呼び寄せ、ボロックスとともに海を越えて西へ飛んだ。マーグが面倒を見てくれたおかげで、すでに気持ちは落ち着いていたが、ドラゴンでの飛行や、ロンラフや有頂天のボロックスと以心伝心でつながることを求めていた。

ぐるりと旋回し、丘やトロール族の集落の上空を飛んだ。ふと思い立ってロンラフを降下させ、集落のすぐ上に着陸した。

子供たちは遊ぶのをやめ、篝火の周囲にいた人々も手をとめた。

すぐにロンラフからおり立ったり、ボロックスを駆けおりさせたりせず、正式な作法を思いだしつつ挨拶をした。

「みなさん、こんにちは。今日は取引をしに来たわけではありませんが、歓迎していただけるとうれしいです」

背が高く、破城槌のような腕に大きなおなかをした妊婦のサルが立ちあがった。きめの粗い布地のシャツにズボンという出《い》で立ちだ。

「歓迎するよ、オケリーの娘、フェイの娘、闇のポータルの戦いの戦士」サルが頭を傾けると、戦士の三つ編みが揺れた。「それに、あんたの愛犬も。勇敢で忠実なボロックスの物語の噂は聞いてるよ」

「ありがとうございます」ブリーンはドラゴンからおりると、ボロックスに礼儀正しくそばにいるように命じた。「こんにちは、トロール族の母であるサル、あなたとローガと、すべてのトロール族の民に感謝します」

ブリーンはボロックスを見おろし、石造りの小屋に向かった。「ボロックスはあなたの幼いお子さんたちと遊びたがっています。お子さんたちはボロックスに触れてもらってかまいません。どうかボロックスがお子さんたちに触れることも許可してもらえますか?」

「ああ、いいよ」サルは手をのばして、ブリーンの前腕をつかんだ。「ローガは鉱山にいる。もし夫と話したいなら使いをやろう」

幼子だけでなく年長の子供たちもボロックスを取り囲み、撫でては笑っている。

「今日はあなたに会いに来たんです。あなたの具合を確かめたくて。ローガにはお礼を伝えてください。彼やトロール族の人々も求めに応じて戦場に駆けつけ、戦ってくださったんですよね」

「礼には及ばない。わたしたちもタラムの住民だからね。フェイの娘にワインを」サルが叫んだ。ブリーンは己の役割をわきまえ、サルの小屋の前の地面に腰をおろした。

「わざわざ会いに来てくれるなんて、ありがたいね」

「火傷の跡は完治していますね」

「あんたのおかげだよ」

ブリーンはカップを受け取った。「それ以外の面でも、調子はどうですか?」

「ああ、いたって元気だよ、授かったおなかの子もね。もっとも、この子のせいでミード酒は飲めないけど。さあ、触れていいよ」

「ありがとうございます」ブリーンは手をのばしてサルとおなかの子に触れた。そしてまぶたを閉じ、吐息をもらした。「力強く、健康で利発。そういう子が母親の胎内で育っているのが、いろんなことから読み取れます」

ブリーンが振り返ると、ボロックスは子供たちが順番に投げてくれる棒を疲れることなく追いかけていた。「子供たちも幸せそうですね。今日はこれで失礼しないといけません。やるべきことが山積みで。でも今度来るときは、取引のためのお菓子を持参します」

「いつでも歓迎するよ」サルは微笑んだ。「もちろん、お菓子も」

トロール族の集落をあとにしたときには、ブリーンの心はさらに軽くなっていた。

農場に飛んで帰ったが、予想よりも一時間早く着いた。

真っ先に目に入ったのは、農場の母屋からやや離れた裏の林のあたりに設置された標的だった。つまり、キーガンは弓術の訓練を行うつもりなのだ。ブリーンは剣術よりも弓術のほうがいくらか好きだった。ただ、着陸するまで誰もいないことには気づかなかった。

牧草地にハーケンやモレナの姿はなく、子供たちも遊んでいないし、キーガンも見当たらない。ドラゴンからおりて、ロンラフの鱗《うろこ》を撫でながら静寂に耳を澄ました。

草を食む馬が数頭いるものの、放牧地は空っぽだった。羊や牛、よく耳を澄ますと、発情した豚やニワトリの鳴き声がした。

タラムに初めて足を踏み入れたときのことを――というより、転げ落ちたときのことを思いだした。こんなふうに静まり返っていたけれど、畑を耕す農耕馬の後ろを歩くハーケンの歌声は聞こえた。

あれからまだ一年も経っていないのに、一生分くらいの長さに感じる。まるでフィラデルフィアで暮らしたことなどなかったかのように。

あの暮らしがどうなっていたにせよ、一抹の後悔もない。ブログに『自分探し』というタイトルをつけたとき以来ずっと求めていたものが与えられたのだから。

わたしは、わたし自身を見つけたのだ。

「そして、はるかに多くのものを」ブリーンは愛犬の頭のてっぺんのかわいらしい毛に手をのせ、もう片方の手でロンラフのなめらかな鱗に触れた。

しばしロンラフのしなやかな首に頰を押しつけた。ロンラフは自分のねぐら《ドラゴンズ・ネスト》へ戻りたがっている。それが感じ取れた。そして、彼女が呼びさえすれば、ロンラフはすぐに飛んできてくれることも。

「もし可能なら、わたしたちも一緒に行くのに」

だが、ブリーンはあとずさった。ロンラフがこちらに顔を向け、明るい琥珀色《こはくいろ》の目で彼女を見つめた。そして立ちあがると、一気に飛翔し、青空のなか赤い体をきらめかせて幾重にも重なる雲のなかへ消えた。

ブリーンは農場の母屋へと足を向けたが、ボロックスがあわてて走りだし、厩舎に向かっては駆け戻るということを繰り返した。

「わかったわ。じゃあ、厩舎に行きましょう」

母屋から遠ざかり、何日も降り続いた雨でいまだに湿っている鬱蒼と茂った弾力のある草を踏みしめた。厩舎に近づくと、扉が開いていて、なかから歌声が聞こえてきた。

てっきり作業中によく歌っているハーケンだろうと思ったが、開いた戸口にたどり着く前に、キーガンだとわかった。美しくやわらかい声で、タラム語の曲を歌っていた。

干し草や堆肥、汗や革のにおいがする。近くの馬房では、妊娠中の雌馬のエリンが満ち足りた気分で立ったまままうとうとしている。ふたつ先の馬房にいるマーリンの喜びも伝わってきた。厩舎に住みついた二匹の猫は、こぼれ落ちた穀物を食べようとネズミが危険を冒して飛びだしてくるのを、ずる賢く待ちかまえていた。

ボロックスがひと足先に駆けだすと、残念なことに歌声がやんだ。

「遊びに来たのか？」キーガンが珍しくくつろいだ声でボロックスに挨拶をした。「いいタイミングだったな、ぼくたちはちょうど長い乗馬から戻ったところだ」

両足を開いて立つキーガンのブーツやズボンは泥だらけだった。開いた馬房のドアにかけられたダスターコートにも泥が飛び散っている。襟足の長い髪が風にあおられて乱れたまま、彼はマーリンの横腹にブラシをかけていた。

幸せそう。泥だらけで働いているのに、このうえなくうれしそうだ。

「おまえのレディも連れてきたようだな。こんなに早く来るなんて珍しいじゃないか」

この陽気さや満ち足りた気分を台無しにしてしまうことに気づき、ブリーンはほんの数分だけ話を切りだすのを先延ばしにした。

「さっきのはなんの曲なの？」

「美しい髪の女性に失恋した男の歌だ。きみもタラム語を習ったほうがいい。たぶん教師役はマーグが適任だろうな、ぼくは昔から忍耐強くないから」

「ちょっと覚えた言葉があるわ。ブリスファイデ・メ・ディ・マガール」

キーガンが手をとめてマーリンにもたれた。その口元にかすかな笑みが浮かぶ。

「おや、ぼくは最近きみに股間を蹴られるようなまねをしたっけ？　発音はかなりひどかったが、意味は通じたよ」

「モレナが教えてくれたの。便利な言葉だからって」

「そうだな、罵り言葉を使えなければ真にその言語を話せるとは言えないからな。さてと、おまえはニンジンが食べたいんだろう？」マーリンに話しかけながら、箱からニンジンを取りだしてさしだす。「今日は充分走ってくれたから、昼寝していいぞ」

キーガンがダスターコートをつかんであとずさるなか、ボロックスは二匹の野良猫を騒々しく追いかけだした。

「後悔する羽目になるぞ、モ・カーラ、猫に引っかかれるかもしれないからな」キーガンが声をあげた。

「〝モ・カーラ〟の意味は〝わが友〟ね。罵り言葉以外にもいくつか覚えたのよ」ネズミがまんまと穀物を食べているのを見て、ブリーンはおもしろがった。「馬に乗ってどこへ行ったの？」

「あちらこちらだよ。方々をまわってから戻ってきた」彼は泥だらけのダスターコートを羽織り、厩舎の扉を閉めた。「中部では、小川のそばのコテージにひそむスパイが見つかったので確かめてきた」

ブリーンは彼の腕をつかんだ。「見つかったの？　本当に？」

「この目で確認したから間違いない。鍵のかかったドアの奥にオドランを祀った祭壇があったよ。スパイは人間界の出身で、きみと同じアメリカ人だ。十年以上前にアラバマ州から移住してきた。かつては妻がいた。そいつを愛するミニアというエルフが。だから、彼女と一緒にやってきたときは歓迎を受けた」

キーガンは雌馬の前で立ちどまると、目をのぞきこんで頬を撫で、別の瓶から林檎を取りだし、ナイフで半分に割った。「子供もふたりいたそうだ。だが、だんだん気性が荒くなり、ろくに仕事もしなくなったから、妻は子供たちを連れて出ていったらしい」

キーガンは林檎の半分を馬に食べさせ、残りをブリーンにさしだした。彼女がかぶりを振ると、自ら林檎にかぶりつき、厩舎の入口に向かった。「隣人ともほとんどつきあいがなく、いらだちと孤独にむしばまれ、やがてオドランに寝返ったのだろう」

「どうやってそのスパイを見つけたの？」

キーガンは厩舎の扉に鍵をかけた。「シャナの父親のユーウィンが、偵察隊のひとりに現地を見張るよう指示したんだ。それで監視していると、その男がカラスを飛ばし、別のカラスから手紙を受け取るのを目撃した。ぼくたちは連絡手段に鷹を使うが、オドランはカラスを利用する」

「そうね」

キーガンは丘陵を見渡した。「運命は皮肉なものだ。もしユーウィンがシャナをあんなふうに甘やかして盲目的に信じたり、評議会の情報をもらしたりしなければ、彼女がオドランの有能な手駒になることはなかった。もしシャナがきみやぼくにあんなことをしなければ、キャピタルから追放されることもなかった。母さんが彼女の両親のためにコテージを手配することもなかった。今回の男がひそんでいたコテージがそことかなり近かったおかげで、ユーウィンは疑念を抱いたんだ」

「その人を審判にかけるの?」

「ああ」

「追放する?」

「そうなるだろうな」

「ほかには?」

「確固たる裏切りの証拠が見つかったら、闇の世界へ追放する。だが、誰かに危害を加えた証拠はまだ見つかっていないし、記憶を封印する魔法だけかけて元の世界へ送り返すかもしれない」

「わたしのときのように」

キーガンが彼女のほうを見た。「似たようなものだが、その男の場合、二度とここには戻ってこられない。審判の結果がどうなるにせよ、タラムへの立ち入りは禁止される。ここの暮らしが不満なら元の世界へ戻ることだってできたのに、あの男は自分の子供を傷つけるような道を選んだ。妻が子供たちを連れて出ていくなんて、よっぽどのことがあったはずだ」

「離婚したのね。タラムでは初めて耳にしたわ」

「離婚とはまったく違う」キーガンは眉間にしわを寄せ、肩をすくめた。「法律の面でも、それ以外のあらゆる面においても、個人的で親密な関係や心にかかわることだからな。フェイにとって、結婚の誓いやその絆を絶つことは極めて重大だ。その男の妻と直接話したが、夫への愛情は失っても、子供たちの父親のために涙を流していた。すすり泣きながら彼女が語ったことや、それを裏づける第三者の証言によれば、そいつはこの四年間、息子や娘に会うことすら拒んでいたそうだ」

「あなたはいつ出発するの？」

「明日だ。もっと何か知っている人物が名乗りでるかもしれないし、キャピタルには数日滞在することになるだろう」キーガンはブリーンを見おろした。「言うまでもないことだが」

「そうね」

「じゃあ、弓矢を取ってくる。きみの弓が的の近くに当たるかどうか、確かめるとしよう」

「キーガン。今日、早く来たのには理由があるの」

「きみには訓練が必要なのは確かだな」

「訓練のためじゃないわ。ヴィジョンを見たの。オドランを、彼の世界にいるオドランを見た。だから、そのことをあなたに伝えないといけないと思って。わたし――やっぱりだめだわ」

「やっぱりだめって、ぼくに話さないつもりか?」

「このことは評議会に伝えないと。ここで作った評議会に。谷の評議会よ。残りのメンバーがどこにいるのかわからないけど」

「ハーケンとモレナは泥炭を掘り起こしに行っている。マオンは巡回中で、アシュリンはコテージにいるはずだ。ぼくが戻ってきたとき、子供たちがコテージのまわりにいたから。ぼくに話してくれれば――」

「全員そろったところで話したほうが手間が省けるわ。わたし、おばあちゃんとセドリックを呼んでくる」

キーガンが深いグリーンの目で、ブリーンの瞳をじっとのぞきこんだ。「それほど重大なことなのか?」

「ええ。そのくらい重大だと心から思うわ」

「だったら、マーグとセドリックとアシュリンを連れてきてくれ。ぼくはクロガを呼んで、残りのメンバーを招集する」

時間はかかったものの、一同は農場の母屋の大きなテーブルを取り囲んだ。マルコも訓練を受けるつもりで戻ってきていたので、子供たちにゲームをさせたり、犬と遊ばせたりしていてもらった。アシュリンは赤ん坊をリビングルームに寝かしつけると、両手を腰に当てた。

「男性陣とモレナがくっきり泥のあとをつけてくれたわね。三歳の息子だってそんなことはしないのに」

「あとできれいに掃除するよ。くそっ、アシュリン、いいから座ってくれ」キーガンが勢いよく椅子を引いた。「泥なんかより、もっと重要な問題があるんだ」

アシュリンは腕を組んで弟をにらみつけたものの、腰をおろした。

「ぼくたちを呼び集めたきみがその理由を話してくれ、ブリーン」

「わかったわ」彼女はテーブルの下で両手を組んだ。「今日、ヴィジョンを見たの」

ブリーンは今も鮮明に思いだせる光景を逐一語った。

「キャピタルの評議会にも伝えたいんじゃないかと思って」そう締めくくった。

「もちろん、伝えるよ」

「この件について議論する前に、ひとつききたいことがあるの。ここでの会話は口外無用だとわかっているけど、わたしが見たヴィジョンについてマルコにも話したいわ。彼にこのことを黙っているのは正しいと思えないから」

「それに関しては、わたしも言いたいことがある」ほかのメンバーの機先を制し、モレナが口を開いた。「ミンガはキャピタルの評議会メンバーでしょう。彼女はフェイでもタラム出身者でもないけど、本物のタラム人よ。マルコだって心は本物のタラム人だと身をもって証明したんだから、彼にも話すべきだわ」

「賛成だ」ハーケンがうなずき、テーブルを囲む面々もそれにならった。

「ありがとう。わたしは知らなかったの。オドランや、わたしに悪魔の血が流れていることを。わたしのなかを透視したおばあちゃん曰《いわ》く、邪悪なものはいっさい見つからないし、すべての悪魔が邪悪なわけではないそうよ。自分ではよくわからないから、おばあちゃんに確かめてもらったの。ここでハーケンにも見てもらえば、みんなも納得できるでしょう」

「ここにいるメンバーで、マーグやきみの言葉を疑う者はいないよ」ハーケンが言った。「それに、透視するまでもなく、ぼくにはわかる」

「もうばかなことを言うのはやめて」アシュリンが手をのばし、ブリーンの手をつかんだ。「もうやめてちょうだい」

「あなたはティーシャックだから、みんなに対して責任があるわ」

キーガンは黙って片手をあげた。「ぼくの姉の言葉が聞こえなかったか？　それに、ぼくのことをうなり声だと思っているのか？」

「なんのことかよくわからないわ」

「〝まぬけ〟よりもっとだめな人を指す言葉よ」モレナが補足した。「時にはキーガンこそが〝うなり声〟のときもあるけど、今回は違うわ。まあ、それはさておき本題に戻りましょう、ブリーン。わたしはオドランに悪魔の血がまじっているなんて聞いたことがないわ」

「でも、それが事実ならいろいろなことに説明がつく、そうだろう？」キーガンはブリーンをじっと見つめた。「神々が堕落しないわけじゃない。ほかにも堕落した神々はいる。だが、オドランは史上最悪だ。それなのに罪を犯しても殺されることなく、追放されただけだった」

「悪魔の血のせいだ」マオンが同意した。「だから、決して神々の一員になれなかった。殺す価値もなかったわけか。取るに足りない存在と見なされて追放されるのは、死ぬよりつらいはずだ」

「それで怒りや不満、権力への欲望や復讐心が募ったのね」マーグはお茶のカップをつかんだが、ただじっと見つめた。「すべての世界の支配者となり、いつかオドランを蔑んで追放した神々に戦いを仕掛けるつもりなのかもしれない」

「だけど、ほかにも半神半人はいるんでしょう?」

「ああ、大勢いる」ハーケンが陽気な口調でブリーンに答えた。「歌や物語に描かれていることが真実ならね。だがオドランは神々の法を犯し、神々とフェイのあいだに築かれた平和も壊した。フェイや人間や神の血の生贄により、闇を呼び覚まし、そこから力を得ていたんだ」

「神々より上位に君臨するために」キーガンが結論づけた。「そして、あらゆる世界の——神々の世界も含むすべての世界の——支配者となるために。オドランが悪魔の血が流れていることを隠したのは、おそらくそれを恥じているからだ。あるいは、オドランを崇め、服従する人々に、神以外の血がまじっていることを知られたくないのかもしれない」

「両方当てはまりそうね」モレナはブリーンを見て顔をしかめた。「オドランが生贄と体を交えたとき、悪魔の姿だけが見えたの?」

「ええ。オドランは両手の鉤爪を生贄に食いこませ、彼女は血を流していた。彼の目は赤く染まり、歯も長くて鋭かった」まぶたを閉じて、記憶を呼び覚ます。「あれはレイプじゃないわ。彼女も身をまかせていたから。それに、彼女はオドランの悪魔の姿を目にし、実感したはずなのに、気にしていなかった。あの場にいた傍観者も、もしその姿を見ていたとしても気にする様子はなかった。というか……」

ブリーンはあのときの光景を思い浮かべ、目を凝らした。「彼らはまるで酔っているか、催眠術でもかけられているみたいだった。煙と血のにおい、生贄の叫び声と詠唱。興奮状態の傍観者たちは、オドランが彼女を殺して喉を切り裂き、動物のように血をすすると、彼の名を何度も呼んだ。彼女は拍手喝采していた、まるで芝居でも観たかのように」

「彼女?」キーガンがきき返した。

「シャナよ。キーガン、彼女のなかの命はちゃんと育っていないわ。奇形なうえに病気で、恐ろしく邪悪よ。無垢じゃないわ」

「それは遺憾だが、その命はそうならざるを得ない運命なんだ。だが、シャナには選択の余地があった」

「イーアンが生まれたとき、オドランは大喜びしたわ」マーグがお茶を脇に置いた。「彼はその前にもあとにも、いったい何人の不健康でか弱い邪悪な子をこの世に送りだそうとしたのかしらね」ブリーンのほうを向いた。「オドランはわたしとのあいだに命を誕生させ、その子を利用したあと殺そうともくろんでいた。でも、その命があなたを通して、オドランを葬り去るわ、モ・ストー」

「ぼくはキャピタルに行って、評議会のメンバーと学者たちにこのことを伝える。誰かこの噂を耳にしたことがあるかどうか確かめ、どう利用するか議論する」

「オールド・マザーのドーカスに相談してみたら？」

キーガンが顔をしかめてマーグを見た。「勘弁してくれ、マーグ。ドーカスはおしゃべりがとまらないし、歯が痛くなるくらい甘ったるいハウンドベリーのお茶と石みたいなビスケットをしつこく勧めてくるんだぞ」

「そうね、わたしはどちらも経験済みよ。でもマザー・ドーカスほど歴史に詳しい人はいないわ」

「できればドーカスには愛猫たちとコテージに引きこもっていてもらって、ぼくはかかわりたくない。とはいえ、あなたの言うとおりだから、彼女と話すよ。もし何か知っている人がいるとすれば、それは彼女だろう」

キーガンはドーカスと話すことを想像して、思わず両手で顔をこすった。「よし。ぼくたちは新たな情報を得て、今度はさらなる事実を知るだろう。ヴィジョンで見た場所は、滝のポータルのそばじゃないんだな」

「ええ、あそこじゃないわ。でも、どこかはわからない。暗かったけど、それはオドランが闇を召喚したからよ。ヴィジョンを見ているあいだに、闇が召喚されたのがわかったわ。木々が見え、波音が聞こえた。炎、キャンドル、煙、祭壇——黒い石造りの祭壇、そして魔法円を作る黒いキャンドル」

ブリーンは小首を傾げ、目を細めながらさらに記憶を呼び起こした。「煙。煙のなかに何か見える。霧みたい、イズールトの霧よ。においもするわ。あのときはなんとも思わなかったけど、ヴィジョンがあまりにも鮮明だから特に考えなかったの。でも、何かのにおいがしたわ——ちょっと甘すぎるにおい。熟しすぎた果物みたいな——似ているけれど果物じゃない。においから思い浮かんだのは霧よ。あのときは気づかなかったけど」

「つまりオドランには」マーグが口を開いた。「その状態を維持するためにイズールトの魔法が必要なのよ」

「それと、生贄に進んで身をさしださせるためかもしれない」キーガンがそう締めくくった。「たとえ彼らが生贄になることを選んでも、それだけではオドランには不充分なんだ。あいつひとりの力じゃ彼らを操れない。だから、いまだに魔女を必要としているんだろう」

「イズールトみたいな黒魔術の魔女より、本当はあなたのようなワイズが必要なんじゃないかしら」モレナが指摘した。「それでも、ほかのどんなワイズが寝返ったにせよ、今のところイズールトが一番力があるってことね」

「イズールトは任務に失敗したのに、殺されなかった。それだけオドランには彼女が必要なんだわ」ブリーンは言った。「今も必要なのよ」

「イズールトは忠実な手下だし、今後もオドランが求めてやまないものをふたたびもたらそうとするだろう。だが、またもや失敗する」キーガンは揺るぎない自信に満ちた声で告げた。「そして、オドランもろとも最期を迎える。そこまで生きていれば、の話だが」

彼は窓の外に目をやり、日が暮れているのに気づき、ぱっと手を振ってキャンドルに火を灯した。「もう訓練する時間はないし、ちょうどみんなそろっているから、中部でスパイが見つかったことを報告させてくれ」

キーガンはひととおり説明すると、立ちあがった。

「マルコがあたたかい食事を用意してくれているとありがたいんだが」

「きっと用意しているはずよ。でもその前に今回の件を彼に説明したいわ」

「わかったよ。ブライアンももうすぐ戻るはずだから、彼を待つとしよう」

「ありがとう」

「ぼくはキャピタルに行ってスパイを尋問し、審判を行わなければならない。ハーケン、標的はそのままにしておくから、おまえかモレナが明日ブリーンを訓練してくれ」

「わたしがするわ」モレナがこたえた。「ついでにマルコの訓練も。彼も弓術の腕を磨いたほうがいいから。わたしの家族に会ったら、愛してるって伝えて」

「ああ、伝えるよ。ぼくは数日後には戻ってくる予定だ。前回ほど長くはかからない」キーガンはブリーンを見つめた。「だが、数日だ」

「マオンを連れていって」アシュリンが手を振った。「この数週間、マオンが家族と過ごせるように取りはからってくれたんでしょう、ありがとう。でも、わたしたちは大丈夫よ。今回の件はマオンも同行したほうがいいわ」

「アシュリンの言うとおりだ。ぼく自身もそう言おうとしていたが、先を越されてしまったな」マオンが言った。

「異論はないよ、マオンは役に立つからな。じゃあ、夜明けに発とう。キャピタルの滞在は三日か四日だ」キーガンはアシュリンに向かって言った。「それ以上、長引くことはない」

「わたしはケリーを連れてくるわ。ブリーン、マルコをわが家のごろつきたちから解放したら、ふたりにパパとママが迎えに行くと伝えて。じゃあ、旅の安全を祈っているわ」

アシュリンはキーガンに歩み寄り、頬にキスをした。

「みんな、時間を作ってくれてありがとう」ブリーンはマーグの肩に手をのせた。

「それじゃあ、また明日」

ブリーンはジャケットをつかむと、マルコを探しに行った。キャヴァンを背負ったマルコは、彼が誕生日にプレゼントしたハーモニカを吹くフィニアンの破天荒な音色に合わせ、狂ったように踊っていた。

マルコとブライアンはいつか家族を築くのかしら？　愛情と家族を必要とする子供を見つけて？

どうかそうなりますように。

「マルコはもう帰る時間よ」

「でも、まだハーモニカの吹き方を教わってるんだ！」

「練習を続けるんだよ」マルコはフィニアンの髪をくしゃくしゃとかき混ぜてから、背負っていたキャヴァンをおろした。「近々またレッスンをしよう。きみはなかなかの腕前だな、フィニアン」

「わたしもあなたの上手なハーモニカを聞かせてもらったわ。あなたたちのママとパパがもうすぐ迎えに来るわよ。わたしたちは明日、また来るわね」

「ぼく、新しい曲を作るよ」

「聞かせてもらうのが待ちきれないわ。さあ、行くわよ、ボロックス」

愛犬は子供たちのまわりを駆けまわって子犬をひっくり返し、マブをぺろぺろなめてから、先導するように走りだした。

「みんな、まったくエネルギーが尽きないね」マルコが言った。「子供たちも、犬たちも。ずっとエネルギーが満ちあふれているんだ。ぼくは今夜ぐっすり眠れそうだよ。ところで、キーガンは来ないのかい？」

「あとで来るわ」ふたりは牧草地を横切って道路を渡り、草原を越えて階段をのぼりだした。その先でボロックスが待ちかまえている。「わたしたちが何を話しあったのか、きかないの？」

「トップシークレットなんだろう」

ブリーンは彼の手を取り、異世界間を移動した。

「今回はそこまでの機密情報じゃないわ。オドランのスパイがひとり見つかって審判にかけられるそうよ」

「嘘だろう。ずいぶん早かったな」

「まあ、偶然が重なりあった結果ね。スパイの隠れ家が、シャナのご両親が今暮らしている家の近くだったの。彼女の父親が不審に思ったのを機に発見されたそうよ。マルコ、スパイは人間界からの移住者だったわ。何年も前にアメリカからタラムにやってきて歓迎されたのに、こんなことをしでかしたの」

ブリーンはスパイについて、かいつまんで説明した。

「子供たちもいたのに」悲しみと嫌悪感がないまぜになり、マルコはかぶりを振った。「途方もなくばかなまねをするのに、出身地は関係ないな、ブリーン。最終的に行き着く先が問題なんだ」

「そのスパイの行き着く先がタラムじゃないのは確かね。キーガンは数日間、東部に戻らないといけなくなったわ。でも、ほかにも話があるの。こっちのほうが話しづらいんだけど」

「ワインを飲みたくなるような類の話かい?」

「ワインはいいわね。今日の午後、おばあちゃんといたときにヴィジョンを見たの」

「いやなヴィジョンだったのか? きみは大丈夫かい?」

「ひどい内容だったけど、わたしは大丈夫よ」林を抜けるとブリーンは立ちどまり、しばしコテージを眺めた。自分のコテージを。

「近いうちに、ブライアンと暮らすコテージの場所を選んでね」

「彼と相談してみるよ。キーガンもそれでいいって?」

「スパイの件やらなんやらかんやらで、このことを話す機会がなかったわ。今夜、ふたりに伝えましょう。それで、ヴィジョンのことだけど」

コテージに向かいながらブリーンは話し始め、暖炉に火をおこし、マルコがワインを注ぐあいだも話し続けた。暖炉の前に座ってグラスを傾けながら、ようやく話し終えた。

「オドランはただ邪悪なだけじゃなかったんだな。頭のいかれた悪魔でもあった。そんなふうに生贄の喉から血をすするなんて。まるで吸血鬼じゃないか」

「そうよね。オドランは歯じゃなく牙を食いこませていたわ。鉤爪で喉を切り裂き、その……生贄から血を飲んでいた」

「吸血鬼の神ってわけじゃないんだよな――だって、もし吸血鬼なら死者でも生者でもないわけだろう。でも、オドランは違うよね？」

「ええ、オドランは生きているわ。でも、彼には悪魔の血が流れているの、マルコ。それって、わたしにも流れているってことよ」

「ああ、なるほど、わかったぞ。悪魔にもいろんな種類がいるんだ。前はただのおもしろい架空のキャラクターだと思っていたが、そういうキャラクターの大半にはモデルがいるはずだ。オドランのなかの悪魔は血を飲みたがるが、きみは違う」

「違うわよ！　おえっ、気持ち悪い」

「ぼくが言いたいのは――」マルコがグラスを大きく揺らした。「きみはレアステーキだって口にしない。ましてや生肉なんて到底無理だ」

「だって、気持ち悪いんだもの」

「きみは完全に勘違いしているよ。オドランの悪魔は血を求め、必要としているけど、きみの悪魔は違う。それはオドラン自身が血を好むからだ」マルコがぱっと人さし指をあげた。「頭のいかれたオドランは血を吸って興奮する。きみもスパイクの台詞を知ってるだろう？」

「『バフィー～恋する十字架～』（アメリカのテレビドラマシリーズ）のスパイク？」

マルコはやけに真剣な顔でブリーンを見た。「スパイクって言ったら、ひとりしかいないだろう、お嬢さん。血は命だ。いついかなるときも大事なのは血で、そうでなければならない。なぜかわかるかい？」

「スパイクが吸血鬼だから？」

「その答えはイエスでありノーだ。オドランが血を吸うとき、やつは相手から命を吸い取っている。それがオドランの生き方だ。あいつは頭がいかれていて、血は力の源であり、儀式の一部であり、おまけに見世物でもある。観客を前にした下品なパフォーマンスだよ、ブリーン」

彼女はマルコを凝視し、椅子の背にもたれた。「すごいわ、マルコ・オルセン。完全に……あなたが正しいわ。そういうことなのね。まさにそのとおりだわ。オドランはそういったすべてのことのために血の儀式が必要なのよ。観客の目の前であんな恐ろしいことをするのは、彼のカルト信者の忠誠心を維持し、興奮をかきたて、畏怖の念を抱かせるためなのね」

「だけど、きみの言ったとおり、オドランは悪魔の一面を隠し、配下には神の姿しか見せていない。カルト信者のなかには悪魔もいるだろうし、もしオドランが同類だとわかれば――」

「オドランの権威は薄れる」ブリーンはマルコの肩を軽くパンチした。「まさにそのとおりよ」

得意満面で、マルコは肩をくねらせた。「ぼくはなかなかの切れ者だろう」

「そうね。わたしに悪魔の血が流れていることがわかったのに、どうして少しも動揺していないの？」

「たぶんそれは、きみと一緒に異世界へ飛びこんだり、羽根を持つドラゴンの乗り手と熱烈な恋に落ちたり、きみがマッチをすらずに暖炉に火をおこすのを見たりしたせいかな。でも何より――」

マルコはブリーンのほうを向くと、彼女の顎をつかんで左右に振った。「ぼくみたいにきみのことを知りつくしている人が、ほかに誰かいるかい？」

「ひとりもいない。世界中のどこにもいないわ」

「ぼくの親友は悪魔の魔女だった。いや、魔女の悪魔かな、魔女の血のほうが濃そうだから」

「それにシー族や人間の血もまじっているわ」

ボロックスがやってきて頭をゆだねた。「すごいコンビネーションだ」彼が膝を叩くと、ボロックスがやってきて頭をゆだね

た。「おまけに、世界一の魔犬を飼っている」

「その魔犬はわたしが話し終わるまで、夕食が出てくるのを辛抱強く待っていたのね。ボロックスの食事を用意したら、テーブルをセッティングするわ」

「よし。ぼくはビスケットを焼こう。クッキーじゃないよ、ローストビーフの付け合わせだからね」マルコは彼女とともに立ちあがった。ボロックスは気配を察して、キッチンへ駆けこみ、ボウルのそばにお座りした。

「わたしたちは最高のチームね」

「昔からそうだったし、これからもそうだよ」

12

ブリーンは夜明け前にキーガンを見送り、東の空が明るくなり始めるなか、ボロックスが朝一番のひと泳ぎを楽しむのを眺めた。太陽に向かってドラゴンで飛ぶキーガンを思い浮かべた。

彼が恋しい半面、モレナに優しく指導されたほうが弓術の訓練が楽しいことを否定できなかった。

パジャマの上からマントを巻きつけてコーヒーを飲んでいると、入江から立ちのぼる霧が早朝の光にきらめきだした。

コテージのドアが開く音がして振り向くと、ブライアンが出てきた。朝、行き会うたびにするように、今朝も彼はトーストを一枚持ってきてくれた。

「ありがとう」

「これから数日は早番なんだ。それに、きみとちょっと話がしたくて」

「そう」

「ゆうべは言葉が見つからなかった。今も探している最中だが。コテージに関するきみの提案のことだ」

ブリーンは急に不安になった。「あなたは望んでいないの？」

「いや、望んでいる」ブライアンは即答した。「ぼくたちはそこに住みたいと思っている。そのコテージはぼくたちふたりにとって、すべてを解決する答えだ。お礼の言葉が見つからないよ。マルコのためにそこまでしてくれるなんて」

「マルコのためだけじゃなく、あなたやわたしのためでもあるわ。同じくらいわたしのためでもあるのよ」

「わかるよ」ブライアンが吐きだした息は霧のなかに消えた。「わかるからこそ、この贈り物がいっそうありがたくて言葉が見つからないんだ」

「きっと何もかもうまくいくわ」ブリーンは明るい気分で休日をスタートした。「わたしたちはうまくバランスを取りながら、ふたつの世界で暮らすことになる。でも、そのおかげで両方の世界のすばらしさを味わえるわ。すべてが片づいたあとに」

「マルコと一緒ならどこへだって行くつもりだった。まさかここで暮らせるなんて、すばらしい贈り物だよ。ぼくはマルコを家族に会わせたいと思っている。もちろん、家族にはもう彼のことを話していて、運命の相手を見つけたと伝えたから、みんなもマルコに会いたがっているんだ。顔合わせがすんだら、ぼくと誓いを交わしてほしいとプロポーズするつもりだ」

　ブリーンは朝の大気に向かって両手を突きあげた。

「ちょっと待って！　マルコと結婚したいってこと？　ああ、なんてこと」ブリーンは二回ターンして、残っていたコーヒーをこぼした。「今度はわたしのほうが言葉を失う番よ。それって、最高だわ！」

　ブライアンは感情豊かな目で、にっこりした。「承認してくれるんだね。てっきり早すぎると言われるかと思ったよ」

「とんでもない。マルコには黙っていないといけないのよね？　ああ、もう。でも、大事な瞬間を台無しにするわけにはいかないもの。ちょっと待って」ブリーンはほぼ空になったマグカップをブライアンに押しつけ、さらに数回ターンした。「オーケー、これで秘密を守れるわ」ファスナーを閉めるように口の前で手を動かした。「厳重に蓋をして、ひと言ももらさない。何があっても約束を守ると神に誓うわ、指切りげんまんよ」

「きみはマルコの家族だから、承認してもらいたかったんだ」

「ええ、心から承認するわ。包装紙で包んできらめくリボンを結びつけて承認を贈るわ。ああ、でも……サリーとデリック、それにマルコの妹さんが。彼らも結婚式に出席したがるはずよ」

「きみはさっきすべてが片づいたらと言っていたが、結婚式はそれまで待つつもりだよ。タラムとこっちの世界の両方で誓いを交わすためにも、それが最善だ」

「マルコは結婚式を二回も挙げられるの?」

ブリーンはブライアンを抱きしめると、身を引き、その場でダンスを踊った。

「最高だわ。結婚式を二回も挙げるのにふさわしい人がいるとすれば、それはマルコよ。ああ、もう、どうして側転を習わなかったのかしら。今、頭のなかでは何度も側転をしているのに」

「きみのおかげで胸がいっぱいだよ、ブリーン・シボーン」ブライアンがつぶやいた。

「マルコの二回の結婚式! その前に誓いを交わすのね。それがフェイにとってどれほど重要かわかっているわ。マルコにとっても、人生のすべてだと断言できる」

「そして、きみはまた架け橋となるんだ、ブリーン・シボーン。ぼくたちとともに両方の式に出席するわけだから」

「当然よ。ああ、すごく幸せだわ」有頂天になり、彼女は空中で両手を振った。「だけど、どうしよう。きっとマルコに見抜かれちゃうわ。とりあえず執筆が絶好調で、うれしくてたまらないからだと説明しましょう。わたしが爆発しないように、すぐにプロポーズするって約束してちょうだい」

「時期に関しては、ティーシャックに尋ねないと。マルコはぼくのヒーローで飛んでくれないだろうな。一度彼を説得しようと試みたときは、こう言われたよ……」

ブライアンは小首を傾げると、アメリカ英語でマルコの口調をまね、ブリーンを笑わせた。

「なあ、きみ！　ぼくはきみを心底愛しているけど、それに対する答えは絶対にノーだ。何がなんでもいやだね」

「マルコの特徴をよく押さえているわね」

「そして、彼を放さないつもりだ。だから、実家までは片道一日ずつかけて馬で往復し、向こうに二日間滞在する予定だよ。ただ、そんなに長くきみをここにひとりにするのが心配で」

「なあ、きみ！」彼女の言葉に、今度はブライアンが噴きだした。「わたしは去年の夏の大半をひとりでここで過ごしたけど、なんの問題もなかったよ。だから休暇を取って行ってきたらいい」

ブリーンはうるんだ目元を指で押さえた。「ブライアン、わたしとマルコは幼いころからのつきあいなの。彼は骨の髄までロマンチストよ。愛し、愛されることしか望んでいないわ。マルコはその愛をあなたと手に入れたの。さっさと休暇を取って出発してちょうだい」

「キーガンがキャピタルから戻ったらきいてみるよ。任務の時間だから、もう行かないと」

「あなたのおかげで、わたしの朝は興奮の幕開けとなったわ。ああ、最高よ」彼女はマグカップを受け取った。「じゃあ、また。それと……」

ふたたび彼女はファスナーで唇を閉じる仕草をした。そしてボロックスに声をかけ、残りの朝の日課に取りかかった。


ブリーンは秘密を守り通したものの、かなりの意志の力を要した。忙しくしていれば黙っていられるので、キーガンがキャピタルで務めを果たすあいだ、夜も執筆に時間を費やした。

三日後、マオンがキーガンを連れずに戻ってくると、ブリーンはいらだちをこらえるのに苦労した。キーガンが早く谷に戻ってくれば、それだけブライアンも早く休暇願いが出せるのに。

そしてブリーンも口を開いて、おめでとうと叫べるのに。

しかし、秘密を抱えたままさらに三日が過ぎ去った。

ブリーンは春に向けて立ちあげ花壇《レイズドベッド》に種まきをする方法をシーマスに教わったり、モレナに鷹狩りを習ったり――マルコは用心深く辞退したが――マーグと魔法の訓練に熱心に励んだりした。

あれ以来、新たなヴィジョンは見ていないけれど、それに関して不満はない。防御のカーテンや境界線が持ちこたえている限り、来たるべき戦いに備え、もっと強く賢くなれる。

雨が降らず、気温がじわじわとあがった心地よい昼下がり、ブリーンはマルコとともに馬で出かけた。マルコがまたがっているのは、若く美しい黒と白のまだらの雌馬だ。彼曰く、脚を高くあげて走るさまが元気そのものだという。

「ハーケンはこの子を、美人を意味するアーリンと呼んでいた。たしかにきれいだよな」

「しかも、アーリンはそれを承知のうえよ。その子は今、あなたを鞍に乗せた自分はますます美しいと自負しているわ」

「本当かい？　それで、きみはどう思う？」マルコは顎をくいとあげ、ポーズを決めた。「ぼくたち、最高だろう？」

「そうね。アーリンはあなたにちょうどいいサイズだわ。その子はあなたを喜ばせるだけじゃなく、自分自身も楽しむつもりでいるけど、あなたがそれをわかっていれば大丈夫よ」

「こんなかわいい子を喜ばせたくないやつがいるのか？」マルコは身を乗りだして馬の首を撫でた。「ぼくは自分の馬を持つことを真剣に考え始めているよ。ハーケンに相談したら、アーリンに数日間乗って相性を確かめたらいいって言われた。もう相性はいい気がするんだ。もしそうなら、この子を物々交換で手に入れないと。だけど、ぼくはハーケンが必要なものやほしいものを持っているのか、手に入れられるのかわからない」

「何を言っているの？　第一に、農作業の手伝いができるじゃない。実際にいつ、どんな作業をすればいいのかはわからないけど、もうすぐ春の種まきが始まるわ。それに料理があるわ。モレナが料理をするのは週に二回くらいで、ハーケンがだいたい作っているけど、あなたはよくふたりに料理をふるまっているし、お菓子を焼いたときに、それをお裾分けすればいいんじゃない？」

「今もときどきそうしているけど、それはふたりが友人で隣人だからだ」

「それでいいのよ」

早くも恋に落ちかけているマルコは、また雌馬を撫でた。

「あまりにも単純すぎないか。ぼくたちはずっとなんとか生計を立てようと必死だった。毎月そうだっただろう。でも、今はほしいものをすべて手にしている。ただ生きて、みんなと分かちあって、好きなことをするだけでいいなんて」

「あなたはまだトロール族と取引したことがなかったわよね」ブリーンは山の岩棚で休憩している鉱員を見あげて笑った。「彼らは手強《てごわ》い交渉相手よ」

「だったら、もっとたくさんクッキーを焼くよ。なあ、滝まで乗馬しないか？　セドリックと一度行ったけど、また見たいんだ」

「お目当ては、滝？　それともブライアン？」

「両方かな。アイルランドに来るまで本物の滝を見たことがなかったし、あんな滝はいまだかつてどこでも見たことがないよ」

「たしかに変わっているわよね」

　マルコはブリーンの口調から心中を察し、ぱっと彼女を見た。「もしいやな予感がするなら、行かなくてもかまわない」

「そんなことないわ。ううん、やっぱりいやな予感がする。あの滝には直感を刺激されるの。だけど行くべきだわ。こういう直感は避けるより向きあったほうがいい」

「もともときみにはそれが備わっていたんだよ」マルコはブリーンがタトゥーを入れた場所を示すように、自分の手首をとんとんと叩いた。「きみはそれを見つけるだけでよかったんだ」

　勇気。ブリーンはこれまで来る日も来る日も、勇気を失うなと自分自身に言い聞かせなければならなかった。彼女は促すようにボロックスに目をやった。

　とたんに愛犬が駆けだした。

「じゃあ、その美人の馬がボーイについてこられるか、競争しましょう」

マルコに答える間を与えず、ブリーンは馬を全速力で走らせた。

思ってもみなかった。冬の冷たい大地が陽光に照らされてあたたまるなか、風を浴びながら、マルコと馬を疾走させる日が来るなんて。ボロックスは近道しようと林に飛びこんだ。カササギの鳴き声が聞こえ、番が視界を横切る。

二羽で幸せそうだ。

ブリーンとマルコは接戦のまま林に駆けこんだ。

「きみのほうがひと足早くスタートを切ったからな」

「ボロックスとわたしはあなたたちが追いつけるようにちょっとは加減したわ」

「そうかもな」マルコがまた雌馬を撫で、ブリーンはそこに愛を見て取った。「でも、ぼくのお嬢さんもかなり速かったよ」

「その子は林檎が好物よ」

「へえ。じゃあ、あとであげよう」

馬を歩かせながら林を進むと、やがて周辺の木々が変化した。まぶしかった光が淡いグリーンに変わり、苔《こけ》に覆われた樹皮や岩から鼓動のようなものを感じる。轟音《ごうおん》を響かせて滝が流れ落ち、光と同じ不気味な緑色の川がリボン状にのびている。

「不気味な場所だな、すてきな不気味さだが」目を丸くして魅了されながら、マルコはあたりを見まわした。「ぼくも何かを感じるけど、ぼくの場合は腰を落ち着けて最高のホラー映画を観るときのような気分だ」

けれど、ここは映画館ではない。オドランはまだ幼いブリーンをガラスの檻に閉じこめてこの川に沈めた。イズールトは魔法の霧を使ってブリーンをここに誘いだした。そしてその一方、ブリーンが夢のなかで初めてロンラフを目にしたのもここだった。そして、滝の下にあるポータルの亀裂の封鎖も手伝った——いやいやながらだったが。

ここの美しさは否定できない。木々の天蓋から降り注ぐ光のシャワー、そこここに転がる倒木は命や地衣植物の住処《すみか》となり、橋の代わりにもなっている。

エルフやここで暮らすほかの生き物は、この自然の橋を利用していた。リスや鳥は鬱蒼と茂る木に巣を作り、鹿は水を飲みに、狐や梟は狩りにやってくる。

彼らの気配や息吹に加え、木々や大地や川の鼓動も感じた。

すべてがつながり、世界の一部となっている。ブリーンのように。

そして、ここでは魔法がより力を増す。

一匹の鹿がすっと木々の合間から現れ、女性に変身した。

「こんにちは、ブリーン・オケリー。こんにちは、マルコ」

「やあ、メアリー・ケイト！　びっくりしたよ」

彼女はダークブラウンの髪と戦士の三つ編みを背後に払い、彼に向かってにっこりした。「まあ、マルコ、ダーリン。わたしは二本足でも四本足でもメアリー・ケイトに変わりないわ。あなたのワンちゃんはもうずっと先にいるわよ、ブリーン。だから、あなたたちが来るってわかったの。ワンちゃんは魚みたいに滝壺をすいすい泳いでいるわ」

「じゃあ、何も問題ないのね」

「ええ。あまりに静かで退屈していたから、あなたたちは大歓迎よ。先に行って、ブライアンやほかのみんなにあなたたちが来たことを知らせるわね」

メアリー・ケイトはまるで履き慣れた靴を履くように、ふたたび鹿に変身して走り去った。

「あれには決して慣れないだろうな」マルコはかぶりを振った。「毎回見るたびにびくっとする」

「それは悪いことじゃないわ。毎回驚きを味わえるもの。あなたは先に行って、ブライアンとしばらく過ごすといいわ」ブリーンは馬からおりた。「わたしは少し歩くことにする」

「本当にいいのかい？　もしいやな記憶が――」

「すべてがいやな思い出ばかりじゃないし、しばらく歩きたい気分なの。林のなかを巡回しているのはメアリー・ケイトだけじゃないわ。わたしは大丈夫よ」

「きみがそう言うなら、わかったよ。でも、川から離れないでくれ。もし川をそれて探検したくなったら、ぼくも一緒に行くから呼びに来るように」

「ただ川沿いを散歩するだけよ」

マルコが走り去ると、ブリーンはその場にたたずみ、耳を澄ました。

滝壺に流れ落ちる滝の音。空を舞う鳥の羽音、林の奥を巡回するエルフのかすかな足音。

蛇行する川に沿ってボーイを歩かせ、ゆっくりと時間をかけて不可解な直感をたどった。こうしてひとりきりになった今こそ、感覚を研ぎ澄まし、あたりをうかがうときだ。

ひとり周囲の生命を感じながら、ぐるりと見まわした拍子に、グリーンの川のなかで何かがきらりと光った。

そちらに向かって歩きだすと、金色のチェーンにつながれた鮮やかな赤い石が目に入った。以前にも見たことがある。たしか、アイルランドやタラムに来る前に見た夢のなかで。

そして……あの審判の日、祖母の肖像画でも目にした。透き通ったグリーンの水のなかで光り輝きながら呼びかけてくるこのペンダントを祖母は身につけていた。

ペンダントについて尋ねてみるつもりだったのに、なぜそうしなかったのだろう？

今の今まですっかり忘れていたからだ。

ブリーンはしゃがみこみ、手をのばした。すぐ近くに見えるのに、指をのばしても届かなかった。

肖像画のなかで祖母が身につけていたペンダントが、なぜこんなところで光り輝いているのだろう？

おばあちゃんが落としたのかしら？

ブリーンは手をのばして水中から拾いあげ、どうしても祖母に届けたい衝動に駆られた。これは大事なものだ。とても貴重で大事なものだとわかった。

だが、さらに手をのばしてもペンダントは遠ざかってしまい、彼女は足を滑らせた。あわてて身を引いたおかげで、なんとか落ちずにすんだ。

水中に入るわけにはいかない。ここではだめだ――ここでは、ひとりではだめだ。両手が血だらけになるほど檻を叩き、父を求めて泣き叫んだ場所では。

心臓が早鐘を打つなか、震える手をのばした。意識と魔力を集中し、ペンダントを引き寄せて水中から持ちあげようとした。

だが、ペンダントはただきらめき、待っているだけだった。

「マルコを呼んでこよう。彼のほうが腕が長いわ」

這うようにして後ろへさがり、立ちあがった。ふたたび手綱をつかむと、滝の音がするほうへ進んだ。

話し声が聞こえ、気前よくチーズの欠片《かけら》を放ってもらってボロックスが喜んでいるのが伝わってきた。

かなりの高さから流れ落ちる大量の白い水は滝壺で泡立ったのち、穏やかなグリーンの川へと流れこんでいく。

浅瀬や川底の色とりどりの丸石の上で、小妖精《ピクシー》が羽根をはためかせている。轟音をたてる滝の両側を衛兵がかため、川の両岸にも兵士が並んでいた。

美しい雌馬は草を食み、マルコは切り株に座ってブライアンやメアリー・ケイトとおしゃべりをしていた。

ブリーンはマルコに声をかけ、ペンダントが落ちている川の湾曲部まで一緒に戻ってほしいと頼もうとした。

その矢先、高い滝の端に影のようなものが見えた。水流にできた小さな裂け目のように見えたが、すぐに消えた。やがて影のなかからさらに影が出てきて、鳥の形を取ったかと思うと、カラスが頭上をかすめた。

「ブライアン！」ブリーンは叫び、片手をあげた。

彼女が指したほうを見るなり、ブライアンは立ちあがった。「ダンカン！」

反対の川岸にいた男性が腕を組んだ――まだ少年と言ってもいい年ごろで、淡黄色の髪の戦士の三つ編みはかろうじて耳に届く長さだった。

その兵士がハヤブサに変身した。

「追跡しろ！　とらえずに行き先を確認するんだ」

「わたしには見えなかった」エルフがブライアンのもとに駆け寄ってきた。「ポータルの亀裂をずっと監視していたのに。グウェインだって隣にいたのに」

「ぼくも気づかなかった」ブライアンは駆け寄ってくるブリーンに目を向けた。「きみに名前を呼ばれて、向こうを指さされても、瞬時には、いや、しばらくは見えなかった。ぼくの目に映ったのは空と木だけだった。やがて鳥が目に入ったが、もう飛んでいる状態だった。あれはポータルを突破してきたのか？」

「滝の端にわずかにさざ波が立って、最初は影みたいに見えたの。たぶんあれは……もっと近づいてみないと」

「岩肌は濡れてつるつる滑る。ぼくを信頼してくれるなら、もっと近くまで連れていくよ」

「心からあなたを信頼しているわ。だから一緒に来てくれる？　でもわたしは……」

ブリーンはまぶたを閉じた。「わたしは自ら行かなければならない。一対一で対峙する光と闇。力と力。彼女とわたしの力がぶつかりあう」

ブリーンは宙に浮き始めた。落下する不安に抗い、ゆっくりと数センチずつ上昇していく。

マルコがぱっと立ちあがった。「ああ、くそっ。ブリーンのそばにいてくれ」

「こんなことをするブリーンを見たのは初めてだ、宙に浮くなんて」

地上から三十センチ浮上し、さらに上昇すると、ブリーンの内なる力が水面を叩く水のように大きく脈打ちだした。

水しぶきで顔や服が濡れ、魔力が全身を駆けめぐった。内なる力が力強くとどろき、滝の轟音をかき消す。

「ほんのさざ波、ごくわずかな亀裂、それが開いては閉じ、閉じては開く」今や川の六メートル上空に浮かびながら、ブリーンは黒ずんだ目を見開き、じっと見据えた。

「血塗られた彼女の黒魔術が滝を切り裂いては、またその亀裂を閉じる。小さな影に身を隠して。ここの霧はこのうえなく薄い。けれど、他人の目を欺くには充分な薄さだ。わたしには見える、たしかに見える。だが、彼女には見えない、今はまだ」

「ぼくにも見えないよ」ブライアンがブリーンのかたわらで言った。

「わたしには見える、たしかに見える。闇のなかの光。彼女の闇。オドランの闇。わたしは拳を握るように、亀裂を封鎖することができる」

ブリーンが腕をあげて拳を握ったとき、ブライアンはぱちっという音を耳にした。

依然として黒ずんだ瞳のまま、ブリーンは微笑んだ。「さあ、不思議がるがいい、魔女よ。なぜあなたの魔法がまたしても失敗したのかと。なぜ亀裂が閉じ、ふたたび切り裂くことができないのかと、不思議がり、恐れるがいい。わたしがあなたを滅ぼす日がめぐってくることを恐れるがいい」手を開き、ふたたび拳を握りしめた。「わたしがあなたや、あなたの血塗られた神を滅ぼす日が来ることを。アー・ショール・マザー、スウェア・ミー・エ・ミー・エ」

ブリーンが白目をむき、がくりと頭を垂れると、ブライアンが受けとめた。

「わたしを川に落とさないで」

「まかせてくれ」ブライアンは彼女を抱えて川岸まで飛んだ。「水を持ってこい！」

「わたしは大丈夫よ。ちょっと頭がくらくらして、集中力が途切れただけだから」

「さあ、これを飲むんだ」マルコが水の入った革袋をブリーンの口元に掲げた。「今のきみほど真っ青な女性は見たことがないよ。それに、空を飛べるってどうして教えてくれなかったんだ？」

「空なんか飛べないわ。あれは飛んだんじゃなくて、浮いただけよ。それに、今までは十数センチしか浮いたことがなかった。おばあちゃんと一緒にいたときに。あなたも覚えているでしょう？」

「今回は十数センチなんてものじゃなかったぞ。ぼくを死ぬほど怯えさせるのはやめてくれ。それに、ここにいるこの子を怯えさせるのも」

ブリーンがボロックスの体に腕をまわすと、愛犬はぎゅっと体を押しつけてきた。

「あそこに何かを感じて、どうしても近づきたかったの」今もブライアンに抱えられたままだったことに気づき、彼の胸を押した。「わたしはもう大丈夫よ。落とさないでくれて本当にありがとう」

「さっきのこと、覚えているかい？」ブライアンは慎重に彼女を地面におろした。

「ええ。すごく集中しないと思いだせないけど。さっきはもっと――今よりもっと感じたわ。彼女の呪文も。その呪文を解いて亀裂を封鎖できるとわかったの」

「それでこうやって封鎖したんだね」ブライアンはブリーンの手を取って拳を握らせた。「きみがさっき口にした言葉は、力がみなぎっていて、音楽のようだった。きみは太陽のように輝き、瞳は新月のように黒かった。そしてきみが微笑んだとき――」

「微笑んだ？　それは覚えていないわ」

「きみは戦いを制した戦士のごとく微笑んだ。そして、タラム語を口にした」

「えっ？」彼女は濡れた髪を押さえた。「わたしはいくつかの言葉しか知らないわ」

「アー・ショール・マザー、スウェア・ミー・エ」

「わからない。いったいどういう意味なの？」

「きみは自分の言語で、彼女を――あの魔女を――彼女の神もろとも滅ぼすと告げた。そして、さっきの台詞を口にしたんだ。〝父親の人生にかけて誓う〟って意味だよ」

「覚えていないわ。でも、きっと本気でそう思っていたのよ」

「ああ、それは間違いない」

「きみを家に連れて帰るよ。訓練なんか今日は禁止だ」マルコがブリーンの肩を抱いた。「暖炉のそばのベッドに寝かしつけるから、生意気な口答えはするなよ」

「マルコの言うとおりにするのが一番だ」ブライアンが助言した。

「ダンカンが戻ってきたわ」彼女はマルコにもたれてボロックスに触れながら、空を見あげた。

ハヤブサが木々の合間を縫って川を飛び越え、地面におり立って人間に変身した。

「カラスを追跡したら、トロール族の集落にたどり着いた。カラスはある小屋に手紙を届けた。そこに住んでいるのはサーという男だ。カラスは手紙とともに、ナイフも渡した。エルフのしるしが入ったナイフを。男は手紙の内容をすべて頭に叩きこむかのように、声に出して読みあげていた。トロール族のローガにそのナイフを突き立て、放置しろという指示だった。刺したあとは、エルフの襲撃を目撃したと証言して逃げろ、刺したエルフは谷出身のアルゴだと」

「マーラ、きみのドラゴンを呼んで、このことをティーシャックに知らせてくれ。それから、ぼくが今すぐトロール族の集落に直行することも」

「わたしも行くわ。マルコ」ブリーンは、親友が異を唱える前にぴしゃりと言った。

「トロール族とわたしは面識があって、わたしを信頼してくれている。トロール族のサルはわたしの言葉になら耳を傾けるはずよ、今回はそれが重要かもしれないわ」

「ぼくは彼らの仲間をとらえなければならないから、たしかに重要だ。どうか彼女のことはぼくにまかせてくれ、マルコ」ブライアンが言った。

「ああ、もう、わかったよ。じゃあ、ぼくたちは農場で待っている。ボロックスと馬たちはぼくが連れていくよ」

ブライアンはマルコのほうを向き、キスをした。「彼女を無事に連れて帰るよ」

「ふたりとも無事に戻ってきてくれ」

「まかせてくれ」ブライアンはふたたびそう言うと、ブリーンを抱きあげて空に舞いあがった。

「あなたが戦士で、キーガンの右腕のひとりだと知っているけど、わたしに話をさせてもらえないかしら――せめて最初だけでも」

「ああ、かまわない。だが、もしサーという男がきみや誰かに危害を加えようとしたら阻止するし、逃亡をはかればつかまえる。もしトロール族が異を唱えたら、彼らを制す」

「まず許可を得ないと――」

「形式張っていたら間に合わない」ブライアンが厳《いか》めしい口調で言った。「そして、彼らはそのツケを払う羽目になる」

ブライアンが集落に直行すると、トロール族はみな立ちあがった。子供は遊ぶのをやめ、大人は料理や採掘や飲酒を中断した。

誰ひとり歓迎する様子はなかった。

「無断で入ってしまってごめんなさい」ブリーンが口火を切った。「ローガに緊急の用があって。どうかお願いです、一刻を争う事態なんです」

サルが厩舎へ続く小道を大股で歩いてきた。たしか、その先には洞窟がある。

彼女はふいに立ちどまって両手を腰に当て、ブライアンをにらみつけた。

「こんなやり方は歓迎しかねるね」

「一刻を争う事態なんです。ローガはどこですか？　どうか教えてください。彼の身が危険にさらされているんです」

「なぜそんなことを言うんだい？　わたしは取引を終えた夫と十分ほど前に別れたばかりだよ」

「サーという男はどこにいる？」ブライアンが詰問した。

「そんなこと、あんたに関係ないだろう、シー族め」

「その人がローガを殺そうとしているんです。サル、神に誓って本当です。サーは、オドランの手紙とエルフのしるしが入ったナイフを受け取っています」

「あんたはわたしの息子を人殺し呼ばわりするのか？」ひとりの女性が進みでた。

「この嘘つきめ、もうあんたなんか歓迎しない」

サルがその女性に食ってかかった。「ここで誰を歓迎するか決めるのはわたしだ。サーはどこだい？　さっさとこの件に片をつけよう」

「サーなら洞窟に行ったよ」少年が叫んだ。

「だったら、わたしも見かけたはずだ」サルがこたえた。

「本当だよ、母さん。みんなが出てくるちょっと前に、彼がそっちに向かうのを見たんだ」

「ローガは洞窟にいるんですか？」

サルはブリーンに向かってうなずいた。「それか、もう戻ってくるはずだ」

サルは踵を返して駆けだした。

妊娠中の大柄な女性にしては、かなりすばやかった。ブリーンはサルを追い越し、ブライアンもその上空を一気に飛び越した。ほかの人々も足音を響かせてあとに続き、警報の角笛が鳴らされた。

ブリーンが小道の角を曲がった瞬間、浅黒い顔で赤毛のトロールがローガに飛びかかり、脇腹にナイフを突き刺すのが見えた。

そのまま走りながら彼女は魔力を放ち、襲撃者を吹き飛ばした。ブライアンが急降下して犯人を宙に投げあげると、男の手からナイフが落下した。

駆けつけたブリーンが傷口を押さえたときには、ローガの脇腹からはひどく出血していた。頭上でサーが叫び罵るなか、ローガはかろうじて意識を保ちながら、痛みとショックに呆然とした目でブリーンを凝視した。

「許可を与えていないぞ」ローガが絞りだすように言った。

「トロール族の父よ、どうかあなたに触れる許可を与えてください」

「こ、こんなのはかすり傷だ」

「どうか許可を与えてください。そのかすり傷を治すことができれば、わたしの不安もやわらぎます」

「許可しなよ」サルがローガのかたわらにどかっと座り、夫の手を握っておなかに押し当てた。「まったく、頑固な老いぼれだね。わたしのおなかを蹴ってるこの子を感じるだろう、さあ、許可するんだ」

「わかった、許可するよ。女性たちの不安をやわらげるために」ローガはそう言い添えて気絶した。

「放せ、このろくでなしのシー族め。こいつはローガを襲ったエルフの暗殺者とぐるなんだ!」サーが叫んだ。「こいつのせいでエルフが逃げた!」

ふたりの背後で、何人ものトロールが弓に矢をつがえた。

「彼は嘘をついています」ブリーンがぱっとサルに目を向けた。「彼がナイフで襲いかかるのを、わたしは見なかった。わたしはこの目で見ました。神に誓って本当です」

「わたしは見なかった。夫を治してくれ」

サルは襲撃や防御の構えを取る背後の群衆に向き直った。「誰ひとり動くんじゃないよ！　オケリーの娘が、これはサーの裏切り行為だと主張している」

「彼女は嘘つきだ！　嘘つきだ！　こんなよそ者の言葉に耳を貸すのか？　仲間じゃなく、こんな人間の娘の言葉に。さっきも言ったが、ローガを殺したのはエルフのアルゴだ。そこにそいつのナイフがあるだろう、まだ血に濡れたナイフが」

「ローガは死んでいないわ」ブリーンは叫び声や文句に負けないよう声を張りあげた。「彼は死んだりしない」

ブリーンは群衆や人々の声を頭から締めだした。彼らの怒りや不安も。

これは単なるかすり傷じゃない。恐れていたほどの重傷ではなかったとはいえ、充分に深い傷だ。それに、すでにかなり出血している。

必死に肌や筋肉を修復して血流の速度を落としながら、ブリーンも激痛を味わった。両手の下で、ローガは痛みと彼女が送りこむ灼熱に抗いながらもがいた。

「あんたは彼に痛みを与えてる」サルがかっとなった。

「ごめんなさい、ごめんなさい」ブリーンは自信なさげに身を引いた。「アシュリンや祖母を呼んでもらえば――」

「それで彼の命が助かるなら、痛みを与えてかまわない。やるべきことをやるんだ」サルは荒っぽくブリーンの腕をつかんだ。「ほら、いつまでも手をこまねいているんじゃない」

「彼女を叩くのはやめろ、サル」目を閉じたまま、あえぎながらローガがささやいた。「ただのかすり傷だ」

「黙ってて」サルの大きな顔に涙が伝う。「わたしは叩かないといけない相手は誰だろうと叩くよ」

「傷口はふさがりつつあるわ。とても――ゆっくりとだけど。わたしはそれほど上手じゃないうえに……ああ、こんなに筋肉があるなんて」

「わたしが軟弱な男を伴侶に選ぶはずがないだろう。わたしの子供たちの父親になるんだから」

「誰が誰を選んだって？」ローガがぱっとまぶたを開き、サルの目を見つめた。「もう大騒ぎするのはやめろ」

「あともう一分だけ。ここでやめたら、また傷口が開きます。あなたがとても強靭なおかげで、致命傷になりかねないけががかすり傷ですみました。でも、大けがであることに変わりはありません。大量に出血したので、魔法薬が必要です。サル、傷口に塗る軟膏《なんこう》を持ってきてくれますか。わたしは何も持参していないので」

「薬ならあるよ。何が必要だい？」

「どけ、離れろ。おれがこのまま地面に横たわっていると思うのか?」ローガは女性たちを押しのけて立ちあがった。

失血したせいで顔色は蒼白だったが、彼はしっかりと大地を踏みしめ、ブライアンとサーを見据えた。

「そいつをおろせ、シー族よ」

「この男はキャピタルに連行され、審判にかけられる。それが法律だ、あらゆるフェイにとっての法だ」

「おれが法律を知らないとでも思ってるのか?」ローガは己の部族を見まわした。村から駆けつけた者や警報を聞いて鉱山から飛びだしてきた者を。「われわれは法律を知っているし、それを尊重している。武器をおろせ、まぬけども。そいつには審判を受けさせるし、おまえをとめる者はここにはひとりもいない。だが、まずはおれにそいつと話をさせてくれ。おれにはその権利がある」

「わかりました」

ブライアンはサーをおろしたが、拘束は解かなかった。

「おまえはおれにナイフを突き刺した、そうだな、サー? おれの篝火を囲んで食事をし、食べ物や飲み物を分かちあったのに、トロール族の父をナイフで刺したのか？」

「あんたはおれの父親じゃない。おれの親父《おやじ》は死んだ、そいつのために戦ったせいで」サーはブリーンの足元に唾を吐きかけた。

「おまえの父親は勇敢な本物の戦士だった」サルは振り返り、すすり泣くサーの母親を慰める女性たちにうなずきかけた。「おまえは父親の名誉を汚し、おまえを産んでくれた母親を辱めた」

「ローガは臆病者だ。ローガやティーシャックにしたがうみんなもそうだ。おれたちがその見返りに得るのは石造りの小屋と、洞窟や鉱山で痛めた腰だけだ。オドランがやってきたら——必ず現れるが——おれは強靱な者を率いる。臆病者はおれに慈悲を請うだろう」

「そいつを連れていけ。審判にはおれも出席するとティーシャックに伝えろ。サーはもはやこの部族の一員じゃない。キャピタルの審判でどんな裁きがくだされるにしろ、そいつはこの集落や部族からは追放する。今日を境に、われわれはそいつのことを忘れる」

「わかりました。ドラゴンを呼び、その男を連行します。ブリーン——」

「行ってちょうだい。わたしはロンラフを呼ぶから。魔法薬を用意しないといけないし、その前に軟膏が必要だわ。終わりしだい、ロンラフを呼ぶ」

「彼女はわれわれの保護下にある」ローガがブライアンに告げた。「ここや、タラム全土で。そう約束する」

サーはロープで縛られ、ヒーローが上空に現れると、ブライアンが宙に持ちあげた。

「きみはすぐに戻るとマルコに伝えるよ」そう言って彼は東部へ飛び去った。

「洞窟に来てくれ」ローガがブリーンに声をかけた。「このかすり傷の治療費を受け取ってほしい」

「いいえ、受け取れません。わたしは友人のけがを治しただけです。友人の治癒《ヒーリング》を取引材料にしたり、その代金を受け取ったりしません」

ローガに細めた目で見つめられると、ブリーンは彼やほかのトロール族を侮辱してしまったのではないかと不安になった。彼がナイフを取りだすのを見て、さらに不安を募らせた。

「手を出してくれ」

最善の結果を期待して、ブリーンは手をさしだした。ローガは自分と彼女の手のひらを順番に斬りつけると、彼女がたじろぐほどきつく手を握りあった。

「これでわれわれは血を分かちあった。みんなの立ち合いのもとで！　オケリーの娘はわれわれ部族と血を分かちあった。今日から彼女はわれわれの仲間だ。ブリーン・オケリーはトロール族の娘となり、いつでも好きなときに許可なく訪れても歓迎される。そう約束しよう」

「光栄です」

「そうだろうとも」ローガがブリーンに向かってにっこりした。「だから、もうそんなに心配しないでエールを飲むといい。おっと、きみが好きなのはワインだったな。おれにはエールを持ってきてくれ」

ブリーンはローガに魔法薬をのませ、軟膏を選んだ。ロンラフを呼ぶと、若い女性が歩み寄ってきた。

「わたしはローガとサルの長女のナールよ」

「あなたの瞳はお母さん譲りね」

ナールは打ちのばした金にドラゴンズ・ハートをちりばめた細いティアラをさしだした。「これはローガとサルの子供たち、これから生まれる赤ん坊、今後生まれる子孫からの贈り物よ。あくまで贈り物であって、取引でも支払いでもないわ。お礼の気持ちよ」

「とてもきれいだわ」

「戦いのとき、これを身につけてちょうだい」ナールはブリーンの頭にティアラをのせた。「これはお守りなの。それと、警告よ。これを身につけている人は、戦士の三つ編みがなくてもトロール族のように獰猛だという警告」

ナールがうなずいて、後ろにさがった。「今からわたしたちは姉妹よ。だから、戦うなら獰猛に戦って。立ちあがるときは力強く」

「この贈り物を大切にして、誇りとともに身につけるわ。トロール族の誇りとともに」ブリーンがそう付け加えると、ナールは微笑んだ。

13

トロール族の集落から農場へ戻るあいだ、ブリーンはロンラフの上で体をのばし、まぶたを閉じた。すべてを解き放って全身の筋肉をゆるめ、頭をぼんやりさせる。

かつてないほど重傷のヒーリングを行い、力を使い果たしてしまった。両手についたローガの血は——大量の血は——洗い流したものの、今もにおいは残っている。

突き刺すような風を浴び、雲間を通って体が濡れても、ぐったりと横たわったままだった。もっと疲れたこともあるはずだが、それがいつだったか思いだせなかった。

ロンラフにまかせておけば落ちる心配はないし、降下するまで少しうとうとした。

ブリーンがドラゴンから滑りおりるなり、マルコは農場の母屋から飛びだしてきて、モレナとボロックスもあとに続いた。

「ブライアンが文字どおり低空飛行で、きみはすぐに戻ると言い残して飛び去ったんだ。だけどあれからずいぶん経つし、捜索隊を派遣しようかと考えていたところだ」

ブリーンは舌に力が入らなかったが、かろうじて言葉を絞りだした。「ちょっと時間がかかっちゃって」

「あれっ、『ワンダーウーマン』の王冠をかぶっているじゃないか――いや、王冠じゃなくてティアラか」

「トロールのしるし入りね」モレナも魅了されたように言った。「トロール族しか身につけることが許されていないものよ」

「わたしは今やトロール族の名誉会員なの」足元で哀れっぽく鳴くボロックスを撫でようと身をかがめた拍子に、ブリーンは頭がくらくらした。

「ぜひその話を聞きたいけど、今はやめておくわ」モレナはブリーンの腕をつかんで支えた。「すっかり疲れ果てているわね。なかに入って座っててちょうだい。食事とお茶を持ってくるから」

「正直に言うと、帰りたいわ。帰って、数分横になりたいの。あまりにもいろんなことがあったから」

「そうみたいね。マルコ、ブリーンをコテージに連れて帰って、できれば何か食べさせてあげてちょうだい。わたしも手伝ったほうがいい？」

「大丈夫だよ」マルコはブリーンの腰に腕をまわした。「ぼくたちだけで大丈夫だよな、ボロックス？　モレナ、シチューはときどきかき混ぜるように。ハーケンと食べる直前に、ぼくが説明したとおり刻んだ薬味を散らすんだよ」

「あなたがほぼ作ってくれたから、あとはまかせて。ブリーン、しっかり休むのよ。明日、話しましょう」

「ええ、明日」

歓迎の木へ向かうあいだ、ボロックスは飛びだしたりせず、ブリーンのかたわらを離れなかった。マルコはブリーンを引っ張って階段をあがり、枝や岩を乗り越えて、アイルランドへ移動した。

「きみがローガの命を救ったとブライアンから聞いたよ――その人がトロール族の長《おさ》なんだろう」

「ええ。でも、わたしが命を救ったとまで言っていいのかわからないわ。彼は刺されて手当てが必要だったけど、とても強靭だった。ひどい痛みだったのよ、マルコ、それなのに意識を取り戻したときでさえ、彼はぴくりともしなかった」

「きみも多少は感じたんだよな、その激痛を。そうやって治すんだろう?」

「怖かったわ。あまりにも出血がひどくて。両手が血だらけになった」ブリーンは彼にもたれた。「それに、わたしじゃ力不足かもしれないと思うと怖かった。滝に行って以来、今もちょっと違和感があって。でも――」

「きみはやるべきことをしたんだよ」

「もう少しで手遅れになるところだったわ。ブライアンがひとっ飛びで連れていってくれなかったら、サーがローガを血まみれのまま放置するところだった。そのうえ、トロール族の人々はサーの言葉を鵜呑《うの》みにしていたかもしれない」

「だけど、そうはならなかった。きみとブライアンのおかげで。なぜそのエルフだったんだ？　なぜそのエルフに濡れ衣《ぎぬ》を着せようとしたんだ？」

夢を見ているような気分で、小川のせせらぎを聞きながら、肌寒い空気のなかを歩いた。

「アルゴとローガは、数日前に取引をめぐってもめたそうよ。お互いを愚弄して殴りあったとか。そういうことはときどきあるみたいで、みんなさほど気にしていなかった。でも、そのせいでアルゴが犯人に仕立てあげられたの。おそらくサーが、オドランにカラスの使いを飛ばしてそういった情報を知らせていたんじゃないかと、サルは――わたしも――見ているわ。とにかく大変だったのよ、マルコ」

「そうだね」あともう少しで家にたどり着く。マルコは何度も自分にそう言い聞かせ、ブリーンの身を案じながらも陽気な口調を保った。「そうして、きみはトロール族の王冠をもらったわけか」

「戦うときはこれを身につけて、獰猛なトロール族だって見せつけるの」

「へえ」林を抜けると、マルコはブリーンを抱きあげてコテージまで運んだ。

「とにかく眠りたいわ」

「ああ、好きなだけ眠るといい」

マルコはブリーンを抱えたままコテージに入り、ボロックスとともに見守れるように、彼女をソファに横たえた。暖炉に火をおこそうと身をかがめた矢先、泥炭に火花が散って燃えあがった。

ブリーンが笑みを浮かべた。「まだわたしの腕は錆びついていないわ」そうつぶやくと、まぶたを閉じて眠りについた。

「ああ、きみの腕は錆びついていないよ、ぼくのブリーン」

マルコは彼女の頭の下に枕を滑りこませ、そっとティアラを外し、毛布をかけてやった。

ボロックスはブリーンを見守るべく、お座りをした。

「いい子だね。じゃあ、ここはまかせるよ。ぼくはブリーンが目覚めたときにちゃんとした食事を口にできるよう、何か作ってくる」

マルコはしばしブリーンを眺めたのち、彼女の顔にかかった髪を後ろに撫でつけた。

「強力な魔力はきみに何かをもたらす半面、これだけのものを奪うんだな」

ブリーンが目覚めたとき、暖炉には火が燃え、ランプが弱々しく灯り、キャンドルの火がちらちらと揺れていた。ランプを彷彿させるあたたかい響きの音楽が小さく流れている。泥炭やキャンドルの蜜蠟《みつろう》のにおいにまじって、すばらしい香りがして、朝食以降何も口にしていないことを思いだした。

さらに、ボロックスが最近一緒に寝ているお気に入りの小さな羊のぬいぐるみが、首元に置かれていることにも気づいた。

マルコが本を片手に椅子に座り、コーヒーテーブルに足をのせていた。明かりに照らされた彼の頭には後光がさしている。

ボロックスは暖炉のそばで丸くなってうたた寝していたが、ブリーンが目を覚ましたとたん、まぶたを開けた。尻尾を振って身をのばすと、彼女に飛びつき、顔をなめまわした。

「やっと起きたか！　シュガーパイ、きみはあっという間に眠りに落ちて、ずっと目を覚まさなかったんだぞ」

ブリーンは上体を起こし、のびをしながら、はしゃぐボロックスに鼻をすり寄せようとした。「どのくらい寝ていた？」

マルコはテーブルからスマートフォンをつかみ、時刻を確かめた。「丸四時間だ」

「四時間も？　昼寝の倍ね」

「きみには必要だったんだよ。ぼくたちがどんなに心配したことか。きみが眠った一時間後に、ハーケンとモレナが様子を見に来た。彼は寝るのが一番だと言っていたよ。

ハーケンの言うとおりだったな。いつもどおりの薔薇色の頬に戻った」

「心配をかけてごめんなさい。本当に、すっかり気分がよくなったわ。おなかはぺこぺこだけど、気分は最高よ。それで、このコテージを天国に変えたにおいは何？」

「マルコ特製牛肉のブルゴーニュ煮だ。もうすぐできあがるよ。きみには赤身肉が必要だと思ったんだ。ブライアンは戻ってこられないみたいだから、今夜はきみとぼくと、この愛犬だけだ。待て《ステイ》」

マルコはボロックスではなくブリーンを指さして命じると、立ちあがってキッチンに消えた。

戻ってきた彼は、十八番《おはこ》の自家製ソーセージを手にしていた。ドアを開けて肉の欠片を放ると、ボロックスがおもてに飛びだしていった。

「きみが眠っているあいだ、ボロックスは決して外に出ようとしなかったな。ぼくがこの椅子に座って本を読み始めたら、羊のぬいぐるみを二階まで取りに行ってきみの隣に置いたけど、席を外したのはそのときだけだ。史上最高の犬だよ」

「わたしには史上最高の親友もいるわ」

「ステイ」そう繰り返すと、彼はワインとグラスを取りに行った。「ここに座ってワインを飲みながら、きみは前菜でちょっと小腹を満たすといい。ディナーができあがるまでのあいだ、トロール族の集落でいったい何があったのか話してくれ」

彼女はフィンガーフードをつまんで口に詰めこんだ。「ああ、おいしい。絶品だわ。まずは、ブライアンが一緒でよかったと言わせて。彼がいなかったらどうなっていたかわからないもの。それと、サーはケイト・コネリーにそっくりだったわ。もっと怒りを抱えていたけど」

グラスを手に取り、ワインをひと口飲むと、ブリーンは語りだした。

キャピタルでは、キーガンが自室でブライアンと食事をとっていた。

「きみのおかげで、宴会場じゃなくこうして静かに食事をとることができた。まあ、あのトロールが連行されたことで、谷に戻るのが一日か二日のびたわけだが」

「それに関しては、すみません」

「ローガが到着するまで待って、きみにも審判で証言してもらう。彼はこの距離を移動する体力がありそうだったか？」

「ぼくが集落をあとにしたとき、ローガはしっかりと自分の足で立っていました。あれは致命傷じゃなかったんだと思います――ブリーンがオドランの暗殺者をとめる前に刺された傷は。彼女は犯人を制し、二メートル近く吹き飛ばしました。おかげで、そいつをつかまえて宙に拘束するのは簡単でした」

ブライアンはエールで羊肉を流しこんだ。「ブリーンの言うとおり、トロール族は彼女の言葉を信じました、キーガン。サルがすんなり受け入れてくれたんです。さもなければ、ぼくはトロール族の矢をよける羽目になっていたでしょう」

「サーの父親はイーアンとともにオドランと戦い、イーアンと同じく戦死した。彼のことはよく知らないが、それは覚えている。ぼくが剣を引きあげた日、サーが湖にいたことも」

「あの男はあなたから剣を奪うことを願っていたようです」

キーガンは口元に笑みを浮かべたものの、少しもおもしろがってはいなかった。

「今や、サーは願い続けるしかない。殺人未遂に対する判決はひとつだけだ。ローガや彼が連れてくる証人たち同様、きみには言いたいことがあるだろう。サー自身にもあるように」

「これで三人、いやサウィン祭のときの犯人を含めると四人、それにトリックやその一味もオドランの手下でした。同胞のなかにあと何人、こういう裏切り者がいるんでしょうか？」

「それほど多くないことを願うよ。きみの話だと、カラスはポータルを通り抜けてきたんだったな」

「ぼくはトロール族の集落からキャピタルに直接飛んできました。サーがローガの殺害を企てたことをあなたに報告するために。カラスを目撃したのはブリーンです。ダンカンがそれを追って、サーにたどり着きました」

「どうして彼女には見えたのに、きみたちは誰ひとり目にしなかったんだ?」

「ブリーン曰く、イズールトの仕業だそうです」

ブライアンが説明するあいだ、キーガンは立ちあがって歩きまわり、ドアを開けて空気を入れ、ふたたび腰をおろしてエールを飲んだ。

「ぼくはブリーン以外の人があんなことをするのを見たことがありません。つまり、羽根を持たない者があんなふうに宙に浮くのを。あなたはできますか?」

「ぼくは一度も試したことがないな。ただ、集中すれば十数センチ、いや、三十センチくらい浮くのは難しいことじゃない。だが、浮くというより、空気に身をゆだねる感じだ。元素と融合するために。それには魔力と意志と目的を必要とする」

「ブリーンの口調も力と意志と目的に満ちあふれていました、キーガン。彼女自身の内にも外にも同時に。言いたいこと、わかりますか?」

キーガンも以前、そういうブリーンを目にしたことがある。「ああ、わかる」

「ブリーンが最後にタラム語を口にしたときは、体中が震えました。正直、もしあれがぼくに対する言葉だったら、恐怖を覚えたでしょう」

ミスノフ。それは勇気だけでなく魂も意味する言葉だ。ブリーンにはその両方が備わっているのだと、キーガンは思った。

「そして、亀裂は封印されたわけか。ブリーンが目にしたような裂け目がないか、残りのポータルをすべて確認しよう。開閉する亀裂がないかどうかも」

「一緒に飛んで隣にいたときですら、ぼくには彼女が目にしたものが見えませんでした」

「イズールトの魔法のせいだ。だが、それがわかったおかげで事前に警戒できる。もし同じ亀裂を見つけても、封鎖はしない」ブライアンがうなずくと、キーガンは片方の眉をつりあげた。「きみも同じ考えか」

「亀裂を閉じれば、カラスがポータルを通過できず、今日ダンカンがしたように追跡することができなくなります」

「ああ」キーガンはエールを飲みながら思案した。「メッセージがスパイの手に渡るのを防ぐことは可能だ――とにかく亀裂を封鎖すればいい。だが、それではスパイは見つからない。ローガの命を奪い、誰かを殺人犯に仕立てあげるような策略も阻止できない。オドランはわれわれを種族間で敵対させたがっている、それが明白になった。つまり、われわれが一致団結したら、フェイを打ち負かす自信がオドランにはないということだ」

「みんなで一致団結しましょう」

「そうとも」キーガンはジョッキを掲げて乾杯した。「ひとりのために、そしてみんなのために」

その日の深夜、ひとりになったキーガンは自分の部屋を歩きまわった。クロガを呼び寄せ、この息が詰まる場所から抜けだして空を飛ぼうかとも思った。だが、自分自身をよく理解しているキーガンは、いったんクロガにまたがれば、西部を目指してしまうとわかっていた。

谷へ行き、ポータルを通り抜けてしまうと。

そして、彼女のもとへ飛んでいくだろう。

言葉にできないほどそうしたい衝動に駆られたが、自分がシャナに対してしたことに思い至ってはっとした。

欲望の解消。お互い望んでいたこととはいえ、それでも……。

ぼくはベッドをともにする快感や、隣で眠る心地よさを一、二時間味わうためだけに、ブリーンのもとへ飛んで帰ったりしない。

ブリーンはそれ以上の存在だ。たしかに欲望は満たしたいが、彼女はそれだけの存在ではない。

だから、キーガンは檻に閉じこめられた猫のようにうろうろと歩きまわって、翌朝招集する評議会や、ローガの到着を待って行う審判、偵察や訓練、その他もろもろの責務について考えをめぐらせた。

ふと、個人的な好奇心に駆られ、直立不動になってまぶたを閉じ、軽いトランス状態で浮上を試みた。

意識を内側に集中してから、外に向けた。

次の瞬間、キーガンは空気となり、空気は彼となった。

熱を迎え入れ、冷気を放出した。

周囲と足元から、迎え入れては放出するのを繰り返す。

やがて体が数センチ浮くのを感じ、両腕をあげ、手のひらを上向きにした。

数センチずつじわじわと上昇しながら、自分自身を放出して吸いこんだ。

まぶたを開けると、炉棚の上の燭台《しょくだい》のてっぺんまで上昇していたので、もう少し浮上できないかと試みた。

依然として思考ははっきりしていたが、重い荷物を抱えながら高い急斜面をのぼっているかのように鼓動が激しくなり、息切れがし始めた。

懸命に集中力を維持しようとすると、汗が背筋を流れ落ちた。だが、集中力が途切れたとたん、キーガンは二メートル弱下の床に落下した。その場にうずくまったまま、呼吸が元どおりになるのを待った。

「くそっ。かなり体力を消耗するな。うまくできるように練習しよう。これは役立ちそうだ」

キーガンはエールではなく水を注ぎ、ごくごく飲んだ。

ブリーンにはシー族の血が流れているが、それはキーガンも同じだ。次回試すときはシー族の血も利用して、どこまで浮上できるか確かめよう。

服を脱いでベッドに横たわり、タラムの天井画を眺めた。

天井画に谷を見つけると、恋しさが募り、胸が痛んだ。描かれている歓迎の木には夏の葉が青々と茂っていた。

そこを通り抜けて、ブリーンのコテージに行くことを想像した。もう寝ているだろうか？　深夜だし、きっと眠っているだろう、暖炉のそばで眠る賢い愛犬とともに。

キーガンはブリーンの寝姿を思い浮かべた。束ねていない赤毛が枕に広がり、窓からさしこむ月明かりが顔を照らしている。

脳裏に浮かぶ姿を眺めつつ、彼はうとうとした。

次の瞬間、ブリーンが現れた。彼女のベッドで寝ているのではなく、彼のベッドのそばに立っていた。

「わたしは夢を見ているのね。あなたも？」

「ぼくはまだ眠らずに、きみのことを考えていた」

「わたしは夢を見ているの、あなたの夢を。わたしはここにいるの？」

キーガンは上体を起こした。ブリーンはよく寝間着代わりにしているぶかぶかのシヤツとパンツという格好だった。明らかに、彼が夢見るような姿ではない。

キーガンは呼吸と同じくらいブリーンは手を必要としていた。

「わたしはここにいるの？」ブリーンは手をのばして彼の胸に触れた。「あなたを感じるわ。あなたの鼓動を。きっと本当にここにいるのね。わたしの手を感じる？」

「ああ」彼女の手に手を重ねた。「お互いにとってこれが夢ならば、無駄にしないようにしよう。きみが無性に恋しかった、ブリーン・シボーン」

ブリーンはベッドにあがってきて隣に座り、彼の首に両腕をまわした。「夢のなかで何ができるか見せてちょうだい」

ぬくもりや味、すでに交わした約束をそっと探るように、唇を重ねた。キスをしたとたん、夢はぐるぐるとまわり始めた。暖炉の火が燃え、ふたつの月が夜の闇を照らすなか、ふたりはきつく抱きあって体を密着させ、溺れながら与えあった。

キーガンは小声で語りかけつつブリーンのシャツをはぎ取り、あたたかい肌と肌を重ねた。彼女の背中を撫でおろし、髪の香りを吸いこむ。何もかもが本当にここにあり、すべて自分のものだ。

歓喜に浸り、さらに味わおうと、彼女の顔や喉、肩へと唇を這わせたあと、ふたたび唇を奪って彼女の吐息をのみこんだ。

両手で触れた胸は、とてもやわらかく張りがあった。キーガンが触れるたび、どこに触れても、ブリーンはそっと甘い吐息をもらした。彼女の唇の甘さは、重なった彼の唇にも残った。

そのすべてがキーガンのものだった。

ブリーンは身じろぎし、キーガンに体を押しつけた。しばらく覆いかぶさって、戦士のかたい体を味わった。彼の輪郭や強靱さ、肌のにおいに魅了された。彼の鼓動を自分のなかにも感じ、身を起こして胸板に唇を押しつけた。

今度はブリーンのほうが快楽にふけり、さらに奪った。ゆったりと夢のなかを漂いながら、彼の体に両手と唇を這わせた。

幅広い肩、発達した筋肉、力強い顎と無精ひげ。鍛え抜かれた屈強な体を覆う、驚くほどなめらかな肌。

そのすべてがブリーンのものだった。

そうして探るうちに、ブリーンのなかで脈打つ彼の鼓動が重くなった。キーガンの愛撫《あいぶ》は心を落ち着かせてくれる半面、誘惑的で、彼女は彼の欲望を感じ取った。キーガンが求めながらも待ってくれていることに、何より欲望をかきたてられた。

ブリーンはさっと寝間着代わりのパンツを脱ぎ去り、彼にまたがった。

月明かりのなか、キーガンがどんな目で彼女を見つめているのか、ブリーンは目の当たりにした。その目は彼女だけに向けられていた。彼の両手を持ちあげて自分の胸や心臓へと導いた。呼吸と体を震わせながら、徐々にキーガンを受け入れていく。

そのままふたりともじっと動かず、やがて快感が飽和状態に達した。

それでも彼は待った。

ブリーンが水のごとくなめらかに身を揺らし始め、キーガンを支配した。彼は体がうずき、血潮がたぎり、歓喜の波にのまれた。魅了され、魔法をかけられたまま、キーガンは彼女や、薄明かりのなかで炎のように輝く髪を見つめた。視線をからみあわせたブリーンの瞳は、内なる力によって黒ずんでいた。

ブリーンは両腕を高く突きあげて頭をのけぞらせ、キーガンを奪った——かつて誰もなしえなかったほど。今や光が彼女を取り巻き、夢のなかの夢のようだ。ブリーンは欲望や自分自身を超えた高みへと彼をいざなった。

肉体の交わりを超えた融合に、キーガンは自分だけでなくブリーンの悦《よろこ》びも味わった。ともに高みへと駆けあがり、彼女が長々と激しく達するのを感じた。

ブリーンが両手を自分の体に滑らせながらおろすと、キーガンは頭をあげ、両手で彼女の髪をつかみ、荒々しく唇を奪った。

ブリーンはそれにこたえ、腰を揺らし続けたまま、キーガンの体に両腕をまわした。

そうして、彼を狂おしく駆り立てた。

キーガンの口から荒々しい言葉がほとばしりでた。彼女には理解できない言葉だったが、彼は朦朧《もうろう》とした頭でかろうじて理解した。

やがて、ついにキーガンも絶頂に達した。その瞬間、彼女のなかに落下していくような気分を味わった。

ベッドに仰向けになったままブリーンにしがみつき、ふたたび覆いかぶさってきた彼女を抱きしめた。

「もう起きないと」ブリーンがため息まじりに言葉を絞りだした。「でも、起きたくないわ」

キーガンは彼女の髪に両手を滑りこませた。ここは平和だ、彼女が完全なる安らぎをもたらしてくれた。

「夢を見せる呪文を作ったのか？」

「いいえ」ブリーンが頭をもたげた。「わたしはそんなこと――」

「もしそうだったら、感謝するところだ。さっきも言ったとおり、ぼくはきみのことを考えていた。きみはどうしているだろうって」

「わたしは、あなたが飛んで帰ってくるんじゃないかと思っていたわ、数時間だけでも、こんなふうに過ごすために」

「きみのもとに？　シャナにしたようにか？　とんでもない」彼女の髪を指に巻きつけ、離しては巻きつけた。「きみはシャナじゃない。シャナとはまったく違う」

ブリーンが微笑んで小首を傾げた。「知りあってしばらく経つけど、あなたからそんなロマンチックなことを言われたのは初めてよ」

「だとしたら、ロマンスに対するきみの見方はずいぶん変わっているな」

「そうかもね。ちょっと待って」彼女が暖炉を振り返る。「今の聞こえた？」

「何が？」

「わたし──ああ、ボロックスだわ」彼に向き直った。「早く戻ってきてね」

「待ってくれ」

だが、ブリーンは姿を消してしまい、キーガンは火が弱まった暖炉やタラムの天井画とともに取り残された。


キーガンが審判を開き、ローガの憤りながらも明快な証言と、暗殺者サーの怒りと不満に満ちた証言を聞くのに二日かかった。

二日後には、ふたたび杖を振りおろし、闇の世界への追放を言い渡した。

それがすむと、キーガンは闇の世界のポータルを開け、ふたたび封印したのち、村のパブ〈スマイリング・キャット〉でローガと落ちあった。

「もう物々交換でエールを注文しておいたから、たっぷり飲んでくれ」

「ありがとう」キーガンはジョッキが置かれた、傷だらけのどっしりしたテーブルに座った。「これが審判の後味を洗い流してくれるといいんだが」

「湖で剣を引きあげたとき、この重荷を背負うことを選んだんだろう」ローガは自分のジョッキを見つめて考えこんだ。

ローガは厳粛な審判に敬意を示し、磨きこまれたへこみひとつない甲《かぶと》と胸当てを身につけていた。いかつい大きな顔の目の下には隈《くま》ができている。

「サーのことは、あいつが生まれたときから知っている。サーとうちのナールが結婚の誓いを交わすかもしれないと思ったこともあったが、娘が惚れたのはニールだった。ナールとニールだと？　思わずそう言ったよ」暗い目をぐるりとまわし、ローガはキーガンを笑わせた。

「だけどニールはいい伴侶だし、子供たちにとってもいい父親だ。それに、今になってみると、サーはお袋さんを傷つけたように、おれの娘の心も打ち砕いたはずだ」

「サーの母親は審判に出席しなかったようだな」

「来ようとしなかった。サルの話だと、ひと晩中泣き続け、昼間は息子の名すら口にしないらしい。目の前にいながら、おれはサーにあんな面があるなんてまったく気づかなかった。だが過去を振り返ると、その兆候は明らかにあった」

「ケイトリン・コネリーにも両親や兄や姉がいた。同じ村の住民じゃなく、ひとつ屋根の下に暮らす家族が。彼女を愛する男もいた。それなのに、誰ひとり彼女の邪悪な一面に気づかなかった。世の中には本性を隠すのがとびきりうまい人間がいるんだ」

「あと何人いると思う？　タラムのトロールはみなティーシャックとともにスパイ狩りに乗りだすぞ」

「わからない」誰かがバグパイプを吹き始め、手拍子が始まった。「残念ながら、それが真実だ」

「オケリーの娘がいなければ、われわれはサーの企みに気づかず、おれは死んでただろう。あの娘が鍵だってことは間違いない。なのに、このかすり傷の治療費を受け取ろうとしなかった」ローガが悩ましげに言った。「おかげで、あの娘に恩義を感じる羽目になった。そういうことには慣れていない」

大きな肩をすくめ、さらにエールをあおった。「サルはおなかの赤ん坊が女の子だったら、ブリーンと名づけると言っている。たいていの場合、女と言い争うと、まずいエールで二日酔いになるよりひどい頭痛に悩まされる。だが、妊婦と言い争ったら、思いきりタマを蹴られかねない」

「ぼくの姉も三度妊婦になったことがあるから、否定はしない。ところで彼女の、サルの具合はどうだい？　今回は同行しなかったのか」

「こんな長旅をするには、もうおなかが大きすぎる。本人は来るつもりでいたが、おれはタマを蹴られる覚悟でそう言ったよ。今回のことでサルはすっかり頭に血がのぼってたが、もともと分別がある女だ。まあ、あいつがうるさく言うから、三人同行させなきゃならなかったが、いい旅仲間になった」

「今夜はその旅仲間も含めて一緒に食事をしよう。西部に帰るまで城の部屋に泊まってくれ」

「食事はご馳走になるが、部屋はけっこうだ。草原で野営をし、夜明けとともに発つ」

ローガはパブを見まわした。バグパイプにマンドリンが加わり、スパイシーな肉料理や焼きたてのパンのにおいが漂っている。

「キャピタルに来るのは久しぶりだ。あまりにも低地で、人が多すぎるのが気に食わないが、このパブのエールはおいしいな。審判に出席して、杖を持つティーシャックを目にするのもこれが初めてじゃないが、今日あんたはよくやったよ。それと、おれも面識があったが、あんたの親父はすごい男だった。楽器の演奏も剣術もお手のものだったからな、キャヴァン・オブロインは」

「ああ」

「さあ、もう一杯飲もうじゃないか」ローガは手ぶりで合図した。「そして、キャヴァンに乾杯しよう」

14

雨が降ってやんだ日、ブリーンはマーグの家から農場までの道をボロックスと歩いていた。

その日の朝、ブライアンと彼の家族に会いに行くマルコを見送った。

「マルコはもう向こうに到着したか、そろそろ着くはずよ」ボロックスに話しかけた。「すっかり緊張していたわ！　何を着て、何を持っていくか、マルコが何度考え直したか数えきれないくらいよ。そして今夜、あるいは明日には必ず、ブライアンはマルコにプロポーズするんだわ」

ブリーンの隣でボロックスが全身を震わせ、興奮をあらわにした。

「わたしもまったく同じ気持ちよ！　でも、まだ黙っていないとね。約束どおりに。ああ、それももうすぐ終わるわ。どうやら今夜はあなたとわたしだけで過ごすことになりそうね」手をのばして、愛犬の頭のてっぺんの毛をくしゃくしゃとかき混ぜる。「ポップコーンを食べながら映画でもどう？　すっかりくつろいで――」

ボロックスが突然飛び跳ね、うれしそうに吠えたかと思うと駆けだしたので、彼女は言葉を切った。

案の定、牧草地にはアシュリンの息子たちがいた。それに、キーガンも。

おまけに、弓の的も設置されていた。

ブリーンが見守るなか、ハーケンが納屋から出てきて、その隣で子犬が飛び跳ねた。ダーリンとボロックスは数時間ではなく数週間ぶりに再会したかのように互いに駆け寄った。じゃれあう二匹に子供たちが加わると、キーガンがこちらを向いた。

「キーガンがきみのために的を設置したよ――さっき戻ったばかりなのに」途中で行き会ったハーケンが言った。

「そうみたいね。キーガンは戻ったばかりなの？」

「ああ、戻って一時間も経っていない。相当疲れている。本人は認めないだろうが、一目瞭然だ。きみは忍耐が必要になるぞ、キーガンは疲れると怒りっぽくなるから」

「仕方ないわね」

「ぼくは近づかないでおくよ」ハーケンが彼女の肩をぽんと叩いた。「モレナが今日はフィノーラとシーマスを手伝いに行っていて、ぼくたちを不憫《ふびん》に思ったフィノーラが、ローストチキンを届けてくれる予定だ。だから、ぼくは後片づけに行くっていう口実がある」

彼はズボンについた油のしみをこすった。

「きみの幸運を祈っているよ」

「ありがとう」

ブリーンは子供たちに手を振り、待ちかまえるキーガンのもとへ向かった。

「遅刻だぞ」彼が挨拶代わりに言った。

「ブライアンの予想では、あなたは明日か明後日まで戻らないだろうって話だったの。だから、今日はアシュリンとヒーリングの勉強をするつもりだったわ」

「きみはローガを治せるくらい優秀だ」

「もしローガが二回刺されていたら、コンテストで入賞したハーケンの雄牛並みにトロールが強靱でなかったら、治せたかどうかわからない」

「ヒーリング技術は充分だから、アシュリンとの勉強はまた別の機会にすればいい。だが、弓術はまだ半人前だ」

彼は疲れているのよ。ブリーンは自分に聞かせた。ハーケン同様、ブリーンにもそれは見て取れた。とはいえ。

「どうしてわたしがまだ半人前だとわかるの？　先週はここにいなかったのに」

「そうだな。じゃあ、きみの腕前を見せてくれ」

キーガンは矢筒をさしだし、彼女がそれを身につけると、弓を手渡した。

きたよ」

「ぼくには責務がある」ハーケンの警告どおり、キーガンはややむっとした様子でダスターコートのポケットに両手を突っこんだ。「できることなら、もっと早く戻って

「わかっているわ」

ブリーンは矢に手をのばしたが、キーガンは彼女の顔を両手で包み、唇を重ねた。そして探るようにブリーンの顔を見た。

「きみはあの場にいたのか？　それとも、あれはぼくだけが見た夢だったのか？」

「わたしはあの場にいたわ」

彼は額を触れあわせた。「だったらいい」そう言って、あとずさった。「だったらいいんだ。さあ、きみのすばらしい腕前を披露してもらおうか」

彼女は弓に矢をつがえてかまえ、ゆっくりとなめらかに弦を引いた。放った矢は的の外側の円をかすめた。

「わたしは、すばらしい腕前だなんて言わなかったわ」

「きみには目があるんだから、それを使え」

「わたしの目にはなんの問題もない。ただ、ちょっと……あなたが邪魔なのよ」さがるように手を振った。ふたたび放った矢は、的の外側の縁に当たった。

「八歳にもならない女の子でももっと上手だったぞ、しかも最初から。腕をしっかり

固定して、構えを調整しろ」

「腕をしっかり固定して、構えを調整」ブリーンはオウム返しに言った。

キーガンが恋しかったでしょう。彼女は自分に思いださせた。帰ってきてほしいと思っていたじゃない。

さらに矢を六本放ち、なんとか的の縁から中心までの中間あたりに二回当てた。

「何も言わないで」ブリーンは彼に嚙みついた。「モレナと訓練しているときのほうがうまくいったわ。彼女にきいてみて。当たらないのはあなたのせいよ」

「ぼくのせいなのか？」

「あなたがそこでわたしをにらんでるせいよ」

「きっときみに襲いかかってくるやつは、このうえなく優しく微笑みながら、きみを斬り捨てるんだろうな」

襲撃者を食いとめるのに必ずしも弓矢は必要ない。方法はほかにもいろいろあるのだから。

ブリーンの頭にある方法がひらめいた。

何度か息を吸って気持ちを静めてから、ふたたび矢をかまえると、矢尻と的の中心を思い浮かべた。

すると、的の中心に見事命中した。

眉をひそめたキーガンに、得意げな顔を向ける。「よく見てちょうだい、わが友よ《モ・カーラ》」

「誰だってまぐれ当たりはある。もう一度やってみろ」

ブリーンは二度、三度と矢を放ち、次々と的の中心に当てた。

今や大いに楽しみながら、もう一本矢を取ろうと背後に手をのばすと、キーガンにその手を押さえられた。

「魔力を使っているな」

「それでうまくいっているわ。なんで今まで思いつかなかったのかしら。あなたも、どうして勧めてくれなかったの？」

「勧めるわけがない――そんなやり方は邪道だからな。それは――」

「えっ？　いかさまってこと？　狩りやコンテストならそうかもしれないわね。公平じゃないから。でも、戦争は手段を選ばないものでしょう。自分の身や誰かを守るためなら、手元にあるどんな武器を利用したってかまわないはずよ」

　ブリーンの言葉にキーガンは困惑した。

「そんなの正当なやり方じゃない」

「それを言うなら、あなたはマンダロリアン（『スター・ウォーズ』の実写ドラマシリーズに登場する一流の戦士集団）じゃない。このやり方は通用するわ」

ブリーンは次の的の前に移動すると、矢を取りだした。今度は弓も使わず、ただ矢を持って的に向かって飛ばした。

今度も的の中心に当たった。

背後で子供たちが拍手喝采する。ブリーンが振り向いてお辞儀をすると、ハーケンも出てきて、子供たちの隣に立ってにっこりした。

「それじゃ弓術は学べない。そんなふうに魔法に頼っていたら」

「じゃあ、訓練は魔法抜きでするわ。でも、いざとなったときに何ができるかわかった。ティーシャック、時には別の方法を生みだすことも重要よ」

ブリーンはひとつの的には魔力を用い、もうひとつの的では使わなかった。

魔力を使わない場合でも、訓練が終わるころには上達していた。ごくわずかだが。

一方、魔力を用いた場合は、アベンジャーズのホークアイ（アメリカのスーパーヒーロー映画に登場する弓の名手）にも勝る腕前だった。

「あなたはついているわ」夕暮れどき、一緒にコテージへ向かいながらブリーンはキーガンに言った。

「そうなのか？」

「ゆうべ、マルコがジャンバラヤを作ってくれて、その残り物があるの」

「まだ食べたことがない料理だ。それはおいしいのか？」

「最高よ。ブライアンがマルコを家族に紹介できるよう、休暇を認めてくれてありがとう」

「彼はそれに見合う働きをしたからね。どうやら、ふたりは結婚の誓いを立てることにしたようだな」

ブリーンはアイルランドへと移動しながら、危うく枝につまずきそうになった。

「なぜそんなことを言うの？」

「ブライアンは家族に会わせるためにマルコを連れていったんだろう、ある意味あからさまじゃないか。それに、緊張していた。神経質なタイプじゃないのに。だから、ふたりは誓いを立てるつもりなのだろうと思ったんだ」

「ああ、よかった！　あなたがそこまでわかっているなら、わたしは黙っていなくてもよさそうね」

「黙っているって、何を？」

「承認を求められたのよ。ブライアンに。本当にすてきな話よね！」ブリーンは思いだしながら、胸の前で手を組みあわせた。「誰にも口外しないと約束したんだけど、こんな秘密を抱えるくらいなら六時間矢を射るほうがましだわ。ブライアンは、マルコにプロポーズするつもりなの。たぶん、今夜。結婚式は二回挙げるんですって」

わくわくしながらキーガンと腕を組むと、ボロックスが駆け戻ってきて、また先に走っていった。

「まずは、ここ——あるいはタラムで。そして、サリーとデリックとマルコの妹さんが来られるように、フィラデルフィアでもう一度」

「彼の両親はどうした？　マルコの両親は？」

「まさか、彼らは出席しないわ。尋ねてはみるつもりだけど。マルコには内緒で、彼のお母さんと会って話そうと思っているの。でも、彼らは出席しないでしょうね」

「だとしたら、彼らに非がある」

「どうでもいいわ。結婚式は〈サリーズ〉で挙げるつもりよ。きっとマルコはそう望むはず。それに、あそこなら彼を愛している人が全員出席できるから。ああ、すばらしい式になるわ。あなたも来てくれるでしょう？　両方の式に出席するわよね？」

キーガンがためらうと、ブリーンは念押しした。

「結婚式が行われるのはまだ先よ。すべてが片づいたあと。どれほど長くかかろうと、マルコたちが式を挙げるのは、そのあとになるわ」

「式には出席したい」

「それで充分よ」

「きみは春にアメリカへ行ったら、結婚式の準備もするつもりだな」

「ええ、そのとおりよ」林を抜けると、ボロックスは入江に直行した。

「わたしのアメリカ行きをすんなり認めてくれて感謝するわ」

「向こうにはきみの家族がいるし、仕事もあるから」

「ええ、でもここで必要とされるなら行かないわ」

「きみは以前にもそう言ったな」

コテージに入ると、キーガンはダスターコートをフックにかけ、彼女のジャケットも受け取ってつるした。

「ワインを飲みましょうか――ビールのほうがよければ、あなたはビールをどうぞ。そのあいだに残り物をあたためるわ」

ブリーンが言い終わらないうちに、キーガンは彼女を抱きあげた。

「それはあとにしよう。暖炉に火を灯してくれ、モ・バンジア。ここで」彼はリビングルームのソファの前で立ちどまった。「ここで充分だ」

「わたしもいいわよ」

「もっと早く戻るつもりだった」

「わかっているわ」

キーガンがそう思っていたことだけわかれば充分だと思いつつ、ブリーンはソファに横たえられた。

その日の深夜、マルコはブライアンと一緒に毛布にくるまって丘に座り、シー族特製のスパークリングワインを飲んでいた。ストーンサークルのなかでは篝火が燃え、ふたつの月が星と競いあうように照らしている——彼はふたつの半月がそろって移動し、大きな白い円を形作るところを想像した。

真夜中のピクニックだと、ブライアンは言っていた。初めてだが、こういうのもいいものだ。

「きみの家族をすごく気に入ったよ」

「みんなも、もうきみのことが大好きだ」

「きみは家族から本当に愛されているね。ぼくも大歓迎されている気分を味わえた。家に入って二分後には緊張を忘れたよ。十分後には、昔からみんなを知っているような気がしていた」

マルコはブライアンにさっとキスをした。

「きみのほうこそ、ぼくの家族をすっかりとりこにしたね。ぼくがハンサムなのは父親譲りだと父さんに言ったり、ぼくが優秀なのは母親のおかげだと母さんに言ったり。きみは本当に頭がいい」

「見たままを口にしただけだから、そう言うのはたやすかったよ」

マルコはブライアンのほうに頭を近づけ、互いの息が白く煙って消えるのを眺めた。

「ぼくは今、ふたつの月が浮かぶ星空の下、きみとここに座って真夜中のピクニックを楽しんでいる。きみが生まれ育った場所や、きみがよじ登っておなかが痛くなるまで青林檎を頬張った木を見おろしながら」

「母さんから聞いたんだな」

至福の気分を味わいつつ、マルコは身を寄せた。

「もっと話を聞くのが待ちきれないよ。ビデオ通話じゃなく、直接サリーやデリックにきみを会わせるのが待ちきれないのと同じくらいに。ふたりともぼくと同じようにきみを大好きになるはずだ、ブライアン。ブリーンに加えて、ふたりはぼくにとって本物の家族だ。あと、ぼくの妹も」

「思い出話をいろいろ聞かせてもらえるかな？」

「間違いないよ」

「家族と会って、その一員となり、その歴史の一部になるのは大切なことだ。ぼくは母さんがきみと会ったとたん目に笑みを浮かべたのが、すごくうれしかった。母さんは目顔でぼくにはっきりとこう告げたよ。〝なるほどね。なぜあなたが彼を愛しているのかわかったわ〟と」

「ぼくがなぜきみを愛しているか、きみのお母さんはもうお見通しのはずだ」

「もちろんそうだろう。ええと、なんて言ったっけ？　愛して当然？」

マルコは笑って、それぞれのグラスにワインを注ぎ足した。

「家庭を築くのも大事だ。愛する人を見つけ、長い年月をともに暮らすことも。やがて子供が生まれ、大家族やその歴史の一員となる」

ブライアンはマルコの手を取って唇に引き寄せた。「ぼくと家族になってくれ、マルコ。そして、ぼくとともに大家族やその歴史の一員になってほしい。ぼくが生まれたこの場所で、ぼくに誓いを立ててくれるかい？　そして、ぼくのきみへの誓いを受け入れてくれるかい？」

マルコがはっと息をのむと、何もかもが動きをとめた。夜も、大気も、世界も、その先のあらゆる世界も。

「き、きみはぼくに結婚してほしいと言っているのか？」

「ああ。こんなに緊張するなんてばかみたいだよな。あらゆる世界において、プロポーズほど単純なことはないのに」

ブライアンはマルコの手を裏返し、手のひらの中心に唇を押しつけた。「きみを愛し、きみを支え、ともに暮らしを築き、きみに喜びをもたらすと誓うよ。時期尚早かもしれないが――」

「いや、そんなことはないよ。ブライアン・ケリー、ぼくのシー族の戦士、ぼくの恋人で、ぼくの友。生まれたときからずっときみを待っていた気がする。入江のそばにたたずんだあの晩、すべてがしっくりきた。きみはぼくの最愛の人だ。それはこれから先も変わらない」

早くも喜びがあふれだし、マルコは飛びつくようにキスをした。

「じゃあ、誓ってくれるんだね？」ブライアンはマルコの顔にキスの雨を降らせた。

「ぼくもプロポーズするつもりだったんだよ。震えているから、ちょっと抱きしめていてくれないか。きみの家族に会ったあと、ブリーンに相談しようと思っていた」

ぎゅっと抱きついたまま、マルコはまぶたを閉じた。「ブリーンはぼくの北極星だからね。どうやってきみにプロポーズするか、どうやったら特別なプロポーズになるか相談したかった」

ブライアンは少し身を引いて、マルコの顔を包みこんだ。そして、自分の全世界と全人生がその美しい瞳に映っていることに気づいた。「ぼくにプロポーズするつもりだったのかい？」

「昔からずっと、きみみたいな人に愛されて、こんなふうに誰かを愛したかった。きみに結婚してほしいとプロポーズしたかったけど、まんまと先を越されたな」

「〝ああ、ブライアン、きみに誓いを立てるよ〟と言ってくれ」

「ああ、ブライアン、きみに誓いを立てるよ」

「そして、ぼくはこう答える。ああ、マルコ、きみと結婚するよ」

ふたりはキスを交わして約束を確かなものとし、未来への愛にあふれる一歩を踏みだした。

「ぼくはきみを見つけた」マルコがつぶやいた。「きみを見つけた。ぼくは異世界に足を踏み入れるだけでよかったんだ、そこにきみがいてくれたから」

また雨が降りだしたその日の午後、ブリーンは仕事を終えて書斎を出た。雨でもかまわず走りたがるボロックスを外に出してやると、空っぽのキッチンへコーラを取りに行った。

またこの状態に慣れないといけない。静かなコテージにひとりでいることに。テーブルで仕事をしたり、キッチンで料理をしたりするマルコを目にしないことに。

そう遠くない未来に、マルコは自分自身のキッチンやテーブルを手に入れる。ブリーンもそれを望んでいた。彼が愛する人と自分自身の家を持つことを。

両開きのドアに近づいて外を見渡し、雨が——そしてボロックスが——入江を波打たせる様子を眺めた。雨の日も晴れの日も、どんな天気の日でも、この景色はすばらしい。

それを眺めながら夏、秋と過ごし、今や冬を迎えた。あと数週間もすれば、こんなふうにたたずみながら、ここで春の訪れを目にできる。

だけど、急ぐことはない。春にはふたたびポータルを通り抜けてフィラデルフィアへ行く予定だ。サリーやデリックには無性に会いたいけれど、春が来たら母親とも再会することになる。

原稿の提出をそれ以上先延ばしにできないという事実にも直面するだろう。

「出版するだけの価値があるか否かってことよ、ブリーン。いずれにせよ、小説は書いた。それだけでも以前のわたしには到底できるとは思えなかったことよ」

もし出来がよくなければ、さらに磨きをかけるとしよう。

「これまで自分自身を向上させてきたように」彼女は手首を上に向けた。

「ミスノフ、それを忘れちゃだめよ」

ブリーンは今、ここことタラムに生活の拠点を置き、その両方で生産的かつ幸せに暮らしている。その暮らしや生産性や幸せは、このまま維持するつもりだ。

それを確実に実現するには、神を打ち負かせばいい。


雨が降り続いた翌日の午後、ブリーンはマルコのレシピに忠実にしたがって料理を作っていた——さほど難しくない料理を。少なくとも、イタリアン・ブレッドは分量が明記されていた。一方、彼の帰宅祝いのディナーのために作ることにしたラザニアのトマトソースはかなり厄介だった。

「マルコがこれを作るところを何度も目にしたし」ブリーンは、ハーブを刻む主人をお座りして眺めているボロックスに語りかけた。「婚約して帰宅する彼にディナーを作らせるわけにはいかないでしょう――婚約して帰宅するのは間違いないんだから」ハーブを加えてから鍋の中身をかき混ぜた彼女は、マルコのトマトソース味になるよう魔法をかけたい誘惑に抗った。

「厳密にはずるじゃないけど、手違いもあり得るし」

ブリーンは慎重にフットボールの形にして最終発酵させたパン生地の覆いを外した。なぜかふたつの生地がくっついて、ふわふわした大きな塊になり、てっぺんがわずかに割れていた。

「ああ、もう！　どうして？　とにかく直しましょう」

ブリーンは指を使おうとしたが、生地が風船のようにしぼむところが頭に浮かんだ。「これはずるじゃない」そう言い張ると、大きな塊の上に両手をかざし、ゆっくり慎重に分割した。「わたしは一から全部作ったし、これはずるじゃないわ」

彼女は生地をオーブンに入れた。その下の段には湯気が立ちのぼる湯を張った浅いボウルを入れた――なぜそうするのかはわからないけれど、マルコのレシピにそう書いてあったのだ。

タイマーをセットし、最高のパンが焼きあがるよう祈った。

「さてと、今のうちに片づけましょう」そう、キッチンはひどい有様だった。

皿を並べ、パンを――おいしそうに焼けたパンを――取りだしたときには、大きなため息がもれた。

「もうへとへとよ！　どうしてマルコは年がら年中、好き好んで料理をしているのかしら？　とっとここを出ましょう、ボロックス」

ブリーンはレインジャケットをつかみ、フードをかぶった。

熱がこもったキッチンで緊張を強いられたせいか、冷たくじめじめしているのが心地よかった。

この雨で――もしタラムでも雨が降っているなら――マルコの到着は遅れるかもしれない。

そう思った矢先、彼が小道の向こうから歩いてきた。

「マルコ・ポーロ！」ブリーンとボロックスはマルコに駆け寄った。彼女が彼に抱きつくと、ボロックスはその場で飛び跳ねた。「この雨で、あと数時間は帰ってこないんじゃないかと思っていたところよ」

「タラムでは太陽が輝いているよ。こっちは土砂降りだね」マルコは彼女をぎゅっと抱きしめてから、身を離した。

彼の目が光っているのを見て、ブリーンもボロックス同様に飛び跳ねた。

「話を聞かせて。早く聞かせてちょうだい」

「きみには事前に話したってブライアンから聞いたよ。それなのに、きみはひと言ももらさなかったんだな」

「もう死にそうだったわ。ねえ、話を聞かせて、洗いざらい何もかも！　彼はどうやってプロポーズしたの？　いつ、どこで？」

「ぼくがイエスと言ったかどうか、知りたくないのかい？」

「あなたが別の答えを口にするはずがないじゃない」

「まず荷物を家に放りこませてくれ。そうしたら一緒に引き返すから」

ブリーンがぱっと手を振ると、荷物は消えた。「あなたの部屋に送ったわ。さあ、わたしが爆発する前に話して」

「真夜中のピクニックをしたんだ」

「まあ、すてき！」彼女は手のひらで胸を叩いた。

歩きながらマルコが語りだし、彼女の涙が雨のように頰をこぼれ落ちた。

「なんてロマンチックですてきなの。もう完璧だわ。あなたとブライアンは」

「彼のお母さんも、きみみたいに泣いていたよ。本当にすてきなご家族だったんだ、ブリーン。ブライアンのお母さんに、もしよければお母さんと呼んでほしいって言われて、ぼくも思わず泣いちゃったよ」

「早くも彼女のことが気に入ったわ」

「ぼくがここと〈サリーズ〉で結婚式を挙げたがるはずだって、ブライアンに言ったそうだね。さすが、きみはぼくのことを知りつくしているな、ブリーン」

「ええ、わたしに勝る人はいないわ」

「ぼくたちはここで九月に式を挙げようかと考えているんだ。ちょうど出会ったころで、記念日のようなものだし」

「次から次へとロマンスがあふれでるわね」

「彼のお母さんは盛大な結婚式を望んでいる」

「さっきも言ったけど、もう彼女のことが気に入ったわ」

「ぼくもだよ！　彼女の口ぶりだと、モレナとハーケンが挙げたような式になりそうだ。大がかりなフェイの結婚式に。〈サリーズ〉で式を挙げるとき、ぼくたちはその前後も向こうに行ければと思っている。だって、すべてが片づいたあとだろう。それまでブライアンはここを離れるべきじゃない。だから、〈サリーズ〉で式を行うのは、十一月か来年の一月あたりになるかもしれないな」

「さっき、こう考えていたの。今のわたしはかつて得られると思っていた以上のものを手に入れた。人生はとても豊かになり、充実しているから、あとのことは先延ばしにしてもいいと。でも今は、一刻も早くすべてを片づけて、その後を味わいたいわ」

「結婚式はいつだってかまわないんだ、ブリーン」

マルコは身も心も光り輝いていた。それを見て、ブリーンはまた目をうるませた。

「ぼくたちはもう誓いを交わしたから。ブライアンはすでにタラムでの結婚式の付添人をお兄さんに頼んだ。キーガンにも打診してみるそうだ。もしよければ〈サリーズ〉での結婚式に出席して付添人を務めてくれないかって。きみは両方の式でぼくの付添人になってくれるよね？」

土砂降りのなか、ブリーンはマルコを抱きしめ、すすり泣いた。

「ほら」マルコは彼女の髪にキスをした。「日ざしのなかへ行こう。戻ってきたら、サリーとデリックにビデオ通話で報告しよう」

「ぜひそうしましょう！」

「ぼくはちょっと早めに帰るよ」ふたりして枝にのぼってから、マルコが言った。

「物々交換で魚を調達するのを手伝ってくれ。そうすれば、フィッシュ＆チップスを作れるから」

「必要ないわ。ディナーならわたしが用意したもの」

マルコは驚愕《きょうがく》してブリーンを見つめ、雨があがったことにもほとんど気づかなかった。「きみが何をしたって？」

「ラザニアを作ったの。それに、パンも焼いたわ」

「今度はぼくが泣きそうだよ」

「ディナーを食べたら泣くかもしれないわよ。でも、おいしくなかったら、嘘をついてちょうだい」

ブリーンはマルコと手を握りあって階段をおりた。ボロックスが石垣でふたりを待っている。「いい天気ね。雲ひとつない快晴だわ。さあ、噂を広めに行きましょう」

マーグの家でお祝いしたり、魔法の稽古をしたりしてすてきなひとときを過ごしたおかげで、キーガンが拷問さながらの訓練を用意している農場へ向かいながらも、ブリーンは上機嫌のままだった。

きっとマルコは、農場やフィノーラの家でも祝福されるだろう。ブライアンがコテージにやってきたら、またお祝いしよう。

「今日はとってもいい日ね、ボロックス。読むのが待ちきれない本の新章の幕開けみたいに。このニュースを伝えたときのサリーの顔を見るのが待ち遠しいわ」

その想像に心を躍らせながら、彼女は歩き続けた。

行く手のほんの先で、グレーの雲が渦巻きだした。その雲が形を取り始め、黒く縁取られた羽根を持つ邪悪なフェアリーの姿に変わった。

死霊だと気づいてキーガンを罵ると、あわてて剣を手探りした。

「ブリーン・シボーン・オケリー、わたしは万物の神オドランの使いだ」

「ええ、そうでしょうとも」

かたわらで、ボロックスが低く獰猛なうなり声をあげた。

「オドランはわたしの目を通して見、わたしの口を通して話す」

「抜け目がないわね。実に卑劣で巧妙だわ、ティーシャック」

剣で斬りかからずに魔力を投げつけようとした矢先、オドランの声がした。

「おまえの砂時計のなかの砂は減っている。最後のひと粒が落ちたとき、すべてが炎に包まれる。燃えあがって血を流す。今、披露しようか、そのまぬけな犬を使って」

「やめなさい！　お座り」ブリーンが荒々しい口調で命じると、ボロックスは地面にお尻をつけた。彼女は愛犬の前に立った。

「この子には触れさせないわ」

「その犬や、おまえが選んだひと握りの連中の命は助けてやってもいい、今すぐわたしのもとへ来るのなら」

「あなたは何も誰も助けたりしない。あなたが知っているのは死だけでしょう。だから、あなたのところには決して行かない」

「すべての砂粒が落ちたとき、おまえの選択肢はなくなる。蛇の木のポータルを通ってこちらへ来い。封印を解き、月が夜空にのぼる前に来なければ、すべて燃えあがって血を流すことになるぞ。みな燃えて血を流しながら、おまえの名を罵るだろう。こちら側へ来て、わたしの隣に座るのだ。大切な孫娘として。おまえの力をわたしに与え、その恩恵を光栄に思いながら生きろ。もし拒めば、おまえのすべてを奪う。おまえは大切な世界が滅ぶのを目の当たりにし、やがて息絶えるだろう」

たしかにオドランは恐怖をもたらしたが、ブリーンはその恐怖にのまれなかった。

「死霊や幻影でわたしを脅すつもりね。あなたの力が弱り、切羽詰まっているのがにおいでわかるわ。これがわたしの選択よ」

ブリーンは死霊を攻撃し、剣と剣がぶつかりあった。相手の目が、オドランの目が憤怒《ふんぬ》の色に染まったかと思うと、歓喜のようなものがよぎった。

ブリーンがブロックする前に死霊が彼女の腕を斬りつけ、肌を切り裂いた。

痛みとショックに悲鳴をあげ、彼女はよろめきながらあとずさった。逆上したボロックスが命令に背いて飛びだし、死霊にまっすぐ飛びかかる。

「おまえの血だ。わたしの力はこんなにも強大で、おまえの力は弱い。さあ、この雑種犬がおまえのために死ぬところをよく見ていろ」

「だめ」

ふたたび飛びかかっていくボロックスに、死霊が剣を振りあげると、ブリーンは炎を発射した。

死霊は炎上し、恐怖と憤怒のふたつの火花によって彼女のなかから噴出した業火を。

「選べ！」大地を揺るがすほどの声がとどろいた。「生か死か」

やがて、くすぶる灰だけが残った。

「だめ！　近づかないで」

ボロックスはくうんくうんと鳴きながら、負傷した腕をつかんでいるブリーンのそばに来て、身をすり寄せた。「塩、塩が必要だわ。頭がまわらない。ショック状態なのかも。立たないと。立つのよ。今、気絶するわけにはいかないわ。この傷を治さないと。頭が働かない」

疾走する馬の蹄の音が聞こえ、彼女はなんとか立ちあがった。

防御しないと。

しかしブリーンの目に映ったのは、マーリンに鞍なしでまたがるキーガンだった。

「塩」そう繰り返し、彼女はまたひざまずいた。

キーガンは馬がとまるのも待たずに、彼女のかたわらに飛びおりた。

「塩。遺灰に塩を」

「出血しているじゃないか。かなり深手だな。動くな、まずはできるだけのことをさせてくれ」

「わたし――。痛っ、火傷するわ！」

「ああ、わかっている。とりあえず止血をして、あとはアシュリンにまかせよう。じっとしていろ、勇敢なブリーン、ぼくにできる限りのことをさせてくれ」

彼女は目を閉じて必死に耐えた。「てっきり、あなたが死霊をよこしたんだと思ったの。訓練の一環として、奇襲を仕掛けたんだと。それで、かっとなって。もう充分でしょう。斬りつけられたときより痛いわ」

「あともう少しだ」

「遺灰に塩をかけないと。誰かが来るかもしれない。子供とか――」

「それはあとで必ず行う。ハーケンが来てくれたぞ」

「どうしてわかったの？　わたしがあなたを必要としているって」

「あのろくでなしが死者をも目覚めさせるような大声で叫んだからだ。ほら、マーグやセドリックもイグレインで駆けつけてきた。ハーケン！　この悪臭を放つ遺灰にかける塩を取ってきてくれ。これはビター・ケイヴスに運んで埋めないといけない」

「まず彼女の様子を見せてくれ」

キーガンと同じように、ハーケンも馬から飛びおりると、彼女の負傷した腕を両手でそっとつかんだ。「けがの程度は？」キーガンに目を向けられると、黙ってうなずいた。「兄さんはよくやったよ。あとはマーグが診てくれるから、もうやめていい」

「ええ、お願い」

「モ・ストー、モ・ストー」マーグがブリーンのかたわらにひざまずいた。

「わたしは大丈夫よ」火傷しそうなほど熱かったのがおさまったおかげで、さっきよりは気分がよくなった。でも、やはり腕はずきずきする。

「あなたにこんなことをするなんて、この手で地獄に突き落としてやるわ。これはオドランの仕業なんでしょう?」

「厳密には違うわ」

「止血はしたが、ブリーンにはまだヒーリングが必要だ」

「そうね、まずはこのけがを治さないと。あとはアシュリンとわたしにまかせてちょうだい」

「塩だ、ハーケン。それと、姉さんの手が必要だとアシュリンに知らせてきてくれ」

「わたしがブリーンを持ちあげるよ。だめだ、自分で立ちあがろうとするんじゃない」セドリックがブリーンを抱きあげた。「塩で浄化するまで誰も遺灰に近づかないよう、わたしがここにとどまるよ」

セドリックはブリーンにキスをしてから、キーガンの前にたたずむ雄馬に彼女を乗せた。「きみはもう大丈夫だ、何も心配することはない」

「ボロックスは?」

「わたしたちもすぐあとに続くわ」マーグが請けあって、イグレインにまたがった。

「ぼくに身をゆだねて」

マーリンが勢いよく駆けだすと、その振動でブリーンは胃がむかむかした。

「てっきりあなたが死霊をよこしたんだと思ったの」

「さっきもそう言っていたな、たしかにいいアイデアだ」

「でも、そうじゃないとわかった。オドランはわたしを傷つけるためだけに、ボロックスを殺そうとしたの」

「だけど、オドランの予想以上にそれは難しかったと思うよ。あの犬は戦士だからな」

ブリーンはひどく頭が重くなり、後ろにのけぞらせた。「あの死霊はオドランの目となり、口になっていると言ったわ。実際、そのとおりだった」

「そんなことができるなんて強力な魔術だな。そのうえきみを斬りつけるなんて」

「どうしたんだ？　いったい何があったんだ？　ぼくも聞こえたけど――」キーガンが馬をとめるなり、マルコがブリーンの顔に両手を這わせた。「彼女がどこにいるのかぼくにはわからなくて」

「ブリーンを連れていってくれ、兄弟。彼女は負傷したが、すでに治りつつある。なかに連れていってくれれば、マーグとアシュリンがヒーリングしてくれる」

「オーケー、わかった。もう大丈夫だよ、ベイビー、マルコがここにいるよ」

「ブリーンをなかに運んで、寝かせてちょうだい」アシュリンが農場の母屋の戸口で、きびきびと指示を出す。「ソファに彼女を寝かせたら、赤ちゃんを連れていって」

泣いているケリーをマルコに押しつけ、アシュリンはポケットからピンを取りだすと、ポニーテールにした髪を後ろでとめた。

「その子がぐずったら、歩きまわってあやしてやって。ケリーは母乳を飲みたがっているんだけど、ちょっと待ってもらうしかないわ。まずブリーンのジャケットを脱がせましょう、それとセーターも。傷の状態を確かめないと」

「キーガン、魔法薬を取ってきて。ブルーの瓶よ、ずんぐりした形で蓋が黄色の瓶。それをツーフィンガー分のウイスキーに七滴垂らして」

「ウイスキーは好きじゃないわ」

「好き嫌いにかかわらず飲んでもらうわ。あっ、マーグ。魔法薬を取りに行ってもらえますか、キーガンがへまをしないように」

「ぼくはへまなんかしないぞ」

「じゃあ、役に立ちなさい。わたしがヒーリングを行うあいだ、ブリーンの手を握っていてあげて。まったく、あのろくでなしのオドランときたら。マルコ、ちょっと外へ行って、息子たちに叱られたくなければ外で待つように伝えてくれる?」

「あなたみたいにきびきび命令できたらいいのに」ブリーンはアシュリンにそっと微笑み、まぶたを閉じた。「ハニガン将軍」

アシュリンはブリーンのもう片方の手を取った。「家のなかが男性だらけだと、自然と身につくわ。キーガン、キャンドルを持ってきて」

「ぼくはブリーンの手を握っているべきなのか、それともキャンドルを取ってきたほうがいいのか？」

「両方よ！　ブリーン、キャンドルの炎を見て。そこにある光を。これはちょっと痛いわよ」

「すでに痛いわ」

「もう少し痛みが増すわ。さあ、キャンドルを、光を見て。光のなかに目を凝らし、光を感じ、光になって。あたたかい光のなかに飛びこむのよ。ぬくもりに包まれれば、痛みが薄れるわ」

アシュリンのヒーリングを受けるあいだ、ブリーンは痛みを感じたものの、夢のなかのように鈍い感覚だった。祖母の声がアシュリンの声に加わり、キャンドルの炎のように心を癒した。落ち着いた静かな話し声に、ブリーンはぼうっとしてきた。

一度、二度、三度と、痛みが襲ってきて息をのんだが、そのうちおさまった。

「これを飲んで。そうよ。一滴残らず」

「喉が焼けるようだわ。それに、苦い」

「魔法薬はたいてい苦いものよ」アシュリンは血がついた手の甲で額をぬぐった。

「でも、よく効くわ。さあ、しばらくおとなしく寝ていて」

ブリーンはアシュリンの顔をじっと見つめてから、マーグの顔に視線を移し、ふたりとも集中するあまり汗だくになっているのに気づいた。

「ふたりとも痛みを感じているのね。わたしの痛みを肩代わりしたんでしょう」

「ヒーリングは恩恵よ」アシュリンは淡々と言うと、立ちあがった。「でも代償がないわけじゃない。それに、こういう代償なら喜んで払うわ」

「ぼくは馬の様子を見てこないと」キーガンがぱっと立ちあがって出ていく。

「腹を立てているのね、キーガンは」アシュリンが言った。

「キーガンがわたしに怒っているのはわかるけど――」

「あなたに対してじゃないわ」

アシュリンは息子にするように、ブリーンの頭をぽんと叩いた。「ばかなことを言わないで。いらっしゃい、ケリー――さあ、その子を引き取るわ、マルコ」

アシュリンが三男を抱いてシャツを開くと、赤ん坊は貪欲に乳房に吸いついた。

「あなたが少し休んで、キーガンの怒りがおさまったら、苦くないものを飲みましょう。そして、いったい何があったのか聞かせてちょうだい」

15

マルコが子供たちにまだ外にいるよう伝えるために母屋を出たのと入れ替わりで、モレナが羽根を広げて飛んできた。彼女はブリーンの無事を確認したあと、灰を埋めるのを手伝うためにハーケンのところへ行き、それからふたたび農場に戻ってきたのだ。

フィノーラとシーマスも駆けつけてくれた。ほかにも、おそらく谷の住民の半分かそれ以上と思われるほど大勢の人たちが来てくれた。彼らは緊急事態が勃発したことを聞きつけて、すぐさま農場に集まってきたのだ。

そして今、ブリーンは親しい人たちとともに大きなテーブルを囲んで座っていた。ヒーリングが終わり、腕には傷跡も残っていない。とはいえ、アシュリンが言うには、あと数日はずきずき痛むらしい。

ブリーンの前にはワインの入ったグラスが置かれ、彼女以外の者たちにはウイスキーか、ウイスキーを垂らしたお茶が用意された。ブリーンはワインをちびちびと飲みながら話し始めた。

「まったく、無節操にもほどがある」セドリックが口を開いた。「あの男の行為は無節操なうえに軽率だ」

「でも、いかにもオドランらしいわ。あの人はあなたが死霊を使って訓練していることをスパイから聞いて知っていたのよ」マーグが先を続ける。「だから、それを利用したの。なんてずる賢いのかしら。狡猾《こうかつ》さにかけては彼の右に出る者はいないわね」

「あいつの言葉も単なるでまかせよ」モレナが言った。「こちらへ来い。来なければ、必ずおまえを殺してやると言ったって、オドランにそんな力はないわ」

「オドランはわたしを怖がらせて、痛い目にも遭わせたかったのよ。このふたつは、見事にどちらも成功したわ。それで彼の今回の目的は達成したんじゃないかしら。でも、どうもオドランは本気で考えているような気がするの。これはただの脅しではなく、本当にやるぞと断言したら、きっとわたしが言うことを聞くと」

「たしかに、オドランなら自分に逆らえる者などいるはずがないと、いかにも思っていそうだわ」

ブリーンはテーブルの上座に座っているキーガンにちらりと目を向けた。「ひょっとしたら、今日、オドランはわたしを殺すこともできたのかもしれない。だけど、わたしの息の根を完全にとめるわけにはいかなかったのよ。まだ自分のほしいものを手に入れていないから。結局、オドランは今回も手に入れられなかったわ。死霊ではわたしから何も奪えなかった。正直言って、あのときのわたしの剣さばきはお粗末なものだった。それでも、心のどこかで思っていたの。あいつはわたしを殺せないだろうと。相手の剣が腕に刺さった瞬間でさえもね」

「武器は、それがどんなものであっても敬意を持って扱うべきだ」

「普通は自らの体験を通じてその教訓をしっかり学ぶわ。でも、オドランは違う。彼は学ばない人なの。あまりにもうぬぼれが強すぎて、学ぶ気もないと言ったほうが正しいかもしれないわね。教師をしていたころ、オドランみたいなタイプの生徒がたまにいたわ。過去の経験から何も学ぼうとしない生徒が。ああいう子たちは失敗しても、成績が悪くても、これっぽっちも反省なんかしなかった」

「そういう子供っているよね」マルコの声が割って入ってきた。「でもさ、オドランはもう子供じゃないだろう」

「見た目はね。だけど中身はまったく反省しない子供と同じよ。だから、オドランはいつまで経っても同じ失敗を繰り返すの。こんな調子では、ほしいものを手に入れられるわけがないわ」

「頭がいかれているのさ」マルコが肩をすくめる。「前にも言ったけど、異常人格者《サイコパス》なんだよ」

「オドランにとって、ブリーンほど価値のある者はいない。あいつが自分の野望を達成するためには、彼女の存在が不可欠なんだ」キーガンがウイスキーの入ったカップを手のなかでまわしながら、静かに話しだした。「ブリーンはぼくたちの鍵であると同時に、オドランの鍵でもある。あの男もそれは百も承知だ。だからこそ今日、彼女の前に現れて大見得《おおみえ》を切ったのだろう。そして、自分に逆らえばどうなるかわからせるために、ブリーンを斬りつけた。結局は空振りに終わったが」

「オドランは息をするように嘘をつくからな」ぼそりとつぶやくハーケンの声が聞こえた。彼は帽子を脱いで席についた。髪の毛がぼさぼさだ。「今日やつが言ったことも、そのひとつにすぎないよ」

「わたしは戦士ではない」シーマスがテーブルを囲む面々を見まわした。「さらに、ここにいるきみたちほどオドランの思考を分析できる知識も持ちあわせていない。だが、どうしても判然としないことがあるんだ。なぜオドランは死霊を通して話をしたのだろう？　ブリーン、きみの言葉を借りれば、その死霊は邪悪なシーだったね。どうしてオドランはわざわざそんなことをしたんだ？　別に彼自身の幻影だってよかったのに。そのほうがパワーもあるし、より強い恐怖を与えることができると思わないか？」

「たしかに、もっともな疑問だな」窓辺に立ち、外で犬と遊んでいる子供たちを眺めていたマオンがテーブルのほうに向き直った。

「わたしはこういったことに詳しくない。誰か、わたしのこの疑問に対する答えがわかる人はいないかな？」

「オドランには自分の幻影を作りだす力がないのよ」マーグが淡々とした口調で返した。「イズールトにもできないわ。それに、オドランはポータルも開けられない。彼は今も漆黒城で悶々《もんもん》と過ごしているはずよ。シーマス、あなたの疑問だけれど――わたしはあの死霊はただの死霊ではないと思っているの」

「お手上げだ」マルコがふたたび肩をすくめる。「さっぱり話についていけない。まあ、それはいつものことで、この手の話題はぼくの理解を超えているんだ。ここはブリーンにまかせて、ぼくは子供たちの様子を見に外へ行こうかな」

「いや、マルコ、それには及ばない」マオンはもう一度窓の外を眺め、それからテーブルに戻り、椅子に腰をおろした。「子供たちのそばにはマブとボロックスがいる。あの獰猛な番犬たちがちゃんと子供たちを守ってくれるよ。それに、しっかり者のリアムもいるから、きみはそのままここに座っていろ」

「ブリーンのもとに送られてきた死霊は灰になったでしょう。そして塩をかけて埋められた」モレナが口を開いた。「わたしはシー族だけど、ブリーンの前に現れたものは、さらに力をつけて攻撃を仕掛けてきたってことくらいわかるわ。ブリーンはそれを焼きつくし、破壊して、そいつが持っていた力を奪い去った。この解釈で合っている？」

「ああ」キーガンは相変わらず手のなかのカップをまわしている。「それで合っている。ただ、本当のところ、オドランとしては自分自身の手で彼女の皮膚を切り裂き、血を流させたかったはずだ。死霊だけでは無理だからな。だが、やつにはまだ武器を持ってポータルを通り抜ける力がないのが現実だ」

「本当にそうかしら。だって、間違いなくあれはオドランの仕業だったわ」そう言って、ブリーンは斬られた箇所を手で覆った。

「それがきみの考えなら、まだまだ勉強不足ということだな」

キーガンの言葉に、ブリーンはかちんときた。すかさず言い返そうと口を開きかけたところで、ふたりのあいだにハーケンが割って入ってきた。

「ブリーンは何年もオドランと戦ってきたわけじゃない。やつの存在を知ってからまだ数カ月しか経っていないんだ。もう少し長い目で見てやれよ」ハーケンが話を続ける。「まあ、それはそれとして、ぼくの見解を言わせてもらうと、ブリーンの前に現れたシーは実存していると思うんだ。オドランの側でね。そのシーが向こうで、死霊となってこちら側に現れることができるよう強い魔法か、血の呪いをかけられたんだろう。そして、この死霊の内側にオドランもひそんでいた。死霊に変化したシーの肉体は、オドランの器だったってわけさ。もしあのシーがここで生まれた者なら、そういうことも可能なはずだ」

「それなら、剣は?」フィノーラが言った。彼女はいたわるようにマーグの手を自分の手で包みこんでいる。

マーグは手のひらを上に向けて、指を友人の指にからめた。「きっとここにも剣の材料になるものがあるんだわ。それに危害を加えられるくらい強いパワーを生みだす魔法をかけるのよ。そうしてできあがった剣は、あくまで幻影にすぎない。それでも敵を殺すことはできる。モ・ストー、オドランにはあなたに届けたいメッセージがあったのよ。そして幻影を利用して、そのメッセージを伝えた」

「メッセージなら受け取ったわ。痛い思いをしてね。ボロックスはわたしを守ろうとして死霊に飛びかかっていったのよ。わたしは剣を突きだしたわ。それと同時に、向こうも剣を突きだしてきた。二本の剣がぶつかり、わたしの攻撃は阻まれた。あのときの剣と剣がぶつかりあう金属音は今も耳に残っているわ。でも死霊に腕を斬り裂かれたのをきっかけに、わたしは火を放った。そして死霊を燃やしたの。ああ、なんてこと――」

ブリーンの胸にやるせないものがこみあげてきた。「あのシーはオドランの世界で生きていたのよね。わたしは彼を生きたまま焼き殺したんだわ。わたしは――」

「むしろ、ぐずぐずしすぎだ。初めからやるべきことをやっていればよかったんだ」キーガンがそっけない口調で言う。「敵に対して、きみは剣だけでなく自分が持っている魔力も同時に使うべきだった」

「きみの腕から流れ落ちた血も加わり、その魔力は一段と強まっていたはずだ」セドリックの声はどこまでも優しい。「きみには死霊を焼きつくすほどの強力な魔力がある。今日、オドランはそのことを知ったんだよ。シーの体を使ってね。シーがひとり死んだところで、あの男にはなんの意味もないんだ」

「あいつはきみを観察して、きみの能力を確かめたかったのさ」ふたたびキーガンが口を開く。「きみにメッセージを伝える以外にも、オドランには目的があったんだ。今日、オドランはきみの血を手に入れられなかった。死霊が握っていた剣にはきみの血がついていたにもかかわらずだ。あの男にとって死霊はどうなってもよかったとしても、剣が燃えたときはさぞ落胆しただろうな」

「そんなにわたしの血がほしいのね。なるほど、よくわかったわ。魔術を行うためにしろ、自分の力を少しばかり強めるためにしろ、とにかくオドランはどんな手を使ってでもわたしの血を手に入れたいわけね。どうぞ、好きなだけわたしを観察して、わたしの能力を確かめればいい。こっちだって同じことをしてやる。わたしも彼を監視し続けるわ。

今思えば、オドランがボロックスに何もしなかったのは、まさかあの子が飛びかかってくるとは思っていなかったからなのね。それと、わたしにしか目を向けていなかったから。オドランは剣で戦うことを望んでいたのよ、自分のほうが剣の腕前ははるかに上だし、そうすればわたしの血が流れるから。それだけ、わたしの血がほしくてたまらないんでしょう。きっとオドランはかなり切羽詰まっているんだわ」

「もうひとつきいてもいいかい？　きみがいつ、どこにいるのか、オドランはどうやって知ったんだろう？」

「またしても鋭い質問だ。ぜひあなたも評議会に出席して、こういう的確な質問をどんどん投げかけてくれたら大いにありがたい」

シーマスが声をあげて笑う。「それは勘弁してくれ。わたしはキャピタルに行く気はないし、評議会に出席する気もないよ。キーガン、たとえきみに頼まれてもね。わたしはただの好奇心からきいているだけだ」

「ルーティーンだよ」みんなの視線がいっせいにマルコに注がれる。彼は肩をすくめた。「ほら、刑事たちがよくこんなふうに言うだろう？　彼女は毎朝その道をジョギングしていたとか、彼は毎晩七時ごろ犬を連れてそのあたりを散歩していたとかさ。犯行に及ぶ悪党というのは、そういった彼らの日常を把握しているものだ。ブリーンは、だいたいいつも決まった時間にマージのコテージからここまで歩いてくるよね？

襲われたのも、ちょうどそのころだったんじゃないか？」

「言われてみれば、そのとおりだな。彼女は毎日、ほぼ同じ時間にきみとボロックスと一緒に農場へやってくる。訓練を開始する時間もだいたい決まっている」キーガンはブリーンに目をやり、さらに続けた。「それがルーティーンになっていた。この生活がごく当たり前になっていたから、きみは不意打ちを食らったんだ。だったらルーティーンを変えよう。たとえば、日によっては訓練を最初にして、それからマーグのところへ行くという具合に。ぼくたち全員のルーティーンも変えたほうがいいだろうな。みんな、これからは毎日同じ順番で同じことをするのはやめよう」

「行動パターンを壊すのね。わかったわ。でも、今日のオドランの奇襲攻撃は失敗したでしょう。さすがの彼も少しは懲りたんじゃないかしら」

「あの人はいつだって自分の都合のいいように他人の肉体を利用するわ」マーグは孫娘に話しかけた。「用心するに越したことはないのよ」

「では決まりだな。きみは、明日はまず最初に訓練をやろう。マーグ、そのあとブリーンをあなたのコテージまで連れていくよ」キーガンは椅子から立ちあがった。「さあ、向こう側の世界に帰るぞ。ぼくがきみたちを送っていく。そろそろ暗くなるし、雨も降ってくる」

今さら言うまでもないが、キーガンの予想は当たった。外に出たとたん、風が強くなり、雨粒が落ちてきた。

ブリーンは、子供たちを呼び集めているアシュリンとマオンを見ていた。リアムが駆け去り、ほどなくして少年の脚は二本から四本に変わった。

そして、マーグは十代の少女のように軽やかにイグレインの背に乗り、猫に変身したセドリックも祖母が手綱を握る馬に飛び乗った。

「モレナ、今夜はじめじめした夜になりそうね。ハーケンはこれから搾乳作業とか、いろいろしなければならないんでしょう？　あなたのお父さんも彼を手伝うのよね。そのあいだに、あなたと一緒に食事の準備をしてもいいわよ」フィノーラがブリーンのところにやってきて、彼女を抱きしめ、耳元でささやいた。「ダーリン、今日はもう帰りなさい。ほら、あなたを待っている人がいるわよ」

「そうですね。わかりました」

マルコとキーガンのあいだにはさまれ、ブリーンは大粒の雨のなかを歩きだした。しだいに早足になっていく。足を動かしながら、ふと思った。向こう側の世界は今も雨が降っているのだろうか。

彼らは歓迎の木のポータルを通り抜けた。アイルランドは涼しい風が吹いていた。空気は湿っているが、雨はもうあがっていた。

話したいことはたくさんあったものの、ブリーンは黙々と林の小道を歩き続けた。

「ブリーン、大丈夫かい？」マルコが彼女の手を握りしめる。

「大丈夫」口ではそう返したけれど、アシュリンに言われたとおり、本当は腕が少しずきずきと痛んだ。

「寿命が縮んだよ」

「まったくだわ。でも、燃えて灰になったのはオドランのほうよ――というか、正しくは彼の生霊が乗り移ったシーの肉体ね」

ブリーンは前方に淡い光を放った。「だからもう心配しないで。今夜はあなたのお祝いなのよ、マルコ。あなたはキッチンに入らなくていいから。コテージに着いたら、まっすぐ二階へ行ってシャワーを浴びてちょうだい。あのとき、あなたは馬に乗って戻ってきたところだったでしょう。早く汚れを落としてさっぱりしたいはずよ。それに、荷ほどきもしなくちゃいけないわよね。だって、あなたは荷物を放置したままにしておけない性格だもの。やることをやっているうちに、ブライアンも帰ってくるわ。そうしたら、わたしの作った料理をみんなで食べましょう」

三人と一匹は林を抜けた。ところが、いつもなら入江に向かって一目散に駆けだしていくボロックスが、ブリーンにぴったりくっついたまま離れようとしなかった。彼女は愛犬を見おろして話しかけた。

「あなたも心配性ね。でも、わたしは大丈夫よ。さあ、泳いでいらっしゃい」

ボロックスは走りだした。何度かとまってはブリーンを振り返りつつも、やがて水に飛びこんだ。

「おや、なんかいいにおいがするぞ」コテージのなかに入るなり、マルコが言った。

「その手には乗らないわよ」ブリーンは腕組みをして、行く手をさえぎった。「だめ。キッチンには一歩も入らせないわ」

「ぼくはただ――」

「だめったらだめ。さあ、早く二階に行きなさい」

「なんだよ。威張り屋め」マルコは名残惜しそうにキッチンのほうを見ながら、階段をのぼっていった。

「ねえ、暖炉に火をつけて」ブリーンはキーガンに声をかけ、レインジャケットを脱いだ――祖母が血のしみを落とし、裂けた部分をつくろってくれたレインジャケットを。「それがすんだら、なぜわたしにあんな言い方をしたのか説明してちょうだい」

ブリーンはキッチンに入っていった。手をひと振りして暖炉に火をつけたキーガンが後ろからついてくる。

「なんの話だ?」

「わたしに、ぐずぐずしすぎだと言ったじゃない。初めからやるべきことをやっていればよかったんだとも言ったわ。わたしは精一杯やったわよ」ブリーンは深鍋をシンクのなかにどすんと音をたてて置いた。そして蛇口をひねり、パスタをゆでるための水を入れる。

「精一杯やった？　よく言うよ。それなら、なぜあいつに斬り裂かれたんだ？　ここからここまで」キーガンがブリーンの肩から肘まで指を滑らせる。その手つきは決して優しいとは言えなかった。

「わたしは一歩も譲らなかったし、しっかり応戦したわ。見ず知らずの相手を、わたしは焼き殺したのよ。いったい、あれ以上どうすればよかったというの？」

「どんな手を使ってでも、敵の攻撃から自分の身を守れ」キーガンはワインのボトル――ブリーンがソース作りに使おうとしていたワインだ――を開け、グラスの縁までなみなみと注いだ。そして、自分用に冷蔵庫からビールを取りだす。

「それができなければ、どうやって両陣営ともに大勢の兵士が戦死するような戦場から生きて帰ってこられるというんだ？　今日、きみが戦った敵はたったひとりだった。それなのに、きみは地面を血で汚すほど深い傷を負った」

「仕方ないでしょう。オドランは神なのよ」ブリーンはグラスをつかみ、ワインを一気に喉へ流しこんだ。

「きみだってそうだろう」

「わたしはあの人とは違う。そんなことあなたもわかっているじゃない！　神の血はわたしの一部でしかないの。わたしにはほかにもいろいろな血が流れているわ」

「きみはすっかり怖じ気《おけ》づいてしまったんだ」

「ええ、そのとおりよ。今も彼が怖いわ」

「恐怖心は誰にでもあるものだから、別に恥じることはない。だが、きみはあのとき、恐怖とか不安とか迷いばかりに気を取られて行動しなかった」

「ちゃんと行動したわ」

「いいや。きみは自分の内にあるものを――きみの最強の武器を使わなかっただろう。きみが放った矢が的の中心に命中したとき、きみはぼくになんて言った?」

「あなたはわたしになんて言ったかしら?」ブリーンも負けじと切り返した。

「ぼくが間違っていたよ。すまなかった。あともうひとつ、きみに謝らなければならない。今日きみが大変な目に遭ったのは、ぼくのせいでもあるんだ」

キーガンの言葉に、ブリーンのなかでますます怒りがふくれあがった。「どうしてあなたのせいなの?」

「ぼくがきみの訓練を担当しているからだ。しかし、きみは敵に隙をつかれ、腕を斬りつけられた。致命傷にならなかったのがせめてもの救いだが……やはり、ぼくの指導方法がまずかったんだよ」

「ばかばかしい」ブリーンがシンクのなかから水がたっぷり入った鍋を持ちあげよう

とすると、キーガンが彼女をそっと押しのけ、代わりに鍋をつかんだ。

「どこに置いたらいい？」

ブリーンはキーガンを見あげた。「どこだと思う？　当ててみて」

彼は肩をすくめ、鍋をコンロにのせた。ブリーンはマルコをまねて鍋に塩を入れ、火をつけた。

彼女は指先でまぶたを押さえ、それからグラスをふたたび手に取った。「あなたに今まで以上に厳しく指導されたら、わたしは毎日全身あざだらけになるわ。そんなのいやよ。絶対にいや。また昔に逆戻りするなんて。わたしは毎日あざだらけだったのよ。でも、訓練を繰り返しているうちに、あざを作らないようになっていった。キーガン、わたしは日々学んでいるわ。訓練をするのと同じくらい魔法についても一生懸命学んでいる」

「あれは辛辣な言い方だったかもしれない」

「かもしれない？」ブリーンはため息をつき、鍋のなかのソースをかき混ぜた。いいにおいがする。ものすごくいいにおいだ。「わたしは黒魔術には詳しくないわ。だから一生懸命学んで、その知識を深めようとしているの」

「勉強不足だなんて言って悪かった。あのときはきみの身に起きたことに腹が立っていて、ついあんな言い方をしてしまったんだ」

ブリーンはキーガンの横をすり抜け、チーズを取りに行った。「たしかに、あなたのその言葉にはかちんときたわ。でも、間違ったことは言っていない」

キーガンがビールを口に含む。「まあ、それはそうだが」

「わたしは気が散っていたの。歩きながら、マルコとブライアンのことを考えていたから。今日はなんてすてきな日なんだろうって考えていたのよ。キーガン、二十四時間ずっと神経をとがらせているのは無理。そんなこと誰にもできない。たとえ、あなたでもね」

ブリーンはキーガンに向き直った。「だけど、わたしはあまりに無防備だったわ。あれこれと物思いにふけってぼんやり歩いていたから、オドランの目を見たときも、彼の声を聞いたときも、瞬時に気持ちを切り替えられなかったの……剣と剣がぶつかりあったときも、まだ完全に戦闘態勢に入っていなかった。それでも、死霊は――その正体がシーであれ、オドランであれ、シーとオドランの合体であれ――わたしを殺すことはできない気がしたの」

「きみは絶対に殺されないという確信はなかったのに、ボロックスの前に立った。つまり、そこでわれに返り、行動を開始したわけだ」

「ええ、そうよ。あれは本能的なものね。そうとしか言いようがない。死霊に斬りつけられたことで、防衛本能――とショック――が働いて、それで反射的に魔力を放ったの。わたしはオドランの嘘にはだまされなかったわ。でも、死霊はどう？　まあ、あれもトリックと言えばトリックだけど、あの死霊を使ったトリックは敵ながら見事だったわ」

「オドランはほかにも隠し玉を持っている。必ずまた別の手を試すはずだ」

「でもキーガン、わたしには見えたの。感じることもできた。オドランのなかにある欲求やプライドや渇望とともに、必死さみたいなものが。だけど、オドランはわたしが彼の内面を見抜いていることに気づいていない。一方、オドランはわたしを自分にとって価値のある者としか見ていないわ。あなたが言ったようにね。彼の目には、わたしはほしくてたまらない鍵や力としてしか映っていないのよ。だから、あの人にはわたしの弱点が見えない。たとえば、ボロックスね。彼はわたしのこの弱みを知らないの」

ふいに、ボロックスがコテージに戻ってきた気配がした。ブリーンは手を振って玄関のドアを開けてやった。「キーガン、あの子の体を乾かしてあげてくれる？」彼女はさらに話を続けた。「オドランはわたしには愛するものがあることはわかっていると思うわ。でも、彼自身には愛という感情がない。彼にとって愛は、単に利用できる弱点でしかないの」

ボロックスの濡れた体を乾かし終え、次にキーガンはボウルに餌を入れた。

ブリーンは沸騰した湯にパスタを投入した。

「だけど、愛は決して弱点なんかじゃないわ」ブリーンは言葉を継いだ。「それどころか、強みよ。モチベーションよ。わたしは人間の血も引いているでしょう。もしかしたら、それが今日へまをした原因のひとつなのかもしれないわね。でも、こればかりはどうにもならないわ」

「そういう部分も含めて、それがきみなんだ。人間の血が流れていることは決して欠点ではない。かえってそれは強みであり、力であり、天与の贈り物だ」

キーガンはブリーンの肩に両手をのせた。「ぼくはそれをこの手に感じたよ。きみの血で手が赤く染まったときに。ぼくの目にもそれが見えた。まあ、こっちはただの気のせいかもしれないが」

「とりあえず今は、終わりよければすべてよしということにしておくわ。実際は、まだ終わっていないけれど」

「今夜はいったん、そのことは忘れよう」キーガンはブリーンの体をくるりとまわした。「まずは休憩だ。きみはグラスのなかのワインを飲んでしまえよ。それから、ぼくがここで何をしたらいいのか指示してくれ」

「ラザニアの作り方は知っている？」

「いや、知らない。だが、食べるのは好きだ」

「それはわたしも同じよ。じゃあ、鍋のなかのパスタをくっつかないようにかき混ぜてちょうだい」コンロの前に立ち、空中で人さし指をまわしたキーガンを見て、ブリーンはあきれた表情を浮かべた。「そうじゃないわよ。まったく、あなたときたら。でも、まあいいわ。次はサラダを作って」

「ぼくに作れるかな？」

「物は試しだから、やってみて。わたしはすることがあるから。この料理は絶対に成功させたいの」ブリーンは水切りざるとキャセロール皿を取りだした。「これがすんだら、キッチンをまたマルコに返すつもりよ。そして、わたしはしばらく料理から手を引くわ」

ブリーンが黙々と手を動かしているうちに、マルコが二階からおりてきた。彼女は人さし指を突きつけた。「入っちゃだめよ」

「おいしい料理を楽しむ前にワインくらい飲んでもいいだろう」

「あなたはそこにいて。今、キーガンが持っていくから」

キーガンはグラスにワインを注ぎ、同情するような表情でマルコに手渡した。「ここはブリーンにまかせておこう、兄弟。こうなったら好きにさせておくに限る」

「それにしても、いいにおいだな」そう言ってマルコがいつまでもダイニングルームのなかをそわそわと歩きまわるので、それがだんだんブリーンの神経にさわりだした。

少しはじっとしているように言おうとして、彼女が口を開きかけた瞬間、マルコがぱっと顔をあげた。「ブライアンだ」

結婚の誓いを立てたばかりのカップルが熱烈なキスを交わし始めると、ブリーンはしばし手をとめて、そんなふたりの姿を眺めた。

「今夜はブリーンが料理をしているんだ」

「そうみたいだな」ブライアンは笑みを浮かべ、ブリーンのほうへ近づいてきた。「料理ができるくらいに回復したんだね？」

「ご覧のとおり、絶好調よ」

「それはよかった。オドランに襲撃されたって話はあっという間に知れ渡ったよ。傷はもう治ったのかい？」

「ええ、すっかりよくなったわ」

「あいつの叫び声は凄まじかったな。ぼくのところにも聞こえてきたよ。きっと、あの咆哮《ほうこう》は極北部まで聞こえたに違いない。ぼくは持ち場を離れられなかったから、ダンカンに様子を見に行ってもらったんだ。きみがけがを負いながらも、死霊を燃やして灰にしたことや、暗黒神を打ちのめして、向こうの世界へ追い返したことを、彼が詳しく報告してくれたよ。きみはオドランが尻尾を巻いて逃げ去るとき、次はやつも灰にしてやると釘《くぎ》を刺すのを忘れなかったそうだね」

ラッド』だ」


「そこまでは言っていない――」

「さっそくマーラが歌を作り始めていたよ。曲名は『ブリーンと死霊のバラッド』だ」

キーガンが小さく鼻を鳴らす。どうやら必死に笑いをこらえているらしい。

「本当にそれはちょっと大げさじゃ――」

「別にいいじゃないか。まんざら嘘でもないんだから」キーガンが全員分のグラスにワインを注ぐ。「きっとそのバラッドも永遠にフェイに語り継がれるだろう。さあ、ブリーン・シボーンの戦場での勝利を祝して乾杯しよう。ぜひとも、きみにはキッチンでも勝利をおさめてほしいものだな」

「わたしも同感よ」ブリーンは心のなかで料理の成功を祈りつつ、オーブンからラザニアを取りだした。

「おっと、これは……」マルコが驚きの声をあげる。「完璧な出来栄えだよ」

「見た目が悪かったら、キャンドルの明かりだけで食べればいいと思っていたの」ブリーンはナイフに手をのばした。

それを見たマルコがあわてて声をかける。「ちょっと待った。少し置いてから切ったほうがいい。そうしないと、ぐちゃぐちゃになってしまうから」

「ああ、そうだった。忘れていたわ。それじゃあ、先にサラダを食べましょう」

「サラダはぼくが作った。間違いなくうまいはずだよ」キーガンはサラダの入ったボウルをテーブルに運んできた。「とりあえず座ろう。それから食べる前に、もう一度乾杯だ。ぼくが敬愛する友、きみたちふたりに乾杯したい。いつまでもふたりが愛と喜びに満ちた日々を送ることを、そして、常にふたりに神のご加護があらんことを願っている」

「また泣きそうだ。すごくうれしいよ」マルコはグラスを掲げた。「料理に、ワインに、とりわけ、このかけがえのない友情に。スロンチャ」

サラダの出来にはなんの不安もない——実質、生野菜を切っただけなのだから。それでも、ブリーンは固唾をのんでマルコを見つめていた。彼はパンを口に運ぶと、ブリーンに向かって目を細めた。

「お嬢さん、きみはずっと料理の才能を隠していたんだな」

「それは合格ってことね」ブリーンも思いきってパンをひと口かじってみた。「おいしい！　生地を三回も発酵させなければならなかったのよ。ねえ、マルコ、なぜ一回じゃだめなの？」

「手間をかけた分だけおいしくなるんだよ。これは最高にうまくできたね。ぼくとブライアンのためにここまでしてくれてありがとう」

「お礼なんていらないわ。わたしの親友と親類が結婚するのよ。こういうときに料理をしないでいつするの?」

まずは第一関門突破だ。ブリーンは椅子から立ちあがり、ラザニアを持ってテーブルに戻ってきた。

「ところでブライアン、家族はみんな元気だったか?」キーガンが言った。「きみたちのことを喜んでくれたかい?」

「全員元気です。それに、とても喜んでくれました。ぼくと同じくらい、みんなマルコに夢中でしたよ」

「ぼくもきみの家族が大好きだ。ああ、そういえば、ブライアンのお母さんがいろいろな話を聞かせてくれたんだよ」

「頼むから、その話はやめてくれ」

「了解」

四人はラザニアをフォークですくい、せっせと口に運んだ。笑いの絶えない楽しい時間が過ぎていく。

「上出来だよ、ブリーン。きみもやるな」

ブリーンはにっこり笑ってマルコにうなずきかけ、ラザニアを頬張った。「あなたのレベルにはまだまだ達していないけど、わたしとしては大満足よ。焦がさなかったし、冷凍ピザのお世話にもならずにすんだんですもの」

「たしかにマルコは料理上手だが、ひょっとしたらキッチンでこっそり魔法を使っているのかもしれないぞ」キーガンがラザニアをたっぷりすくいあげる。「ぼくはまだ彼の作ったラザニアを食べたことがない。だから今のところは、これが一番うまいラザニアだよ」

「あら、うれしいことを言ってくれるのね。褒め言葉として受け取っておくわ」

「ぼくたち食いしん坊に」ブライアンはブリーンに向かってグラスを掲げた。「本当にこのラザニアはおいしいよ。フォークを持つ手がとまらなくなる」

「今度はわたしのほうが泣きそうだわ」

16

一月が終わり、二月になった。雨の日も風の日も、欠かさずブリーンは戦闘技術を磨く訓練や、黒魔術の研究や、魔法の練習に励んでいた。有言実行のキーガンは、ブリーンのルーティーンを変えた。そして、自分自身に忠実な彼は、相変わらず容赦がなかった。

今日の訓練では、森のなかでぬかるみに足を取られながら、ブーツを泥だらけにして死霊と戦った。ドラゴンの背にまたがって矢を放った。馬の背にまたがって剣で戦った。さらには、矢筒と弓と剣を持って何キロも走ったりした。

そして今、ブリーンはキーガンに連れられて、谷の北側にある岩だらけの丘のふもとまでやってきた。キーガンが腕をあげて前方を指さす。

「ここをのぼれ」

「本気で言っているの？　いきなりロッククライミングなんて無理よ。一度もしたことがないし、ハーネスもないわ」

「あの頂上に敵がいる。そこには、やつらの人質もいる。全員小さな子供だ」キーガンにあっさりと無視され、ブリーンはぐるりと目をまわした。彼がなおも続ける。

「きみはその子たちをこのまま放っておいても平気なのか？　きみが頂上まで行って敵を倒さなければ、みんな生贄にされてしまうんだぞ」

「ちょっと勘弁して。そういう状況になったらロンラフを呼ぶわ。ドラゴンなら頂上までひとっ飛びよ。子供たちもドラゴンに乗せて地上におろせばいいじゃない」

「それでは訓練にならないだろう。きみはひとりでのぼらなければならない。自力で頂上まで行くんだ」

「落ちたらどうするの？　間違いなく死ぬわよ」

キーガンが肩をすくめる。「じゃあ、落ちるな」

「ああ、そうよね」ブリーンはむっとしてつぶやいた。「落ちなければいいんだわ。なぜ、そんなことにも気づかなかったのかしら？」

ブリーンは腕をのばして突起《ホールド》をつかみ、それからつま先をもっと低いホールドにのせた。十五分かけて進んだ距離は、わずか一メートルだ。それなのに、すでに指先は擦りむけている。

「きみが頂上に到達するころには、もう子供たちはあぶり焼きにされて、敵の腹のなかに入っているだろうな。必死に泣き叫んで助けを求めていた赤ん坊も、やつらの食後のデザートになっているに違いない」

「もう黙っていて！」

ブリーンはふたたび腕をのばした。筋肉が悲鳴をあげる。ホールドをつかみ損ね、落下しそうになった瞬間、思わず口から叫び声が飛びだした。とはいえ、キーガンからは同情ひとつ得られそうにない。

「敵は、手ぐすね引いてきみを待ちかまえている。きみを狙って頂上から次々と矢を放ち、それと同時に、きみの両手を切り落とそうと、フェアリーが剣を振りかざして飛びかかってくる。その場面を想像しろ」

ブリーンはひんやりした岩肌に頬を押しつけ、大きく息をついた。少しだけ休憩したあと、歯を食いしばってもう一メートル進んだ。

汗が背中を流れ落ちる。額から吹きだす汗が目に入る。両手は汗ばみ、ふと気づいたら、擦りむけた指先から血がにじんでいた。たまらず嗚咽がもれそうになる。

やっぱり断固拒否すればよかった。いくらキーガンでも無理強いはするまい。だけど、結局はいつも彼の指示にしたがってしまう。そして今も、ごつごつした岩肌に張りついている。ブリーンはちらりと下を見た。それが大間違いだった。たちまち心拍数が跳ねあがり、頭もくらくらしてきた。彼女はトカゲのごとく岩にぴったりとしがみついた。

転落死は免れるかもしれない。だがこの高さからでも落下したら、確実にどこか骨折するだろう。

たぶん、首とか。

「その子たちは悪がきかもしれないし、赤ちゃんもひどい癇癪持ちかもしれないわ。以前担任をしていたクラスの生徒とそっくりかもしれない。トレヴァー・クーンという生徒は本当に不愉快な子で――」

つかんだ岩がぽろりと崩れ落ちた。その瞬間、ブリーンは空中に放りだされた。

自分が仰向けの姿勢で落下していくのをはっきりと感じた。なすすべもなく、みるみる落ちていく。ところが、ふいにブリーンの体は空中でぴたりととまった。ホールドを両手でしっかりつかんだみたいに。

「やれやれ」

いきなりキーガンの顔が視界に入り、ブリーンはぎょっとして彼を見つめた。

「まさか――あなたも空中浮揚の魔法が使えるの？」

「練習したんだ」

「どうして黙っていたのよ」

「最初に言っただろう。自力で頂上までのぼれと。きみは地道な方法を選び、少しずつのぼっていった。なかなか健闘していたよ。だが、いざバランスを崩して落下したら、とっさにきみは自分の持っている魔力を使ったというわけだ」

「指は血だらけだし、肘だって二回もぶつけたのよ」

「そんなのはたいしたことじゃない。それより、今も子供たちは泣いて助けを求めているのに、いつまできみはここで文句を言っているつもりだ？」

ブリーンは頂上を振り仰いだ。「それにしても高いわね。あんなに高いところまで浮上したことはないわ」

「ぼくもだ。さあ、一緒に行こう」

キーガンはブリーンに手をさしのべた。

「これはものすごく体力を消耗するわね」

「何事にも代償はつきものさ。だが、褒美もある。ここのうまい空気を吸うと、疲れもやわらぐ」

ふたりは岩棚の上にいる角の曲がった野生の山羊を横目に上昇した。そして、鷹と鷲《わし》の巣の脇も通り過ぎた。彼らは少しずつ頂上に近づいていき、やがて薄雲を抜けた。

そのとき、ブリーンは小さな洞穴を見つけた。誰がどんな目的でこれを作ったのだろう。そんなことをふと思い、妙にわくわくした。

ブリーンとキーガンはついに頂上に到達した。どうやらここは山羊のたまり場らしく、ごつごつした地面のあちこちに糞《ふん》が散らばっている。ふたりは地上を見おろした。

「高さはどのくらいかしら？」ブリーンはつぶやいた。「十五メートルくらい？」

「二十メートルってところだ。初心者にとっては、かなりの挑戦だったな」

「滝を過ぎてからはそれほどきつくなかったわ。たぶん慣れたのね」

滝の水に……その流れ落ちる水のなかに……何かがあった。手ではつかめない何かが。記憶の糸をたぐり寄せようとするものの、思いだせない何かが。

ブリーンはもやもやとした思いを振り払った。

「もうへとへとよ。すばらしい景色を眺めているより、今すぐ昼寝をしたいわ」

「油断は禁物だ。常に防御を忘れるな」

訓練のあと、ブリーンは思った。キーガンに防御を忘れるなと言われ、反射的に剣を抜いた自分は、まるでパブロフの犬だと。そして、のちにこうも思った。その姿勢こそが重要なのだと。

だが今は死霊を撃退するのに必死で、頭のなかは完全に空白状態だった。次から次へと襲いかかってくる邪悪なフェアリーや、山猫らしき動物に変身したウェアや、二匹の魔犬や、炎を放つ魔女を倒すので精一杯だった。

気づくと、ブリーンはキーガンとともに敵と戦っていた。

「ぼくたちはふたりで一緒にここまで来た」キーガンが背後から叫ぶ。「戦うのもふたり一緒だ。戦場では、必ずきみと一緒に敵と戦う仲間たちがいる。それを覚えておけ。伏せろ！」キーガンが大声をあげた次の瞬間、ブリーンは彼の足元に仰向けに倒れこみ、二体の死霊をひと刺しで仕留めた。

「これで敵は全滅した」

声を出す気力もなく、ブリーンはかたい地面に寝転がったまま目を閉じた。

「山羊の糞の上に寝ているぞ」

「どうでもいいわ。もう全身ぼろぼろよ。指はひりひりするし、肺は焼けつくように痛い。敵は全滅したんでしょう？　それなら、囚われていた純真な子供も、かわいらしい赤ちゃんもみんな救えたんだから、少し寝かせてちょうだい」

キーガンがブリーンのかたわらに膝をついた。「向こうの岩陰にまだ敵が隠れているかもしれないぞ」

「それはあなたにまかせるわ。ところで、この架空の子供たちをどうやって山からおろすつもり？」

「山というより丘だな。子供たちはぼくたちのドラゴンに乗せて、家まで無事に送り届けよう」

「わたしもそうしようと考えていたところよ。だから、あなたは残りの敵を退治しておいてね」

ブリーンは目を開けてキーガンを見あげた。彼も少し息切れしているらしい。ただそんな気がするだけかもしれないけれど。

「お願いだから、今日の訓練は終わりだと言って」

「そう言いたいところだが、地上におりなければならない。それから、馬に乗って谷へ戻る。そこで今日の訓練は終了だ」

「やれやれだわ。家に帰ったら、絶対に世界最長のシャワーを浴びて、ワインを一ガロン飲んで、マルコが漬けこんだ特大フランクステーキを食べるわよ」

「それなら、そろそろ起きたほうがいいな」キーガンはブリーンの手首をつかみ、立ちあがらせた。「よくやった。上達したよ。まあ、少しは、本当にごくわずかにだが、剣さばきがうまくなった」

「できるだけ頭で考えないようにして、とにかく体を動かそうと思ったの。決してわたしは戦士にはなれない――」

「戦士は日々訓練に精進し、戦場で命を懸けて戦うものだ。きみもそうしているし、それはこれからも変わらないだろう。きみが望むなら、髪を戦士の三つ編みにしてもいい」

キーガンの口から飛びだした言葉に、ブリーンは目を丸くした。たちまち胸に熱いものがこみあげてきて、自分でも意外なことに気持ちが舞いあがる。彼女はくるりと体の向きを変えると、眼下に広がるタラムを見まわした。起伏に富み、緑や茶色、そして金色や青色に彩られた土地を。

ブリーン・シボーン・オケリー。心のなかでつぶやく。フェイの戦士。

「まったく予想外だわ。あなたからそんなことを言われるとは思ってもいなかった」

「ぼくも自分の言葉に驚いているよ。だが、きみは何カ月も訓練してきただろう。倒れても、またきみは起きあがった。必ず文句は言いながらも、決してあきらめなかった。架空の敵に挑み、血を流しても、ふたたび剣をつかんだ。こういう勇者を戦士と呼ぶんじゃないのか？」

「なんかびっくりしちゃった。わたし……褒められているのね。でも、やめておくわ。わたしは戦士の三つ編みにはしない。実は、すべて終わったら、剣を置こうと思っているの。もちろん、名誉ある場所に。こんなふうに戦うのをやめる者を戦士とは言わないでしょう」

「決めるのはきみだ」

「あなたをがっかりさせちゃったわね」

「いや、そんなことはない。きみが自分で考えて、どうするか決めればいいんだ。さあ、手を出して」キーガンはブリーンの手を取り、指先にキスをして、ひりひりした痛みを癒してくれた。「そろそろ下におりようか」

「ねえ、空中浮揚の魔法を練習したと言っていたでしょう」ブリーンはキーガンのあとについて縁まで歩いていき、彼と一緒に崖から飛びおりた。「それはつまり、以前はできなかったということ？」

「浮いてもせいぜい数センチだった。だが、きみが言っていたことを思いだしてね。ぼくにはフェイの全種族の血が流れている。それで、空中浮揚の術を習得するために、ぼくのなかにあるシー族の能力を高めるとともに、もともと強く出ているワイズの能力もさらに引きあげることにしたんだ」

ふたりは雲を抜け、空中をふわふわと漂いながら地上におりていった。

「白状すると、最初のころは一メートル浮かぶだけでへとへとになったよ。でも、そのうちあまり体力を使わなくても、高く浮くことができるようになった。今は、空中浮揚術を身につけられてよかったと思っている。きみのおかげだ。きみは日々学んでいると言っただろう。この言葉を聞いたから、ぼくも自分の内側にある能力に磨きをかけてみようと思い立ったんだ」

「わたしもこの魔法を気に入っているわ」そう相槌を打つと同時に、ブリーンの両足が地面についた。「でも、ドラゴンにまたがって空を飛んだり、こうしてかたい地面にしっかりと足をつけて立っていたりするほうがずっと好きよ。あなたはほかの種族の能力にも磨きをかけるつもりなの？」

「まあね」キーガンは西の方角にある森にちらりと目をやると、突然そちらに向かって走りだした。

あっという間に彼は木立のなかに消え、そして、その数秒後にはもうブリーンのところに戻ってきていた。

目を丸くしてキーガンの動きを追っていたブリーンは、声をあげて笑いだした。

「速いわ！」

「エルフにはさすがに負けるよ。それでも、この潜在能力を磨く前と比べたら、二倍も速くなったんだ。きみも足が速いだろう。まあ、ぼくほどではないが」ふたりは馬をつないである場所へと歩き始めた。キーガンがさらに言葉を継ぐ。「きみは速く走れるし、持久力もある。これはもちろん先天的なものもあるが、きっと毎朝跳ねまわっていることと関係しているんだろうな」

「わたしはただ跳ねまわっているわけではないわ。あれは有酸素運動と言うのよ」

「その運動をしているときのきみは目の保養になるよ。ほら、きみはちっぽけな布切れみたいなものを身につけて、朝の運動を始めるだろう？　あの姿が実にいいんだ。まあ、それはともかく、その有酸素運動とやらが持久力の向上にひと役買っているのは間違いない」

笑いをこらえつつ、ブリーンは馬の背に乗った。「キーガン、あなたは木に変身できる？　この場合、〝変身〟というよりはむしろ〝同化〟という言葉を使ったほうがいいかしら？」

「どちらにしても、そこまではまだ無理だな。でも、木と意思疎通ができるようになったよ。石や土ともね。いろいろと試行錯誤を重ねて、その方法を見つけたんだ」

「ウェアの能力を使ったの？」

「いや、ぼくが独自に考えた方法だ」

「すごいわね」

ブリーンの言葉に、キーガンはにやりとした。「ぼくはクロガと意思疎通がはかれる。きみとロンラフの場合も同じだろう。今、ぼくは自然のものとも通じあうことができる。それでも、ぼくとクロガの関係性とは違うんだ。それは――」

「あなたたちのあいだには絆があるからよ。心と心がつながっているから」

「ああ、そのとおりだ。だが、ほかのものとも――絆を結んでいないものとも――今のぼくは交信できる。そう考えると、やはりこれはぼくのなかに流れるウェアの血のなせるわざなのかもしれないな。姿を変えることはできないが、それらの一部にはなれる。きみがこういうことを考えるきっかけをぼくに与えてくれたんだ。本当に感謝している」

「あなたが木や石や土と交信するところを見てみたい」

「きみがそう言うなら、近いうちに時間を作って見せてあげよう」

「ええ、ぜひ。楽しみにしているわ。あとは、トロールとマーね」

「マーの血に関しては、水を見ただけで温度がだいたいわかる能力だな。ぼくとしては、水温はあたたかいほうがいい。足を水に入れたときに、あまりの冷たさに飛びあがるのはいやだからね。トロールのほうは、強靭な体力かな。ぼくも意識を集中させれば、相当重いものでも担いだり運んだりできる。今のところは、たいして怪力ぶりを発揮していないが……」

ふたりは森を抜け、農場へ続く道に出た。キーガンがブリーンを横目で見る。「夜の営みにおいて、トロールは疲れ知らずだそうだ。驚異的な回復力なので、行為が終わったあとも余韻に浸っている時間はないらしい」

「そうなの？」

「噂によるとね。彼らの夜の生活を題材にしたみだらな歌もあると聞いた。まあ、ただの自慢話かもしれないし、真偽のほどはわからない。とはいえ、これについては実際に検証してみる価値はあると思うんだ」

「その考えも一理あるわね。それじゃ、フェイに忠誠を誓ったこのわたしも、あなたがその噂を検証するのを手伝いましょうか？」

「それはありがたい。コテージに戻ったらさっそく取りかかろうと言いたいところだが、まずは風呂に入ってくれ、モ・バンジア。きみは山羊のにおいがする」

ブリーンは鼻をひくつかせ、自分の体から立ちのぼるにおいをかいだ。顔をしかめる彼女を見て、キーガンが大笑いした。彼は馬の脇腹をひと蹴りし、駆けだした。

キーガンに続き、ブリーンも颯爽《さっそう》と馬を駆って農場に戻り、何かいい香りのするものを体に吹きかけていたら、モレナの鼻をうまくごまかせたかもしれない。

「ブリーン、あなた、山羊飼いのフィネガンと同じにおいがするわよ。あの人、しょっちゅうお風呂に入るのを忘れるのよね」

「帰ったら、できるだけ早くシャワーを浴びるわ。ボロックスはどこ？　マルコと一緒にいるの？」

「マルコとボロックスは、ひと足先に向こう側の世界へ戻ったわ。ジャガイモを使って何か作るんですって。それとキーガンから、今日の訓練は谷の外れでするから、あなたの帰りは少し遅くなるって言われていたの」

ブリーンはボーイからおりて鞍を外した。親切にもモレナはポケットから鉄爪を取りだし、馬の脚を持ちあげて、蹄の裏に詰まった泥や小石をかきだし始めた。

「今日は、小さな子供たちをあぶり焼きにして食べようとしている残虐な敵と戦ったわ」

「その設定はいまひとつね。だいたい残虐な敵が、わざわざ焼いてから子供を食べるとは思えないわ」

ふたりでボーイにブラシをかけながら、ブリーンは今日の訓練内容をモレナに話した。

「山羊の糞の上に寝転がっても気にしないくらいだもの、相当疲れたのね。ところで、さっき空中浮揚の術を使ったと言ったでしょう？　あなたたちはふたりとも、上下の移動しかしなかったの？　それとも、空中で左右に動いたりもしてみた？」

「どうだったかしら。正直言って、あまりよく覚えていないの。ただ、上昇するのはかなり大変だったわ。でも、どういうわけか、下降はわりと楽だったのよね」

「あなたのことだから、じきに難なくできちゃいそうね。自由自在に空中を移動できるようになったら、本当に空を飛んでいる気分になるわよ。ねえ、覚えている？　わたしたちが小さいとき、あなたはすごく羽根をほしがったでしょう」モレナはごしごしとボーイにブラシをかけ続けている。「わたしはあなたを持ちあげてあげたわ。少ししか浮かなくて、動いた距離もほんのちょっぴりだったけれど、あなたは大喜びだった。それで、わたしのお母さんがあなたのために針金で羽根を作って――」

「そう、針金の枠に若草色の布を張ってくれた」ブリーンは覚えていた。「羽根には青い縁取りがついていたわ。まるで蝶の羽根みたいだった。わたしはそれを背中につけて野原を駆けまわった。自分に羽根があるのがうれしくて、あなたと一緒に空を飛んでいる気分になったものよ」

てた。

「でも、フェリンにはいつもからかわれていたわ」ブリーンは小声で言った。

「本当にね。あのときも、フェリンは偽物の羽根をつけたあなたをからかったわね。でも、あなたが泣いちゃって、フェリンったら大あわてよ」

「フェリンはわたしが怒って言い返すと思っていたのよ。ところが予想に反して、わたしが泣いたものだから、これはまずいと気づいたのね。彼はわたしを抱きかかえると、羽根を広げて空中散歩に連れていってくれたわ。そして、こう言ったの。〝きみはシー族の名誉メンバーだよ。だからきみが飛びたいときは、いつでもぼくがこうして飛んであげる〟って」

「懐かしいわね」モレナはボーイにブラシをかける手を動かしたまま、うなずいた。

「いい思い出だわ。フェリンはあれで優しいところもちゃんとあるのよ。フェリンを失った悲しみはまだ消えないわ。立ち直れそうだと思えるときもあれば、突然強い喪失感に襲われるときもある。昨日がそうだった。おじいちゃんが泣いているおばあちゃんを抱きしめているのを、たまたま見かけてしまって。ふたりで大掃除をしていたら、フェリンが小さいときに描いたおばあちゃんの似顔絵を見つけたみたいなの」

ふうっと大きなため息をつき、モレナはブラシを脇に置いた。「いっぱい思い出がある。楽しい思い出がいっぱいあるわ」

ブリーンはボーイの脇をまわってモレナに近づいた。「山羊の糞くさくて悪いけど、抱きしめさせて」

モレナも抱きしめ返してくれた。「それにしても、くさくて鼻が曲がりそう」

「汗のにおいもまじっているから、なおさら強烈よね」

「もう、早く体を洗って。ボーイにはわたしが餌をあげるわ。マーリンの分も用意するわね」モレナはキーガンに声をかけた。

「こいつの好物はニンジンだ」

「それくらい知っているわ」キーガンがモレナのところにマーリンを連れてきた。彼女は馬の頭を撫でつつ、口を開いた。「明日の訓練は何時から？」

「朝一番だ」

「聞くまでもなかったわね」ブリーンはぼそりとつぶやいた。

「じゃあ、明日の朝一番にまた会いましょう。さあ、行くわよ、坊やたち。夕食が待っているわ」

ブリーンとキーガンは厩舎に向かうモレナの後ろをついていった。納屋の搾乳室に向かうハーケンの後ろをついて歩く牛の一行のごとく。

「農場に残って、ハーケンを手伝ってもいいのよ。わたしならひとりで歩いて帰れるから」

「今朝も搾乳作業を手伝って、そのあとモレナが作った塊だらけのポリッジ（オートミールを水や牛乳で煮詰めた朝食用のお粥）を食べたんだ。いや、必死に飲みこんだと言ったほうが正確だな。それでも、ハーケンはうまそうに食べていたよ」キーガンがまったく理解できないと言いたげに肩をすくめる。「あれが愛なんだな」

「ちょっときいてもいい？　ハーケンにボーイを譲ってほしいと言ったら、彼は何と交換したがるかしら？　そもそも、ハーケンはボーイを馬具とか餌とかと交換してくれると思う？」

「きみはボーイがほしいのか？　訓練のためじゃなく、自分でボーイを所有したいのか？」

「そう。お互いによく慣れているから。それに、わたしたちはお互いに好意を持っているし、一緒にいて居心地がいいのよ。でも、ハーケンに交換する気がないのなら、これまでどおり借りたままでもいいの」

「きみとボーイの相性がいいことをハーケンは見抜いていた。だから、あいつはきみをボーイに乗せたのさ。心配無用だ。ハーケンは喜んでボーイをきみに渡すよ」

「そこなのよ。きっとハーケンもそう言うわ。だけど、わたしはそのお返しに何か彼に贈りたいの。何がいいと思う？　これというものが思い浮かばなくて」

「農耕用のハーネスなら、喜んで使うんじゃないかな。今使っているハーネスは相当古いもので、数えきれないくらい何度も継ぎを当てたり、修理したりしているんだ」

「それはどこで手に入れられるの？」

ふたりは歓迎の木のポータルを通り抜け、アイルランドに戻ってきた。

「腕のいいエルフの馬具職人がいるんだ。明日、訓練の一環として訪ねてみよう」

「ええ、そうね。餌とか、あとほかにも何か一緒に贈ったほうがいい？」

「いや、ハーケンはひとつしか受け取らないよ。きみとモレナは姉妹も同然だろう。つまりハーケンにとっても、きみは妹みたいなものだ。あいつはハーネスだけで充分満足するし、愛着を持って大切に使うはずだ。今年も春の種まきシーズンがまもなく始まる。きみから贈られたハーネスは大活躍間違いなしだな」

「あなたも農作業を手伝うの？」

「ぼくは手伝えるときに、できることをするだけだ。しばらくキャピタルで過ごさなければならなくて、そろそろ向こうに発とうかと考えている。もしかしたらその途中で、あちこち立ち寄るかもしれない。キャピタルで特に問題が起きていなければ、一日か二日くらいなら、そういう時間も取れるだろう。どうだ、きみも一緒に行かないか。きみが顔を見せたら、そこに住む住民たちは喜ぶに違いない」

「いいわね」

「きみも旅の予定があるのはわかっている。だから、その前に数日だけでもどうかなと思ったんだ」

「審判のほうは大丈夫なの？」

「今は小さな事案だけだ。それに、オドランのスパイも見つかっていない。願わくば、このままもうひとりも見つからないでほしいよ」キーガンは顔をしかめ、ズボンのポケットに手を突っこんだ。「ここ一年で、いったい何人のスパイを闇の世界に追放したことか。こんな短期間で、こんなに何度も審判が行われたことは今までにない。何度やっても、判決を言い渡す瞬間はいつもやるせない気持ちになる」

「そうでしょうね」

ふたりが林から出てくると、すぐにコテージのドアが開いた。ボロックスがブリーンに向かって一直線に駆け寄ってくる。たった数時間離れていただけなのに、まるで何カ月も会っていなかったかのような歓迎ぶりだ。

「わたしのかわいい子が出迎えてくれたわ。マルコの言うことを聞いて、いい子にしていた？」

「おかえり」マルコが玄関先に姿を見せる。「あとはブライアンが帰ってきたら、メインのステーキを焼こう。ジャガイモはもうオーブンに入っているし、それとシーマスからもらったアスパラガスをグリルして添えるよ。さあ、とりあえず——うわっ、なんかにおうぞ。いったい、これはなんのにおいだ?」

「山羊よ。というか、山羊の体のなかから出てきたもののにおい。今すぐ二階へ直行してシャワーを浴びるわ」

「ああ、ぜひ頼むよ。でもその前に、最初の二章を持ってきてくれ」

「なんの話?」

ブリーンはとぼけてみたが、マルコは一歩も引かなかった。「あれからもう二週間以上経っているじゃないか。だけど、ぼくはずっと我慢して黙っていたんだ。頭のいかれた神に襲撃されたり、ルーティーンが変わったりして、きみは大変そうだったから。それでも、ぼくたちは指切りをしただろう。ほら、早く原稿を持ってくるんだ。今夜ぼくは、その原稿を抱えて丸くなって寝るんだから」

「あなたが抱えて寝るなら、原稿よりも――」

マルコはとっておきのめちゃくちゃマジ《シリアス・アズ・ファック》な顔をした。「お嬢さん、指切りしたことを忘れたとは言わせないぞ」

「もう、わかったわよ」ブリーンは足音も荒く自分の書斎へ向かった。

「彼女の本の話か? 指切りってなんだ? ぼくも原稿を読んでみたいな」

「だめよ」USBメモリを握りしめて戻ってきたブリーンがキーガンに言い放つ。

「どうしてマルコはよくて、ぼくはだめなんだ?」

「マルコがあんまりしつこく早く読ませろと言うから、根負けしただけ」ブリーンはUSBメモリを取られないように腕を高くのばした。「さあ、誓って、マルコ・ポーロ。最初の二章だけしか読まないと。実際はその先もすでに書き終えているけど、あなたが読んでいいのは二章までよ」

「だけど、ブリーン」

「指切りをして約束しなさい」

「はい、はい、わかったよ」マルコはブリーンと自分の小指をからませ、それから彼女の手からUSBメモリを取りあげた。

「この仕草が誓いを意味するのか？」キーガンは自分の両手の小指をからめた。「なぜ、これが誓いの意味になるんだ？」

「さあ、そこまでは知らないわ。ただ、指切りは相手への信頼と誠意の証なの。マルコ、二章だけよ。絶対にそこでやめて。あと、不安で胃がきりきりするから、わたしの前では読まないで」

一気にそうまくしたてると、ブリーンはボロックスを連れて階段に向かって歩きだした。

「ところで、なんでブリーンは山羊の糞みたいなにおいがするんだ？　あれ、山羊の糞のにおいだよな？　初めてかぐにおいで、よくわからないんだけど」

「その件についてはあとでじっくり教えるよ。まずはきみが読む原稿をぼくも読ませてもらえるよう、彼女を説得してからだ」

「強気だな。まあ、幸運を祈っているよ」

ブリーンはバスルームに入った。そして、熱いシャワーを浴びながらいい香りのする石鹸《せっけん》で全身を洗うこと以外、努めて何も考えないようにして服を脱いでいく。シャワーの栓をひねり、勢いよく降り注ぐ湯の下に立とうとしたとき、突然ガラス戸が開いた。

「ちょっと、どうしたの?」ブリーンはシャワー室に入ってきたキーガンを見あげた。

「ぼくも熱いシャワーを求めているんだ」キーガンはブリーンの背後にぴたりと寄り添い、彼女の体に両手を滑らせ始めた。「あと、きみも。熱いシャワーときみ。どちらもぼくをいい気分にしてくれる」

キーガンがブリーンの肩に唇を押し当てる。「ぼくもきみと指切りをしたい」

「だめよ」彼の言葉に、ブリーンは思わず笑ってしまった。「だめなものはだめ」

「きみはぼくを信頼していないんだな。ぼくを不誠実な男だと思っているわけだ」

湯気が立ちこめるシャワー室のなかで、ブリーンはキーガンに向き直った。それから顔にかかった髪を払いのける。「わたしはあなたを絶対的に信頼しているわ。あなたほど誠実な男性も知らない。それでも、だめなの」

「それなら、どうしてマルコには読ませるんだ?」

「もうあの早く読ませろコールを浴びたくなかったのよ。それで、仕方なく指切りをしたの。しばらく何も言われなかったから、このまま忘れてくれたらいいのにと思っていたけど、考えが甘かったわ」

「それなら、ぼくもきみに早く読ませろコールを浴びせようかな」キーガンはブリーンが祖母に手伝ってもらって作った液体石鹼を手のひらに垂らした。「そうすれば、きみはぼくと指切りする気になるだろう」

「だめって言って――」

しかし、このあとはブリーンの口から〝だめ〟という言葉は出てこなかった。


翌朝、ブリーンは暖炉で火が爆ぜる音と、ボロックスが〝早く起きて〟〝早く行こう〟とばかりに尻尾で床を叩く音で目を覚ました。

穏やかで満ち足りた気分だ。シャワーセックス、自分はいっさい準備にかかわっていないおいしい料理、深い眠りを誘う静かな音楽。最高にすてきな夜だった。

ブリーンはブーツに足を入れた。ベッドの横では、すでにボロックスがうれしそうに飛び跳ねている。

「お待たせ。さあ、行きましょう」ブリーンはガウンをつかんだ。

いつもの習慣で、階段をおりると玄関へ直行した。そこでボロックスはいつでもドアから飛びだそうと待ちかまえている。ブリーンは夜明け前の入江に向かって一目散に駆けていく愛犬を見送り、それからコーヒーをいれにキッチンへと足を進めた。その途中で、ちろちろと燃えているリビングルームの暖炉の火を大きくした。

マグカップを片手に、ブリーンは寝ぼけまなこで外へ出た。空気に春の気配を感じる。それは気のせいかもしれないが、春という響きに心が弾んだ。

あとで種を確認して、シーマスと話しあっていた花壇作りの計画を本格的に立てよう。小さくていいから菜園も作りたかった。野菜は農場や祖母からいつでも分けてもらえるので、本当はそこまでする必要はないのかもしれない。とはいえ、マルコは自分で育てたトマトやピーマンを使って料理をしてみたいだろう。

おまけに、家庭菜園で作った野菜を収穫する喜びは何物にも代えがたい。

ブリーンはわくわくしていた。こんなふうに自分が望む暮らしを実現するために、あれこれ考えるのは楽しかった。

ブリーンはコーヒーを口に運びつつ、東の空にのぼってきた太陽を見つめ、やがて入江で水遊びをしているボロックスに視線を移した。朝日を受けて、霧が立ちのぼる水面は淡いピンクがかった銀色に輝いている。

夜明けが好きだ。希望と可能性に満ちた一日の始まりは、いつも気持ちが高揚する。

ブリーンは向こう側の世界に思いを馳せた。今ごろ、ハーケンは朝の仕事に取りかかろうとしているところだろうか。そして、キーガンは三本脚の椅子に座って、搾乳作業をしているころかもしれない。

お金を払ってでも、ぜひその姿を見てみたいものだ。

まもなく、アイルランドでもタラムでも、人々は学校へ行く子供を起こしたり、仕事に行くために着替えたり、家族と朝食のテーブルについたりするのだろう。

こちらも向こうもたいして変わらない。それでいて、大きく違う。ふたつの世界に属しているブリーンは、どちらの側にも責務があり喜びがある。

ボロックスが走って戻ってきた。ブリーンは愛犬のかたわらに膝をつき、濡れた体を両手で撫でて乾かしてやった。そして腕に抱き寄せ、ボロックスとともに早朝のすがすがしい空気をしばし堪能した。

「あなたの朝の運動はこれで終わりね。次はわたしの番だわ。そろそろコテージに戻って準備をしなくちゃ。でも、まずはその前に、あなたの朝食を用意するわね」ブリーンはボロックスのかわいらしい顔にキスをして、立ちあがった。

彼女はコテージのドアを開け、室内に入った。その瞬間、リビングルームにいるマルコの姿が目に映り、思わず飛びあがりそうになった。彼はノートパソコンを膝にのせて、暖炉脇の長椅子に座っていた。

「もう脅かさないでよ！　心臓がとまるかと思ったわ！　まだ早朝なのに、こんな時間に何をしているの？」

「読書だよ」

「そう」ただひと言だけ返し、ブリーンはキッチンへ向かった。

そしてボロックスの食事を用意し、そのあとマグカップにコーヒーを注いだ。このあいだずっと気持ちが落ち着かず、今はさすがに朝食の定番メニューのトーストを胃が受けつけそうになかった。

「二階に行って、トレーニングウェアに着替えてくるわ」

マルコはノートパソコンから顔をあげてブリーンを見つめ、自分の隣の座面をぽんぽんと叩いた。「座ってくれ」

「ああ、いやな予感がする。そんなにできが悪かった？　自分では、そこまでひどいとは思わなかったんだけど」

「いいから口を閉じて、座るんだ」

「わかったわ」

ブリーンはマルコの隣に腰をおろし、彼の率直な感想が知りたいのだと自分に言い聞かせた。「たぶん冒頭がよくないのね。展開が速すぎたかしら。それとも遅すぎるのか……どちらにしても、書き直して――」

「いいから口を閉じろって」マルコが同じ言葉を繰り返し、ノートパソコンを脇に置くと、コーヒーカップを手に取った。「きみがけちるから最初の二章だけだけど、読んだよ。二回もね。三回目を読み始めようかと思っていたところで、ついでに三章以降も読ませてほしい」

「でも、最初の二章を書き直さなければならないのなら――」

「いつ、ぼくがそんなことを言った？　ブリーン、ぼける年じゃないだろう」マルコが人さし指でブリーンの額の真ん中を叩く。「いいかい、よく聞くんだ。ぼくがこんな常軌を逸した時間に起きているのは、この続きが読みたいからだよ。最初の二章はよかった。よかったなんてもんじゃない。ぼくはすっかり惹きつけられたよ。いや、だめだ。まだその口は閉じたままでいてくれ」マルコがなおも話を続ける。「どうせきみは、ぼくがきみを愛しているから褒めるんだとかなんとかばかなことを言うつもりだろう」

「だけど、あなたはわたしを愛しているでしょう」

「ああ、愛している。だからこそ、いまいちだと思ったら正直にそう言うよ。たとえば、こんなふうに……」マルコは山羊ひげを撫でながら、しばらく無言で考えこんだ。「よし、これだ。たとえば〝お嬢さん、書き出しはすばらしい。でももう少し手を入れたら、さらに文章が輝くと思うよ〟とか、そんなふうに何かきみを励ます言葉をかけるだろうな。今回はまったくそんな言葉は必要ないけれどね。なぜなら、すでに輝いているからさ」

「本当に？」

「ぼくの顔を見てごらん」

ひそめた眉。きつく引きしめた顎。一文字に結ばれた口。

「ＳＡＦな顔だわ」

「そのとおり。ハンサムだけど、シリアス・アズ・ファックな顔だよ。ブリーン、もっと読ませてくれるよね」

「そうね……もう一章くらいなら――」

「いいや」マルコが人さし指を左右に振る。「あと三章。合計で五章だ。これで手を打つよ。ここにきみが築こうとしている大きな世界について、もっとしっかり把握したいからね。世界といってもタラムじゃなくて、本のなかの世界だよ。たった二章しか読んでいないけど、ぼくにはわかる。この世界はもっと大きくなる。国や大陸や海なんかがまだたくさんあるような大きな世界に。きみが作りあげたいその世界を把握するには、登場人物たちを知る必要があるんだ。五章まで読めば、けっこういろいろな人が出てくるだろう」

「あと三章ね」ブリーンはため息をついた。「でも、ちゃんと正直に感想を言ってくれないとだめよ。あなたの意見を受けとめて手直しするから。そういえば、あなたも料理本に載せるレシピを三つ書くと言っていたわよね。できあがったら、わたしにも読ませてちょうだい」

「それならもう書いたよ」

「マルコ、楽しさや魅力が伝わるように書いたの？　レシピの紹介文からおしゃべりが聞こえてきそうな感じに。わたしの言っている意味はわかるわよね。もし思ったように書けないなら、あとでわたしが書き方のコツを教えるわ」

マルコは無言のまま小指を曲げた。

約束が成立したところで、ブリーンは長椅子から立ちあがった。「それじゃあ、わたしは着替えてくるわ。朝の運動に励まないと」

トレーニングウェアに着替えてリビングルームに戻ると、まだそこにマルコがいた。「ぼくのことは気にしなくていいよ」その言葉を受け、さっそくブリーンは運動を開始した。今日挑戦するのは、難易度の高いエクササイズだ。ところが気が散ってなかなか集中できなかったせいか、たっぷり汗をかくことができなかった。そこで、ヨガを三十分加えて運動を終えた。

ブリーンはベーコンを焼くにおいが漂っているキッチンへ向かった。

「ラッキーだったね。今朝ぼくが早起きしたおかげで、きみは物書きの洞窟にこもる前にまともな朝食にありつけるよ」マルコはベーコンとチーズオムレツ、そして蜂蜜をかけた洋梨のコンポートを皿にのせた。

ブリーンのなかで不安が頭をもたげた。彼女は両手をもみあわせたい衝動と戦いつつ、その場にじっと立っていた。

マルコはテーブルの上に皿を置き、ブリーンに近づいて抱きしめた。

「この朝食は精神的なダメージをやわらげるために作ってくれたの？」

「ブリーン、ぼくは鼻が高いよ。初めて『ボロックスの魔法の冒険』を読んだとき、ぼくは声をあげて笑った。あのときは、まだ本物のボロックスに会う前だったけど、はっきりと目の前にあいつの姿が見えたんだ。そして新作は、こっちのほうは、あれとはまた違う。じゃあ、具体的にどう違うのか、きみは聞きたいかもしれないね。でも、そうだな――あえて言うなら、領域という言葉がふさわしいのかな――きみの新作では、その領域がとてつもなく広いんだ。それと深みみたいなものもある。もしミラがやり遂げることができなかったら、ぼくは耐えられないだろうな」

マルコは体を離してブリーンを見おろした。「お嬢さん、きみは持っている。小説家に必要な資質がなんであれ、きみは確実にそれを持っているんだ。ぼくは、今きみが執筆中の原稿をすべて読みたいくらいだよ」

「マルコ――」

しい」

「別に今すぐ読ませろとは言わない。ただし、覚悟しておいたほうがいい。ぼくはきみがうんざりするほど毎日しつこく読ませろ攻撃をするよ。ブリーン、よく聞いてほしい」

「聞いているわ」

「そして、ぼくを信じてほしい。きみにブログを書くことを勧めたのは誰だ？」

「あなたよ」

「きみに腰を落ち着けて、ずっとやりたかったことをするよう勧めたのは誰だ？　誰がきみに本格的に小説を執筆してみろと言ったかな？」

「どれもあなたよ」

「ほらね、いつもぼくの言うことは正しい。それが証明されたわけだから、今回もぼくを信じて、今すぐ新作の最初の五章分をカーリーに送ったらどうだい？」

「そんな、マルコ、いきなり何を言いだすのよ。推敲だって終わっていないし、それに――」

「だったら、こんなところに突っ立っていないで、さっさと推敲を始めなよ」

結局、気づいたらブリーンは両手をもみあわせていた。「わたしは推敲に時間をかけたいの。新作の原稿はまだ目を通していない部分もあるから、まずはそこを見直して、そのあとに全体を通して読んでみるつもりだったのよ」

「ぼくは誰よりもきみのことをよく知っている。そうやって推敲に時間をかけたいのは、きみがなかなかこれでいいと思えない心配性な性格だからだろう？」

ブリーンは大きくため息をついた。「そのとおりよ。今度の作品も何週間もかけて推敲しようと思っていたの」

「それなら、始めなよ。今からその推敲の続きに取りかかればいい」マルコがまたシリアス・アズ・ファックな顔をする。彼の表情を見て、ブリーンは弱々しい笑いをもらした。「ほら、朝食が冷める前に、早く作業をするんだ」

「わたしがあなたの言うことを聞いたら、あなたもレシピを書くのよね」

「ちゃんと指切りしただろう？　きみは今から推敲作業に取りかかる。そして、ぼくは朝食を食べてからレシピを書く作業に取りかかるよ」


（上巻終わり）

◉訳者紹介　香山 栞（かやま　しおり）
英米文学翻訳家。サンフランシスコ州立大学スピーチ・コミュニケーション学科修士課程修了。2002年より翻訳業に携わる。訳書にワイン『猛き戦士のベッドで』、ロバーツ『姿なき蒐集家』『光と闇の魔法』『裏切りのダイヤモンド』(以上、扶桑社ロマンス)等がある。

光の夜に祝福を（上）

発行日　2023年1月10日　初版第1刷発行

著　者　ノーラ・ロバーツ
訳　者　香山 栞

発行者　小池英彦
発行所　株式会社 扶桑社
〒105-8070
東京都港区芝浦1-1-1　浜松町ビルディング
電話　03-6368-8870(編集)
03-6368-8891(郵便室)
www.fusosha.co.jp

印刷・製本　株式会社広済堂ネクスト

ISBN978-4-594-09212-2 C0197